再见那闪耀的群星

唐诗二十家

景凯旋 著

南京大学出版社

目录

序言

唐诗是一个永远说不尽的话题，它是中国诗歌的顶峰，不到三百年的时间里产生了中国诗歌史上两位伟大的诗人——李白与杜甫。一个是长庚星，闪耀在西边的天空；一个是北极星，确立了大地的方位。围绕在他们周围的众多杰出诗人，就像夏日夜空的满天星斗，有的十分明亮，有的闪烁不定，但只要仔细辨识，我们仍能看到熠熠的星辉。不过，满天的星斗是数不完的，这也是本书只选二十位诗人的原因。

将诗歌比喻为天上的星辰并不算夸张，先民在艰苦的生存环境中，常常仰望星空，寻找生活的答案。《诗经》中就有许多描写星辰的诗句，与人们的日常生活息息相关。我们今天读《唐风·绸缪》"绸缪束薪，三星在天。今夕何夕，见此良人"，仍能感受到先民丰富的情感世界。中华民族是一个感性的民族，中国文化最发达的就是诗歌。在诗歌中，古人诉说自己的情怀，表达人生的悲欢离合，甚至追问宇宙的秩序。

中国最早的诗歌是《诗经》和楚辞，就如同长江和黄河的两个源头。因为是源头，所以纯粹、自然，没有杂质。“遂古之初，谁传道之？上下未形，何由考之？”《天问》中神话思维的遗存使屈原保持了对整体宇宙图景的想象，而整体性的想象正是诗歌的特质，后世的诗人要想成就诗歌的伟业，就必须不断回到这两个源头，汲取想象世界和探索人生的能力。《诗经》、楚辞之后，又有过汉乐府、魏晋六朝诗，这些诗虽说不是源而是流，但依然有着那种自然、天真与纯粹的魅力。这种纯粹就是陶渊明在《荣木》中追问的“非道曷依？非善奚敦？”

诗歌的发展就像一个人生命的成长，自我意识总是要成熟；又像是社会的演进，思维模式会越来越理性。有唐一代，乡村的语言形式依旧统摄着社会，但城市的语言形式正在崛起。唐代诗人正是处于这样一个生长与成熟的交接期，他们想要展示自己的个性，诗歌因此呈现出不同的风格。明代高棅将唐诗划分为初、盛、中、晚四个时期，以时代嬗变为界线，大致反映了唐诗不同时期的风貌。刘勰所说“文变染乎世情”，其实应当指整个诗歌史的发展，那是从整体意识趋向个体意识，从纯粹的感性思维趋向理性思维的一个漫长的历史过程。

现代人总是感叹再也不会出现唐诗那样的高峰了，这是因为唐代恰好处于一个长时段历史的转折期。日本学者内藤湖南所说的九世纪上半叶的唐宋之变，除了由贵族社会向官僚社会的转变，还包括士人思维模式的转变。唐代人的时间意识仍然是自然时间，而不是历史时间，他们绝不会像今人那样相信人类能看到未来的前景，更不会据此去设计未来，三代之治仍是他们的理想国，是他们判断社会治乱的标准。但是，唐人的思维意识已然处于自然与历史之间，前者促成了盛唐诗的浑然天成，后者使中晚唐诗转向了世俗与自我。

聪明的宋代诗人另辟蹊径，用思理取代情韵，创造了宋诗的繁荣，而明代诗人由于缺乏对时代嬗变的认识，他们想要回到唐诗的努力却变成了一种失败。说到底，唐诗是充满青春活力的想象，是很少思辨的情感抒发。后世人不可能再去写注重意境的唐诗，就像古希腊的悲剧不可能再现，因为人类思维已经走过自然阶段，进入了历史阶段。今天的小说恐怕也将面临同样的命运。最好的小说似乎只能出现在各个国家由前现代向现代转化的过程中，而到了从现代向后现代转化的时期，小说便失去了它固有的特质。对一个诗人或作家来说，文学史是残酷的。

唐代诗人正是处于这样一个最有利于诗歌创作的时期，个体意识的发育逐渐扩大到社会各个阶层，诗人们有了更多的创造空间，可以运用各种形式，表现不同题材。四言诗被彻底抛弃，仅仅保留在铭箴中，用来表彰一个人的生平。五言、七言成为主要形式。声律的运用又产生了近体诗，与不讲平仄的古体诗各擅胜场。大体上，唐代古体诗继承的是汉魏六朝的传统，多用于反映社会现实，而近体诗由于字数和声律的限制，更适宜表现个人的情感意绪以及语言能力，体现出喜爱秩序的美学趣味。

诗歌在唐代占有崇高的地位，帝王的喜好和科举的实行功不可没，各个社会阶层的人，包括帝王、将相、布衣、妇女、僧人、道士等，都喜欢写诗。可以说，诗歌创作是唐代文人的事业，士大夫阶层几乎都是文学之士，他们深信诗人在历史上的声誉将高过帝王，他们为自己的内心而写，希望自己的诗能流传后世。对于他们，诗歌不仅是生活的反映，更是生活的扩张。

遍览唐代诗歌，内容涵盖了仕途羁旅、山林隐逸、边塞风云、怀古伤今与男女情爱。都市的酒肆、山野的寺观、江上的舟船，处处都留下了文人的题诗。他们诗酒唱和，其深厚的友情足以让现代人惊羡不已；他们描摹风景，几乎把山川形胜一网打尽。这说明，唐代诗人的精神是向外的，视野是壮阔的。

唐代的确是一个思想开放的朝代，儒释道三教并立，除唐武宗时期的毁佛外，大体上相安无事，这其实也是中国人宗教性淡薄的表现。山林与边塞，佛教与女性，构成了唐人的主要生活内容。他们的宗教生活是平和的，世俗生活是热情的。士人出入魏阙与江湖之间，用儒家的“兼济”追求人生的成功，用佛教的“无执”获得失意的解脱。这种儒道互补的矛盾思维对于他们似乎没有任何违和感，总能在人生最绝望的时刻抽身而去。

整个唐代社会，甚至整个中国历史上，有被杀的诗人，有发疯的诗人，但很少有自杀的诗人。按照钱穆先生的说法，中国人对于人生积极的一面，是用儒家来予以鼓励，对于人生消极的一面，是用文学来提供慰藉。在唐代诗歌里，可以感受到从古代一直传下来的士人的狂狷精神——狂者进取，狷者有所不为。

唐代社会的开放还体现在接受外来事物的自信上。社会生活变得更加丰富多彩，这对个性的发展是极为有利的。鲁迅曾在《看镜有感》中说："汉唐虽然也有边患，但魄力究竟雄大，人民具有不至于为异族奴隶的自信心，或者竟毫未想到，凡取用外来事物的时候，就如将彼俘来一样，自由驱使，绝不介怀。"除了从印度传入的佛教成为唐代文人的重要人生观外，来自西域的音乐、绘画、雕塑、服饰，都羼入唐代宫廷、士人与庶民的日常生活，表现出唐代社会的充沛元气。

这种开放也体现在男女关系上。后世所谓"脏唐臭汉"，其实是指唐代男女之间的交往比宋以后更加自由。讲究男女大防的宋代人一眼就看出原因来，朱熹说："唐源流出于夷狄，故闺门失礼之事，不以为异。"唐代笔记《北里志》便详细记载了京城红灯区平康里的状况，每个州县府都有营妓、官妓和私妓，供官员们饮宴时的歌舞享受。这种关系往往会在身为官吏的士人心里产生同情与共鸣。不了解这些社会背景，就不能真正了解唐诗。

那时的女性还可以主动提出离婚。颜真卿任临川内史时，当地秀才杨志坚嗜学家贫，妻子王氏向他索要休书。杨志坚写了一首诗赠她："平生志业在琴诗，头上如今有二丝。渔父尚知溪谷暗，山妻不信出身迟。荆钗任意撩新鬓，明镜从他别画眉。今日便同行路客，相逢即是下山时。"（《送妻》）王氏拿着这首诗到官府请求离婚，颜真卿最后竟准其改嫁。

大历诗人秦系隐居剡溪，因家事获谤，垂暮之年还与妻子离异。友人刘长卿为此写了一首诗：“岂知偕老重，垂老绝良姻。郗氏诚难负，朱家自愧贫。绽衣留欲故，织锦罢经春。何况蘼芜绿，空山不见人。”（《见秦系离婚后出山居作》）这是又一个朱买臣的故事。可见唐代女子的地位并不低，也有自由选择的权利，而男子对此也较为豁达，如敦煌发现的离婚文书即写道，但愿前妻“解怨释结，更莫相憎。一别两宽，各生欢喜”。

可以说，诗歌已经渗透到唐代社会生活的各个方面，通过诗歌，我们可以进入唐人的精神世界，从中寻觅到自己的知音。说到底，文学与政治是两种不同的价值系统。诗歌是人类心灵的反映，有其超越性与恒久性，它不像政治和经济形态那样线形演进，而是能与今人息息相通。在精神方面，现代人并不比屈原、陶渊明、李白、杜甫、苏轼高明多少，因为现代科学理性并不能解决生命意义的问题，而诗歌的作用正是彰显意义。人生归根结底是不完美的，它需要不断地解释。

英国诗人奥登曾在悼念叶芝的诗中写道：“诗歌不会让任何事发生。”诗歌关乎人类精神，只与人性的价值有关，它本身不会产生巨大的社会作用。无论古今中外，诗歌都是为了寻求更高的人生。因此，在奥登看来，诗歌总是能在统治者的不干预下于山谷间静静流淌，最终在某个偶然的瞬间流进大海。在这首诗里，奥登还写道，诗歌可以克服人性的缺陷，“把诅咒变成葡萄园”。对于唐诗的阅读，亦可作如是观。

除了人生的体悟，农耕时代的人对于自然的感受，显然也要比今人更加丰富细腻。毫无疑问，人存在的意义并非仅仅在于人本身，但现代的事实是，外在的物理世界和人的内心世界已经完全分离，现代人生活在一个高度理性化的社会，人们追求活着的幸福，相信人死后一切都不会留存，人成为单向度的人，失去了对自然的审美力，再也听不懂飞鸟的呢喃和草虫的鸣声。

也许，我们需要重新学会与自然对话，与他人对话，与自我对话。正如美国诗人乔丽·格雷厄姆所说，诗歌是匆忙生活的中断和暂停，它可以让我们在这个日益碎片化的时代，重新想象一个完整的世界。

关于唐诗的研究著作早已浩如烟海，成果斐然，本书不想在这方面增加新的东西。这不是一部学术专著，而是一本诗歌随笔，是我个人在唐诗中的一次游历。作为一个唐宋文学专业出身的人，年轻时曾亲炙千帆先生、孝萱先生、勋初先生等名师，又在大学从事过多年古典文学的教学，这里面也藏着一个还债的心愿。

诗人行年事迹都是基于已有的研究成果，选诗则采用通行本，注释力求简约。谈及每个诗人时，尽量展示其最重要的作品，但并不作全面评价，而是对每个诗人采取不同的阐释角度。我试图在唐诗中寻绎观念与价值的东西，比如中国人的天人之际、自我意识、时间观念和感觉方式，或者诗人的心路历程、审美情趣、人格品质和艺术技巧。此外还收录几篇附文，分别讨论了唐代的僧人诗、女性诗、代言体，以及士人的角色处境。如果说本书有一条贯穿的主线，那就是人的命运与德行。

在人类漫长的历史上，人的每一次觉醒都是从感知美开始的。在这个特别艰难的时期，重读唐诗，或许会有一种更深切的感觉，也常会想起杜甫“萧条异代不同时”的诗句。唐诗的价值是永恒的，它是人性悠长的回响。我常想，假如从来没有过唐诗，我们的精神将会是多么的贫乏。

这本书写于庚子年，用了一年半时间。我首先要感谢本书策划陈卓，是他向我提出了写作此书的建议，并不断给出意见。在撰写过程中，我还时常与好友傅国涌、陈季冰、黄晓丹通过微信讨论问题，他们的意见给了我很多启发。疫情期间，查阅资料不免会遇到诸多困难，深圳大学的臧勇老师和过去的同事吴琼老师为我提供了帮助，假如没有他们，这本唐诗随笔可能还会有更多疏漏，我要在此向他们表达诚挚的谢意。

陈子昂

（659—700）

念天地之悠悠

遥远的过去来自黑暗深处，而未来更是沉没在无穷无尽的黑暗之中。这就是陈子昂眼中的世界图像。这是何其天荒地老的落寞！陈子昂是唐代第一个从群体意识中挣脱出来的诗人，他在旷野中呼喊的孤独具有文化史上的意义，那不是生命的感伤，而是自我意识的觉醒。

登山见千里
怀古心悠哉

一

初唐诗坛的面貌是与新王朝的巩固相适应的，科举制度笼络了大批中下层士人，同时促成了文化的发展。社会承平气象需要诗歌的点缀，围绕在唐太宗周围的都是一些台阁馆臣，只会写歌功颂德的应制奉和诗，或宏丽雅正，或绮错婉媚。到了武后、中宗朝，诗坛的中心仍是一群京城诗人。尽管“四杰”曾带来一点生机，但仍不免后人“轻薄”之讥，难以扭转承齐、梁而来的靡丽风气。而沈、宋的近体诗“回忌声病，约句准篇”，[1]写诗注重声律、限定句型，五言近体的格式在他们手上得以成熟。他们之所以成为朝廷所重视的台阁诗人，与崇奉规则的近体诗形式也有关系。

那是一个注重形式的时代，遵循规则的诗歌样式象征着帝国的

1《新唐书·宋之问传》。

严整秩序，帝王的喜好成为诗歌的唯一标准。武则天游洛阳龙门，令众官员赋诗，左史东方虬最先完成，被赐锦袍，当读到宋之问的诗时，武后大为赞赏，又将锦袍夺回赏给他。[1]中宗驾幸昆明池，群臣应制赋诗，命上官婉儿选一首新翻御制曲，凡未选中者从彩楼上掷下，最后独剩沈佺期、宋之问的诗。沈诗末句是“微臣雕朽质，羞睹豫章材”，宋诗末句是“不愁明月尽，自有夜珠来”。上官婉儿评道，前者“词气已竭”，后者“犹涉健举”，[2]于是判定宋之问为最终胜出者。

这就是当时的诗坛，尽管有技巧的讲究、韵律的工致，但心灵极度贫乏。读了这样的诗，我们简直要怀疑此前从来没有过《诗经》和屈原，也没有过汉魏诗歌。初唐诗对声调韵律的重视，只是加强了汉语言的形象功能，而不是思维能力。不过，帝王的喜好也培养了整个社会崇尚诗歌的风气，就连贵族妇女也活跃在诗坛。这种前无古人后无来者的现象对于诗歌的发展是有利的。

然而，对于这群生活在政治文化中心、追名逐利的京城诗人来说，开创新的诗风是不可能完成的任务。诗风的改变注定要由远离京城的边缘诗人发起。这时，蜀人陈子昂来到了京城，带着不谙世故的耿直，甚至还有一丝桀骜不驯。

边远的蜀文化自古就与中原文化不同，崇尚的仍是先秦的士风，任侠使气，平揖公侯。陈子昂少年时便曾因击剑而伤人，后来

1《旧唐书·宋之问传》。

2《唐诗纪事》卷三上官昭容条。

慨然立志，学百家纵横之术，自负有经纬之才。他的到来注定成为唐诗史上的一件大事。

相传陈子昂初入京时，为了扬名立万，还玩了一把行为艺术，在大街上豪掷千缗，购下一把胡琴，然后当街摔碎，对周围人说，这不过是贱工之役，我陈子昂有诗文百轴，却不为人所知。此举顿时引起轰动效应，一日之内，名噪京都。[1]

这或许是后人编出来的故事，却也是即将到来的盛唐诗元气充沛的反映。颓靡轻薄的诗坛是要由警世之言来打破的，这一警世之言便是陈子昂那篇著名的《与东方左史虬修竹篇序》：

> 文章道弊五百年矣。汉魏风骨，晋宋莫传，然而文献有可征者。仆尝暇时观齐、梁间诗，彩丽竞繁，而兴寄都绝，每以永叹。思古人，常恐逶迤颓靡，风雅不作，以耿耿也。一昨于解三处，见明公《咏孤桐篇》，骨气端翔，音情顿挫，光英朗练，有金石声。遂用洗心饰视，发挥幽郁。不图正始之音复睹于兹，可使建安作者相视而笑。

序题中的东方虬就是那个写应制诗输给宋之问的左史官，此文应是陈子昂入京应试时所作。唐代以诗文取士始于武后临朝，此后，士人想要入仕，就得先向名人显宦投献诗文，以求荐举。可见东方虬

1 《唐诗纪事》卷八陈子昂条。

在当时是一个颇有影响的人，史载他曾夸口，百年后其名字可与“西门豹”三字作对。《咏孤桐篇》虽今已不存，但由其诗题看，与陈子昂《修竹篇》的诗旨应属同一类型。《修竹篇》诗写道：

> 春木有荣歇，此节无凋零。
> 始愿与金石，终古保坚贞。

这正是所谓的“正始之音”，它既是对东方虬的赞誉，也是陈子昂的自喻。

更重要的是，陈子昂在这篇诗序中为当时的诗坛指出了一条革新之路。诗歌的灵魂不是形式，而是内容，诗歌应当回归传统，革除“彩丽竞繁，而兴寄都绝”的齐、梁艳风，恢复“汉魏风骨”和“正始之音”。序中“五百年”的概数令人联想到孟子“五百年必有王者兴，其间必有名世者”的预言，可见陈子昂是多么自负。

我们不知道此篇诗序的具体作年，也不知道东方虬是否对陈子昂的入仕发挥过作用。据陈子昂友人卢藏用《陈氏别传》，陈子昂“年二十一始东入咸京，以进士对策高第”。但是，这条记载是有误的，陈子昂此次乃是赴洛阳应试，落第后又返回家乡。高宗永淳元年（682），陈子昂再次赴洛阳应试，终于进士及第，释褐将仕郎。他有《度荆门望楚》一诗，就作于高宗调露元年（679）他初次出蜀之时。

遥遥去巫峡，望望下章台。
巴国山川尽，荆门烟雾开。
城分苍野外，树断白云隈。
今日狂歌客，谁知入楚来。

这首近体诗视野开阔，笔力劲健，已尽显盛唐气象。美国汉学家宇文所安注意到陈子昂喜欢用“断”和“分”之类动词描写空间关系，以“表现视觉的延续性被打断”和“视觉在延续中断后又重新开始”的意境。[1]但在当时及此后的唐代诗人心目中，陈子昂最有成就的还是他的古体诗。

《旧唐书·陈子昂传》载其“初为《感遇诗》三十首，京兆司功王适见而惊曰：‘此子必为天下文宗矣！’”今存陈子昂《感遇诗》三十八首，显然不是一时一地之作，且大都作于入仕之后。但《感遇诗》为他赢得“天下文宗”之美誉，应当不是太夸张的说法。

与近体诗相比，古体诗代表的是现实关怀，而非粉饰秩序，这是陈子昂喜欢写古体诗的重要原因。那些崇尚古典诗歌的士人是看不起宫廷诗人的，对他们来说，诗歌的体裁是“有意味的形式”。近体诗一开始的定位就是声律和辞藻，而古体诗则有“汉魏风骨”与“正始之音”的传统作为先导。

自陈子昂后，大凡强调诗歌要有现实内容的诗人，都对陈子昂

---

1 斯蒂芬·欧文《初唐诗》，广西人民出版社，1987年。

推崇备至。我们看杜甫“终古立忠义，感遇有遗篇”（《陈拾遗故宅》）、韩愈“国朝盛文章，子昂始高蹈”（《存士》）的评价，便可知陈子昂在这两位大诗人心目中的地位；而萧颖士称“近日陈拾遗子昂文体最正”，[1]梁肃赞“陈子昂以风雅革浮侈”，[2]更是点出他的创作在诗风转变中的作用。

所谓“忠义”“高蹈”“风雅”，实际上都是指诗歌具有真情实感的内容与慷慨刚健的情怀。

兰若生春夏，芊蔚何青青。
幽独空林色，朱蕤冒紫茎。
迟迟白日晚，袅袅秋风生。
岁华尽摇落，芳意竟何成。

——《感遇》其二

本为贵公子，平生实爱才。
感时思报国，拔剑起蒿莱。
西驰丁零塞，北上单于台。
登山见千里，怀古心悠哉。
谁言未忘祸，磨灭成尘埃。

——《感遇》其三十五

1 李华《唐扬州功曹萧颖士文集序》引。
2 梁肃《补阙李君前集序》。

香兰、杜若在林中默默地绽放，仿佛它们的存在就是为了显出自身的高贵，但高贵的事物总是短暂的，春去秋来，草木摇落，又有谁能真正欣赏？自宋玉创造出“摇落”这个词，它就具有了某种悲怆的意味。不同于凋谢是一片一片地坠落，摇落则是铺天盖地地坠落，给人一种寥廓无边之感。它在人们心中往往意味着无可避免的岁月的凋零与生命的落寞。

诗人的情绪是波动起伏的，“感时思报国，拔剑起蒿莱”，当他奔赴边关时，古人的英雄豪气在胸中激荡，那种战死疆场的光荣、勇敢的先秦贵族品质，是他所向往的。

与陈子昂的诗相比，宫廷诗确乎是太妩媚柔弱了。

二

然而，这种形象鲜明、兴发感动的诗在《感遇》中其实并不多见，更多的是阐释先秦儒道甚至神仙道教的观念，如“太极生天地，三元更废兴”“曷见玄真子，观世玉壶中”“瑶台有青鸟，远食玉山禾”“闲卧观物化，悠悠念无生”“窅然遗天地，乘化入无穷”，有些还夹杂着佛教的观念，如“西方金仙子，崇义乃无明”。这种时候，与其说陈子昂是个诗人，不如说是个哲人。

在中国古代哲人的思维中，一直有着对“开端”的追寻，它是经验世界的本原，而这个本原又存在于现实事物中。因而在中国古代，“元”既是万物之始，又是庶民的代称。陈子昂的诗句“圣人不利己，忧济在元元”，就是杜甫所说的“忠义”；而“仲尼探元化，幽鸿顺阳和”，则是韩愈所说的“高蹈”。这种将儒家的入世与佛道的出世结合起来的思想，虽不是陈子昂的发明，但在唐代诗人中却是由他开了一个头。而“幽居观天运，悠悠念群生”“囊括经世道，遗身在白云”，不正是此后众多诗人出处进退的立身之道吗？

有意思的是，熟悉唐代诗歌的现代读者虽大都知道陈子昂的名字，但很少有人会记诵他的《感遇》诗。相较盛唐诗歌的兴象韵味，他的语言太抽象、太概念化了。在唐代众多诗人中，陈子昂的艺术感觉并不是最好的，他感兴趣的是思想观念。读他的诗，会觉得像是东晋“理过其辞”的玄言诗，哲学概念取代了文学意象，哪怕是宫廷诗人那些堕落颓靡的意象，也似乎要比他的抽象词汇更多兴发感动。清人王夫之评《感遇》诗“似诵似说，似狱词，似讲义，乃不复似诗”[1]，虽不免责之过苛，但的确是看到了陈子昂的诗歌理胜于情，有风骨而乏兴象的缺陷。

可以说，杜甫、韩愈等人对陈子昂的重视，实际上是指他诗歌中所表现的思想内容。在当时及后世的众多赞扬声中，还是其友人卢藏用的评论最为深刻。陈子昂去世后，卢藏用为其作传，编辑文集，并在《右拾遗陈子昂文集序》中，道出了陈子昂诗歌中隐藏的文化编码：

---

1 王夫之《唐诗评选》。

至于感激顿挫，微显阐幽，庶几见变化之朕，以接乎天人之际者，则《感遇》之篇存焉。

自古以来，“天人之际”便是中国士人解释世界的一个主要命题。“天道”属于超越世界，“人道”属于现实世界，前者是后者的价值之源。从商朝的“帝”到周朝的“天”，尽管超越世界的宗教性已经弱化，但“天”仍是一个有意志的超验存在。无论是季文子的“礼以顺天，天之道也”，[1]还是孔子的“不知命，无以为君子也”，[2]以及老子的“天之道，损有余而补不足”，[3]都指出现实世界的秩序与天道的紧密关系。这个天道体现为伦理的德行，即《周书》的“皇天无亲，惟德是辅”，老子的“天道无亲，常与善人”。按照余英时先生的说法，孔子的功绩在于他第一个提出“仁”的概念，将外在的天命进一步转向人的内心，形成一种内向超越的思维模式。[4]

因此，“天人之际”的命题实际上就是指必然性的天命与人的德行（事功）的关系，并将一个人的德行视作获得不朽的途径。董仲舒提出“天人感应”，以限制君权，司马迁作《史记》，欲“究天人之际”，何晏赞王弼“可与言天人之际”，[5]都是在强调这种命运与

1 《左传》文公十五年。
2 《论语·尧曰》。
3 《老子》七十七章。
4 余英时《论天人之际》，中华书局，2014年。
5 《三国志·魏书·钟会传》。

德行的关系。客观的命运固然难以悖逆，但主观的德行又可以反过来影响命运。[1]

换句话说，天人之际构成了中国古代士人的安身立命之道。这个精神之道是不离经验世界的，孔子所谓“道不远人”，司马迁称伯夷“君子疾没世而名不称焉”，[2]正是中国士文化的精髓。一如苏格拉底、耶稣和释迦牟尼的自我牺牲，由孔子开端并由司马迁发扬的这一基本价值观念同样是附着于伟大的人格典范而获得其有效性的，即对天命的信仰体现为在现实生活中追求更高的人生境界。一个士人的最高理想就是经世济时，将个体生命投入社会现实中，以超脱的精神追求人间的事功。

这就是卢藏用极力赞扬陈子昂的原因。面对轻薄浮艳的时代风气，陈子昂在诗中反复咏叹“天道”“天命”“天运”，抒发个人的穷达际遇和人生理想，重新表现出对“天人之际”的关怀。唯其如此，他才能对现实世界有真关怀、真坚持。在他那里，天命既是人生责任的担当，也是人生失意的解释。因此，其“感激顿挫”的声音，才给当时无病呻吟的诗坛带来了变化的征兆。

《新唐书·陈子昂传》称：“唐兴，文章承徐、庾余风，天下祖尚，子昂始变雅正。”所谓“雅正”，便是以复古求新变，重新讲求诗歌的现实内容与高尚情怀。说到底，诗歌要有充沛的精神内涵，

---

1 例如，《易经》就体现了命运与德行（事功）的关系。命运是可预知的，有时不可改变，有时通过主观能动性可以改变。

2 司马迁《史记·伯夷列传》引孔子语。关于这段话的阐释见本书《刘禹锡》章。

再好的技艺也只是技艺。

理解了这一点，我们再来读陈子昂那首千古绝唱《登幽州台歌》，就会有更深的体会。在登进士第后，陈子昂曾上疏直谏，反对将唐高宗灵驾移至长安，理由是这样会大兴徒役，使民众疲敝饥苦。武则天看后不由得赞叹其才识，于是授以麟台正字，后又迁右拾遗。这虽然只是一个从八品的谏官，但陈子昂非常认真，认真到以为大展宏图的时候到了，不久却因“逆党”案被株连下狱。观其一生仕途，最重要的事迹就是曾两度从军边塞，对边防军事颇有一番自己的见解。

垂拱二年（686），同罗、仆固等突厥诸部反叛，左豹韬卫将军刘敬同发兵征讨，陈子昂曾随左补阙乔知之到达过居延海、张掖河一带，并代为起草奏章，就河西的地理形势指出经营同城的重要性。神功元年（697），陈子昂又与乔知之一道，随建安郡王武攸宜北征契丹，在军中担任参谋一职。由于他多次直言谏事，并表示愿率军做前驱突袭，结果武攸宜不但没有听取他的建议，反而将他降职为军曹。

以陈子昂的抱负和个性，可以想见他的落寞悲愤。于是在某一天，他独自一人登上蓟北城楼，遥想当年燕昭王建造黄金台招贤纳士的盛况，写下《蓟丘览古赠卢居士藏用》的组诗，感叹“丘陵尽乔木，昭王安在哉”的君臣际遇，思索“兴亡已千载，今也则无为”的古今变迁。

可是，陈子昂在这里犯了一个“时代错误”，因为他的时代早已不是“士贵耳，王者不贵”的战国时代，[1]而是周秦之变后的大一统帝制。从早期武士和祭司蜕变而来的文士阶层，曾经为战国诸雄争霸做出过重要贡献，他们的身份并不世袭，却为世袭的君主效力，提供治国方略，如果不能见用，也可随时去其他诸侯国做官，就连诸侯、将军都不得不承认文士治国平天下的作用。[2]秦汉以降，文士的这一功能并未完全消失，而是在帝制下形成了文官治理的官僚集团，成为文化观念的提供者。但君主集权制度同时也堵塞了文士的自由择仕之路，使得荀子“从道不从君”的理想成为一个文本里的神话。

然而，恰恰是这种思想上的“落伍”，使得陈子昂能从超越性的天人之际角度抒发思古幽情。眼前是天际下无垠的北方原野，远古的风迎面吹来，一种遗世独立的孤独感油然而生。没有任何景物描写，只有胸中的感慨：

> 前不见古人，后不见来者。
>
> 念天地之悠悠，独怆然而涕下。[3]

---

1 《战国策·齐策》。

2 参见《史记·孙子吴起列传》《史记·魏世家》等。

3 此诗见于卢藏用《陈氏别传》引，传世本《陈伯玉文集》未录此诗。近年陈尚君教授撰文，认为此诗为卢藏用所作（见《东方早报》2012年2月19日）。彭庆生教授具文反驳，认为此诗为陈子昂所作无疑，原题为《登蓟北楼歌》（见《光明日报》2016年3月24日）。彭文良是。

这是何其天荒地老的落寞！遥远的过去来自黑暗深处，而未来更是沉没在无穷无尽的黑暗之中。这就是陈子昂眼中的世界图像。如果说《感遇》（其十四）中“临岐泣世道，天命良悠悠”的感叹还有着具体的人事所指，那么在这里，历史就已经完全被抽象化了。诗中只有两个形象，一个是永恒的宇宙，一个是诗人的自我。“怆然而涕下”则是这个孤独的自我探究天人之际的结果。

清人黄周星评此诗：“胸中自有万古，眼底更无一人。古今诗人多矣，从未有道及此者。此二十二字，真可泣鬼。”[1]在这位清代诗评家眼中，陈子昂这首诗已经将个人的际遇之感提升到了某种形而上的层面。

三

事实上，陈子昂这首被后世题为《登幽州台歌》的诗本于楚辞《远游》：“惟天地之无穷兮，哀人生之长勤。往者余弗及兮，来者吾不闻。”不过，屈原的悲哀仍然属于原始神话的思维，当他遭到排挤诽谤后，只能眇观宇宙，想象遨游天界的情形，表现出先秦时代楚国人对于生命的悲剧意识和拯救希望。

随着神话思维的逐渐消退，这种悲剧意识在汉末显得更加突出

---

1 黄周星《唐诗快》卷二。

和不可解。经过魏晋六朝对于生命的种种纠结而徒劳的解脱，初唐仍旧是一个慨叹人生短暂的时代。面对时间的无情流逝，张若虚会想到“江畔何人初见月？江月何年初照人？”稍后的李白会想到“今人不见古时月，今月曾经照古人”。这都是面对自然时间的无奈感伤，只有陈子昂将当下的自我置于无限的时空中，发出对天人之际的追问。

与屈原的感受不同，也与汉魏六朝诗人的感受不同，陈子昂感受到的是个体生命的绝对限制。他是唐代第一个从群体意识中挣脱出来的诗人。他在旷野中呼喊的孤独具有文化史上的意义，那不是生命的感伤，而是自我意识的觉醒。此后的诗人要想写出杰出的作品，诗中有没有自我便成为一个重要的标准。

就像古希腊哲人柏拉图的“在之中”，我们既无法看见过去，也无法目睹未来，“在之中”定义了我们当下的存在。不同的是，柏拉图的“在之中”外还有一个理念的世界，使人得以朝向永恒的存在，而陈子昂的“在之中”却有一种无法超越的悲伤。时空的限制使他感到生命的终极虚无，他的情感意绪中既有楚国贵族那种积极的孤独，又比屈原多了上千年历史的沧桑落寞。中国历史上的那些杰出人物普遍把对永恒的渴望转变为面向当下的德行努力，造次必于是，颠沛必于是。这也许就是儒家“天人之际”的真切含义吧。

读过《登幽州台歌》，谁还会说中国文化没有超越性呢？只不过，这种天人之际的“内向超越”不是真正意义上的超越，因为超越的意思是跳出自我，进入无限，而通过“内向超越”提升的自我终究还是自我，这个自我仍然处在物理的时间和空间之中。换言之，超越世界必须处于现实世界之外，无论是柏拉图的“理式”还是奥古斯丁的“上帝之城”都如是，否则，人间秩序的应然与实然之间便没有了区隔。

在中国远古社会，超越世界曾经产生过神圣的观念，但到了先秦诸子时代，除了南方的楚国，天人之间的关系已经逐渐理性化、世俗化了，两个世界不即不离，而更偏向于人的一面，既不是上古偏向于天的天/人对立，也不是西方文化的神/人对立。这种宇宙观淡化了两个世界的二元划分，并规范了中国古代士人的人生之路——通过人间事功去追求不朽，并将穷达荣辱归于天命，以此慰藉自己执着于现实的悲剧性命运。

写下此诗后不久，陈子昂便愤而辞职返乡。途经散关时，他在寄给挚友乔知之的一首诗中，回顾了自己一生的事业。

葳蕤苍梧凤，嘹唳白露蝉。
羽翰本非匹，结交何独全。
昔君事胡马，余得奉戎旃。
携手向沙塞，关河缅幽燕。
芳岁几阳止，白日屡徂迁。
功业云台薄，平生玉佩捐。
叹此南归日，犹闻北戍边。
代水不可涉，巴江亦潺湲。

揽衣度函谷，衔涕望秦川。

蜀门自兹始，云山方浩然。

——《西还至散关答乔补阙知之》

虽仍念念不忘国事，但陈子昂已经对个人前程感到无望，征战幽燕的情景已成回忆，家乡的云山在迎接他的归来。那是雄奇浩然的山，是培育了他诗歌精神的山。

从此，他回到家乡梓州射洪，家居守制，一边种树采药，一边撰修《后史记》。两年后，他被县令段简诬陷入狱，冤死狱中，年仅四十二岁。根据《陈氏别传》记载，段简是为了图谋其财富，于是“附会文法”陷害他。而中唐元和时期的诗人沈亚之认为，段简陷害陈子昂实际上是受武三思指使。明代诗评家胡震亨进一步指出，直接的原因可能与陈子昂和武攸宜的龃龉有关。[1]所以，当时人皆知其冤。

临终前，陈子昂在狱中用《易经》命蓍自筮，卦成而仰天长叹：“天命不佑，吾其死矣！”早年怀才不遇，中年归隐又遭劫难，在生命的最后时刻，不可抵抗的必然性的天命再一次向他呈现。

明末清初思想家王夫之曾说：“陈子昂以诗名于唐，非但文士之选也。使得明君以尽其才，驾马周而颉颃姚崇，以为大臣可矣！”[2]他认为陈子昂不仅是一个诗人，而且有治国的才能，可惜未能得到

---

1 沈亚之《上郑使君书》，胡震亨《唐音癸签》卷二五。

2 王夫之《读通鉴论》卷二十一。

君主重用，言下颇有叹其命运不济之感。

事实上，很难说陈子昂具有马周、姚崇那样的政治才干。仅以那次征伐契丹为例，起因是契丹发生灾荒，营州都督赵文翙拒绝赈灾，引起契丹和奚族联合反叛。中原王朝与草原各部族之间的战争，常常是多方的角力，大局观的外交谋略十分重要，面对从来没有固定防线的游牧族，陈子昂的偏师突袭建议对于整个战局未必能起多大作用，那场战争最终是靠唐朝与突厥结盟，以及奚族背叛契丹，唐军才在次年取得了胜利。

无论如何，陈子昂的一生在政治上是不幸的，在文学上却是幸运的。作为一个胸怀壮志的士人，他给后人留下了深刻印象。杜甫就十分敬仰陈子昂的德行，在其《陈拾遗故宅》诗中赞道："位下曷足伤？所贵者圣贤。有才继骚雅，哲匠不比肩。公生扬马后，名与日月悬。"诗歌终究不同于政治，诗人的历史地位恰恰就在于其文学成就超越了政治功业。陈子昂的诗以其对现实的真切关怀以及强烈的个体意识，预示着初唐诗歌的结束与盛唐之音的到来。确如卢藏用所说："横制颓波，天下翕然，质文一变。"[1]

从此以后，歌功颂德的诗就很难再进入诗歌的最高殿堂。无怪乎五百年后的诗人元好问依然对陈子昂推崇备至，要用黄金来给他塑造一个雕像："论功若准平吴例，合着黄金铸子昂。"[2]

---

1 卢藏用《陈伯玉文集序》。

2 元好问《论诗三十首》其八。

孟浩然

（689—740）

惟有幽人自来去

孟浩然自己的人设始终是一个隐士，不是一个诗人。而与他同时代的诗人在面对功名利禄的巨大诱惑时，也需要捧出一个清高自由的隐士形象，以对抗自己身处的那个浮躁的盛世。

当路谁相假
知音世所稀

一

说到唐代山水诗的代表人物，现代读者都知道有王、孟、韦、柳的称谓，这四人中孟浩然生年最早，也是唯一没有做过官的。他出生于永昌元年（689），逝世于玄宗开元二十八年（740），有生之年的大半时间都是在襄阳南郊的家园里度过的，这使他在生前就获得了一个高士的名声。

玄宗天宝四载（745），宜城王士源辑录孟浩然诗，共218首，到了天宝九载（750），集贤院修撰韦滔又加以缮写扩增，送藏秘府。这个史实让我们得以了解唐诗流传的一些情形，除了好事者的传抄外，宫廷图书馆的整理、收藏也是很重要的一环。王士源在《孟浩然集序》中还给我们提供了一份孟浩然的性格档案：

骨貌淑清，风神散朗。救患释纷，以立义表；灌蔬艺竹，以全高尚。交游之中，通脱倾盖……浩然文不为仕，伫兴而作，故或迟；行不为饰，动以求真，故以诞；游不为利，期以放性，故常贫。名不继于选部，聚不盈于担石。虽屡空不给，而自若也。

这简直就是一个陶渊明式的人物，真率朴实，屡空晏如，就连倾心交友的性格都很相似。孟浩然作为一介布衣，当时诗坛的重要诗人李白、王维、王昌龄、储光羲都与他交往密切，这绝不是偶然的事。

按照闻一多先生的说法，孟浩然喜爱隐居生活与襄阳的历史地理环境密切相关。襄阳自古以来就是一个人杰地灵的地方，那里的山水形胜美不胜收，有鹿门山、岘山、荆山、石梁山、望楚山和沔水；那里的历史名人层出不穷，有庞德公、庞统、马谡、廖化、羊祜、杜预和山简。从小熟读习凿齿的《襄阳耆旧记》，孟浩然早已在心理上和家乡的前贤、山水同体化了。尽管身处开元盛世，他却屡次拒绝朋友们的援引，就为着与前辈乡贤达成的一个神圣默契，一生终老于布衣。[1]

闻一多先生太欣赏孟浩然了，故意忽略了他曾入京求仕的经历。唐代诗人年轻时往往都会隐居寺院读书，既是为了准备科举考

1 闻一多《唐诗杂论·孟浩然》，上海古籍出版社，2019年。

试，也是为了在社会上积攒诗名。孟浩然也不例外，只是他不用再周游四方去寻觅隐居之所，无论垂钓涧水，还是渔歌樵唱，对孟浩然来说，似乎都不用刻意寻求，自家的园庐就位于襄阳城南郊外，那是最佳的隐居之处。

弊庐在郭外，素产惟田园。
左右林野旷，不闻朝市喧。
钓竿垂北涧，樵唱入南轩。
书取幽栖事，将寻静者论。

——《涧南园即事贻皎上人》

郊外的乡村生活足以享受隐士的闲适，而无须特意表现出“结庐在人境，而无车马喧”。即使偶尔参加劳作，也都充满乐趣。与陶渊明不同，孟浩然从未描写过“屡空不给”的乡村生活，穷困根本就不在他的审美视野之内。

樵牧南山近，林闾北郭赊。
先人留素业，老圃作邻家。
不种千株橘，惟资五色瓜。
邵平能就我，开径剪蓬麻。

——《南山下与老圃期种瓜》

在这样衣食无忧的环境中，又有邻舍的帮忙，生活上完全可以无所用心，任感官随四季的变化而呼吸大自然的气息。春天来了，轩窗外，鸟声阵阵，吵醒了睡意正浓的隐士。

春眠不觉晓，处处闻啼鸟。
夜来风雨声，花落知多少。

——《春晓》

这是孟浩然最著名的一首诗，表现出一种对于世界天真无邪的感觉。高卧轩窗下的乐趣源于和自然最亲密的接触，诗人仿佛是第一次听到雨声，第一次看到花落。

轩窗的意象在这首诗里并没有出现，而是隐藏在诗境的后面，但在其他诗里，这个意象却是常常出现的。夏日炎热，诗人就在园庐的南亭纳凉，看山光西落，明月东升。

山光忽西落，池月渐东上。
散发乘夕凉，开轩卧闲敞。
荷风送香气，竹露滴清响。
欲取鸣琴弹，恨无知音赏。
感此怀故人，中宵劳梦想。

——《夏日南亭怀辛大》

沐浴后披散着头发，开轩而卧，这是何等的人生快事。诗人的一举一动显然都在模仿陶渊明的行事，喜欢在“五六月中北窗下卧，遇凉风暂至，自谓是羲皇上人”（陶渊明《与子俨等疏》）。此时此刻，孟浩然盼望着友人能来分享这份闲情逸致，竟至于中宵难眠。

到了秋日，则可以登上南园北面的兰山，遥望远处友人隐居的白云缭绕的北山。

> 北山白云里，隐者自怡悦。
> 相望试登高，心随雁飞灭。
> 愁因薄暮起，兴是清秋发。
> 时见归村人，沙行渡头歇。
> 天边树若荠，江畔舟如月。
> 何当载酒来，共醉重阳节。
>
> ——《秋登兰山寄张五》

诗人的想象在这里充分发挥了作用，他和友人各自站在两座山峰上，隔着山下的旷野相望。山下风景如画，近处归家的村民在渡头歇息，远处的树林像荠菜般似有若无，这一切都引起诗人的怡悦与感动，他期待重阳节的来临，那时友人将载酒而来。或者，他就在重阳节受邀，到友人家中做客。

> 故人具鸡黍，邀我至田家。

绿树村边合，青山郭外斜。

开轩面场圃，把酒话桑麻。

待到重阳日，还来就菊花。

——《过故人庄》

相较于孟浩然的其他诗歌，这一首写得最为悠闲随意。诗人采用移步换形的手法，“绿树村边合”是村外所见之景，“青山郭外斜”是进村后向外瞭望之景。到了朋友家，坐下来聊聊庄稼与农活，“开轩”的意象在这里再一次出现。结构上仍沿袭诗人一贯的构思，严格按照时间顺序，详细描写出游过程，最后用一个议论收尾。全篇明白如话，意象疏朗，甚至不用任何景物来衬托。如果说其中有诗意，那就是诗人对平淡生活的热爱超过了诗。

孟浩然诗歌的特点是平淡，但偶尔也会意象稠密。他喜欢登山，尤其是他家附近的鹿门山和岘山。纯粹为了欣赏景色而攀登高峰，揭开自然的帷幕，孟浩然或许是唐代第一人。当他叙写登山经验时，更是突出表现了自己的隐士身份。他对于家乡的一丘一壑都很熟悉，时常攀登东汉庞德公隐居的鹿门山。

清晓因兴来，乘流越江岘。

沙禽近方识，浦树遥莫辨。

渐至鹿门山，山明翠微浅。

岩潭多屈曲，舟楫屡回转。

昔闻庞德公，采药遂不返。
金涧饵芝术，石床卧苔藓。
纷吾感耆旧，结揽事攀践。
隐迹今尚存，高风邈已远。
白云何时去，丹桂空偃蹇。
探讨意未穷，回艇夕阳晚。

——《登鹿门山》

诗中详细描写了一天的登山过程：从清晨旅行转向回顾先贤事迹，再转向古代遗址和当下感受，"探讨"游山体验，最后以晚归结束。描写上的全景式铺陈，结构上的叙事—写景—说理，对自然山水的精雕细刻而非概括性描写，这与其说是在学陶渊明，不如说是在学谢灵运和谢朓。

杜甫在多年后曾评价孟浩然"赋诗何必多，往往凌鲍谢"（《遣兴五首》其一），将他置于鲍照、谢朓的诗歌传统中，尽管孟浩然本人从未提到过这两位诗人。

二

要了解孟浩然，就得了解中国古人对于山水的态度。农耕时代形成的文化心理中，山水具有某种大自然的合目的性。最初的"自然"概念在老庄那里是指宇宙的本原，山山水水不仅滋养了人们的日常生活，还体现了宇宙的恒定法则，因此也成为人们沉思和审美的对象。一代又一代的文人登山临水，都是为了通过对永恒自然的感受去把握短暂易逝的人生。

岘山是襄阳的一座历史名山，当孟浩然登岘山时，他的关注点也转到了历史。他没有像登鹿门山那样详叙登山过程，甚至没有去费心描绘岘山的景色，而是采用近体诗的形式，概括地表达内心的感受。

人事有代谢，往来成古今。
江山留胜迹，我辈复登临。
水落鱼梁浅，天寒梦泽深。
羊公碑尚在，读罢泪沾襟。

——《与诸子登岘山》

一开头就是议论，但抒发议论并不表明缺乏诗意，关键是要对生活有所发现。这首诗的议论正因为对历史的高度概括而成为千古名句。

诗人的思绪在历史中驰骋。西晋的羊祜镇守荆襄时，常常到岘山置酒言咏。有一次，他对同游者喟然叹道："自有宇宙，便有此山，由来贤达胜士，登此远望，如我与卿者多矣，皆湮灭无闻，使人悲伤！”[1]羊祜去世后，襄阳人在岘山建碑立庙纪念他。当孟浩然与友人登临此山时，羊祜曾经感受到的时间意识再一次浮现在孟浩然的脑际，使他不由得感叹人世功业的渺小。

这种古往今来的时间意识当然是由人事代谢体现出来的。在孟浩然生活的时代，唐帝国正处在全盛时期，文人登临怀古还不会产生中晚唐诗人那种对于朝代兴亡的感喟，而是沉浸在汉魏六朝以来关于个体生命的易逝中，这是历史上任何盛世都无法解决的问题。不过，孟浩然对于自然的哲思仅限于这首诗，他对美的欣赏要比对善的思考多得多。

孟浩然就这样日复一日地陶醉在家乡的山水中，他似乎过早意识到了生命之短暂，没有多少欲求，写诗对他来说只是闲暇时的消磨，他并不想当一个诗人。唐末通俗派诗人皮日休曾隐居鹿门山，他对这位前辈乡贤的诗评价很高，称赞其“遇景入咏，不拘奇抉异”[2]。就是说，孟浩然的诗写得不假构思，随意而平淡。不过在唐末，孟浩然的文学地位早已确立，他的艺术成就也得到了公认；而在开元年间，京城诗坛对于这位乡村绅士的风格还是十分陌生的。

为了对付应制、试帖和社交应酬，当时的京城诗歌主流讲究的是雅致和技巧，倾向于诗歌的结构安排，以及对诗句的并置、省略和跳跃的处理。但孟浩然在乡间写的诗似乎完全不懂得如何压缩时

---

1 《晋书·羊祜传》。
2 皮日休《郢州孟亭记》。

间，正如上面所引《登鹿门山》，他的“诗中时间”与“实际时间”往往是一致的。他擅长五古，很少写七言，五律也不太遵守平仄、对仗的严格要求。

采樵入深山，山深树重叠。
桥崩卧槎拥，路险垂藤接。
日落伴将稀，山风拂萝衣。
长歌负轻策，平野望烟归。

——《采樵作》

垂钓坐磐石，水清心亦闲。
鱼行潭树下，猿挂岛藤间。
游女昔解佩，传闻于此山。
求之不可得，沿月棹歌还。

——《万山潭》

前首诗的颔联完全采用浅显的口语，后首诗的颔联虽然合律，却没有刻意推敲，与晚唐诗人贾岛“独行潭底影，数息树边身”（《送无可上人》）的诗句相比，孟浩然“遇景而咏”的特点就充分显示出来了。唐代诗选家殷璠在《河岳英灵集》中称：“浩然诗……半遵雅调，全削凡体。”这应当是在他的名声已经建立起来后的评价。这一评价也代表了京城诗坛对这位乡村绅士的认可，并且这认可与王维、李白等大诗人的赞扬是分不开的。

玄宗开元十六年（728），孟浩然年近四十，第一次赴长安求仕。此前他曾漫游长江流域，还到过洛阳干谒名流，但都没有成功，也许他更想在京城获得名声吧。此次赴长安，孟浩然很快就引起张九龄、王维等诗坛领袖的注意。

根据王士源的诗序，孟浩然滞留长安时，有一次闲游秘书省，与文士们赋诗聚会。正是秋月新霁时分，他赋了两句诗："微云淡河汉，疏雨滴梧桐。"诗一出，"举座嗟其清绝"。这里的"清绝"正是摆脱了"凡体"的"雅调"，叹其诗句雅致清新，属对精妙。作为当时京城诗坛的中心人物，王维或许正是从这种"清绝"的诗风中意识到孟浩然必将成为一名重要诗人。根据另一则比较可靠的记载，王维不仅为孟浩然画像，还给他的诗题识"美其风调"。[1]风调就是"雅调"，既指人的气质，也指诗的清雅。

但是，《新唐书》本传记载的一段逸事，却明显属于后人的编造。这个逸事讲，王维将孟浩然私邀到内署，谈论诗歌，玄宗突然驾临，见到孟浩然后命其吟诵"近作"。当孟浩然诵至"不才明主弃，多病故人疏"时，玄宗顿时很不高兴，因为孟浩然从未求仕，却责备朝廷不用他，于是命他离开京城回家。[2]这首"近作"就是孟浩然的名篇《岁暮归南山》：

---

1 《历代诗话》本《韵语阳秋》卷十四。

2 此事又载《唐摭言》《唐才子传》《唐诗纪事》等书。

北阙休上书，南山归敝庐。
不才明主弃，多病故人疏。
白发催年老，青阳逼岁除。
永怀愁不寐，松月夜窗虚。

这其实是孟浩然求仕未成后写的一首诗。他一生似有三次求仕经历，一次在洛阳，另两次在长安，所以并不能肯定这首诗作于哪一年。我们只知道他在某次由京归乡时，王维曾赠诗送别，以示安慰。

杜门不复出，久与世情疏。
以此为良策，劝君归旧庐。
醉歌田舍酒，笑读古人书。
好是一生事，无劳献子虚。

——《送孟六归襄阳》

孟浩然也有诗留别：

寂寂竟何待，朝朝空自归。
欲寻芳草去，惜与故人违。
当路谁相假，知音世所稀。
只应守寂寞，还掩故园扉。

——《留别王维》

孟浩然还是满腹牢骚地走了，他发现自己完全不适应都市社会，入仕并不如他想象的那样容易。如果说王维的诗是“知音”之言，知道孟浩然不是做官的料，孟浩然自己的诗则是有点儿心灰意冷，觉得赴京求仕违背了初心，也许他还想起了在家乡卧病时写给远在温州乐成县当县令的发小张子容的诗：“世途皆自媚，流俗寡相知。”（《晚春卧病寄张八》）

他给京城的朋友写诗，表白自己的后悔与觉醒：

尝读高士传，最嘉陶徵君。
日耽田园趣，自谓羲皇人。
予复何为者，栖栖徒问津。
中年废丘壑，上国旅风尘。
忠欲事明主，孝思侍老亲。
归来当炎夏，耕稼不及春。
扇枕北窗下，采芝南涧滨。
因声谢同列，吾慕颍阳真。

——《仲夏归汉南园寄京邑耆旧》

人到中年，居然还会去“问津”，心中实在有愧。如今，他再次想到自己敬慕的陶渊明，又恢复了淡泊名利的心情。毕竟那个时代的士人想要退出政治，获得自由，还是有广阔空间的，那就是远离都市的田园山水。

三

离开京城后，孟浩然先是到了洛阳，然后从洛阳赴吴越一带，游山访友。早在开元十六年赴京求仕前，他就曾游历江夏、维扬，并与刚出蜀后寓居安陆的李白结识，二人性情相投，一见如故，李白那首著名的《黄鹤楼送孟浩然之广陵》便作于这个时期。

有几年时间，孟浩然一直在建德、天台、桐庐、耶溪、永嘉等地漫游，写出了不少堪称“清绝”“雅调”的近体诗。

移舟泊烟渚，日暮客愁新。
野旷天低树，江清月近人。

——《宿建德江》

山暝听猿愁，沧江急夜流。
风鸣两岸叶，月照一孤舟。
建德非吾土，维扬忆旧游。
还将两行泪，遥寄海西头。

——《宿桐庐江寄广陵旧游》

木落雁南度，北风江上寒。
我家襄水曲，遥隔楚云端。

乡泪客中尽，孤帆天际看。

迷津欲有问，平海夕漫漫。

——《早寒江上有怀》

无论是兴象的壮阔，还是风骨的高致，这些近体诗都称得上盛唐之音的佳作。不过，尽管江南风景是秀美的，孟浩然还是难忘“我家襄水曲”。别人写田园之乐或许还有矫情的一面，而孟浩然是真爱家乡的山水。在这方面，他的乡情太重。

唐代城市与乡村的对立，亦即盛宴与田园的对立，在孟浩然的诗中显露无遗。如果说唐代有哪个诗人最不喜欢城市，那就是孟浩然了。他喜欢走在群山、森林和原野的小径上。晚年的他甚至在鹿门山建了一座别墅，偶尔会去那里住住。

鹿门月照开烟树，忽到庞公栖隐处。

岩扉松径长寂寥，惟有幽人自来去。

——《夜归鹿门歌》

做一个乡村的“幽人”才是孟浩然的理想，这也为他后来的经历所证明。

玄宗开元二十三年（735），以提拔后进闻名的韩朝宗任襄州刺史，想将孟浩然引荐给朝廷，约好一起赴京，但孟浩然因与朋友饮酒甚欢，未能践约，当友人提醒他时，他怒道："业已饮，遑恤他！"[1]事后也毫不后悔。

开元二十五年（737），老友张九龄被贬为荆州长史，将孟浩然招致幕下，但不久他就厌倦了幕僚生涯，写下一首诗便挂冠而去。

八月湖水平，涵虚混太清。
气蒸云梦泽，波撼岳阳城。
欲济无舟楫，端居耻圣明。
坐观垂钓者，徒有羡鱼情。

——《望洞庭湖赠张丞相》

假如我们了解孟浩然对乡村的热爱，了解他的生性淡泊，就不会误读这首诗，将其解释成在干谒了。面对上司兼好友的提携，孟浩然却不过面子，对自己在盛世选择退隐感到歉意，但他表示自己已经有心无力，不想再做官场中的"垂钓者"。

正是由于孟浩然的真率自然，王维对他的评价是美其"风调"，并在听到他去世的消息后写下《哭孟浩然》，感叹从此"江山空蔡州"。李白在《赠孟浩然》中对他的评价更是"中圣"，佩服他是"高山安可仰"。王昌龄在贬谪岭南及返归中原时都专程经过襄阳去看望他，在最后一次会面中，孟浩然因高兴而饮酒过多，导致疽

1 《新唐书》本传。

发，卒于家乡南园。[1]杜甫虽然没见过孟浩然，但在《解闷》中对他的评价也是“清诗句句尽堪传”。

这些当时名震寰宇的大诗人，全为孟浩然的人格所倾倒，他们都看到了这位乡村绅士“求真”“放性”的品格。在一个人人都拼命追求荣华富贵的盛世，孟浩然真率、平淡的个性，他对自然的热爱与对官场的鄙夷，显得如此可贵，这一点也是让热爱自由的李白最为倾心的地方：“红颜弃轩冕，白首卧松云。”（《赠孟浩然》）

孟浩然曾经慨叹世无知音，但他一生中也遇到了不少真挚的朋友。唐代诗人之间常常有着深厚的友谊，看他们的交往，虽因性情不同也会有亲疏远近之别，却从来没有互相诋毁的情形，他们追求的是价值观上的心心相印。

此外，唐人似乎还是尊重长幼序齿的。如孟浩然最年长，李白赠孟浩然诗，孟浩然从未回赠；杜甫赠李白很多诗，李白也只回赠了两首；孟浩然赠王昌龄许多诗，后者却未见回赠，好在最后去看望孟浩然的是王昌龄，足以打消我们的疑虑；而杜甫在他们中又是最年轻的，仿佛只有他赠别人诗的份，从中也可看出杜甫为人之敦厚。

他们之间是如此惺惺相惜，常常互相模仿，这在唐代似乎是很常见的现象。如孟浩然《耶溪泛舟》的末联：“相看似相识，脉脉不

---

1 王士源《孟浩然集序》：“开元二十八年，王昌龄游襄阳，时浩然疾疹发背且愈，相得欢甚，浪情宴谑，食鲜疾动，终于冶城南园，年五十有二。”

得语。”前句化用王绩的“相顾无相识”，后句则全抄《古诗十九首》。孟浩然的后辈朋友同样喜欢抄他的诗句，如孟浩然《永嘉别张子容》的末联：“何时一杯酒，重与季鹰倾。”李白《鲁城北郭曲腰桑下送张子还嵩阳》的末联：“何时一杯酒，更与李膺同。”杜甫《春日忆李白》的末联：“何时一樽酒，重与细论文。”都是很坦然自若地取用前辈诗人的诗句。如果仔细翻检唐诗，我们还会发现许多类似的现象。

到了宋代，江西诗派的鼻祖黄庭坚首先发现“老杜作诗，退之作文，无一字无来处”（《答洪驹父书》），提倡作诗要“点铁成金”“夺胎换骨”，能够化古人意而用之。正是由于这个原因，钱锺书先生撰写《宋诗选注》时，在注释中才能指出许多诗人的诗句都是有来历的。

钱锺书1958年在《文学研究》上发表《宋诗选注》的序言和部分注释后，曾引起日本汉学界的关注。京都大学宋代文学专家小川环树教授当即发表书评《评钱锺书〈宋诗选注〉》，认为此书的出版可能使宋代文学史的部分需要改写。[1]小川环树在文章中没有具体讲到如何改写，只是说钱锺书的批评标准会给宋诗研究带来变化。这大概是指钱先生选了不少反映社会矛盾的诗，与前人对宋代政治文化的看法不尽相同。同时，钱先生在序言中还指出宋诗的缺陷是

---

1 小川环树此文见其著作集第三卷。按：拙文这段话是受贺卫方教授启发，他的一篇札记《钱锺书著作的日译本》提到小川环树的文章，东京大学王前教授替我查到了小川环树文章的日语原文。不敢掠美，附记于此。

喜欢因袭模仿，这可能也给了小川环树很深的印象，那就是许多宋诗并不是人们想象的那样具有原创性。

钱先生这个看法虽然带有时代的印迹，却有一定的道理。不过，至少唐代诗歌史不需要因此而改写。传统的力量是强大的，没有一个优秀诗人不曾受到前人诗歌的影响，尽管这给了后世注释家们大显身手的机会。对于唐代诗人来说，偶尔模仿前辈的诗句是对传统的致敬，是表明自己喜欢某个诗人。

诗歌的价值最终还是要看诗人有没有独特的个性，而孟浩然显然是有着很强的自我意识的，他曾为家乡的“白云先生”写过一首诗：

家在鹿门山，常游涧泽水。
手持白羽扇，脚步青芒履。
闻道鹤书徵，临流还洗耳。

——《白云先生迥见访》

在淡泊名利这一点上，闻一多先生的评价是准确的。就像古代那个隐居不仕的高士许由，孟浩然自己的人设始终是一个隐士，不是一个诗人。而他的同时代诗人面对功名利禄的巨大诱惑，也需要捧出一个清高自由的隐士形象，以对抗他们身处的那个浮躁的盛世。

王维

（701—761）

山中习静观朝槿

王维的诗是一种知性的美，不是一种伦理的美。他的“归去”没有远方的参照，因而他的诗缺少内在的人性冲突，缺乏附着于自由而不是自然的情感，总是引导读者进入无我的境界，对于存在意义的寻求也往往止于空无。“归去”于是成为他对生命有限性的一种妥协与回避。

独坐幽篁里
弹琴复长啸

一

王维的一生是与唐朝全盛时期的开元、天宝年代相始终的。在他去世后不久，代宗皇帝就向其弟王缙问起他诗集的保存情形，并提到自己做太子时，就常在诸王座中听王维诗谱写的乐章。当时王缙进献的王维集凡四百余篇，与现在通行的诗集在数量上相差无几。代宗在《答王缙进王维集表诏》中评道："卿之伯氏，天下文宗。位历先朝，名高希代。"

纵观有唐一代诗人，生前就称名于世者不少，但由皇帝下诏搜集诗歌，并许以"天下文宗"之美誉，这样的优遇却很罕见。代宗的诏书实际上代表了一种钦定的诗歌标准，那就是王维诗歌的两大类型：应制与隐逸。

现存王维诗集中有许多奉和圣制的诗，此类诗形式上严整规范，在今人看来并没有太高的文学价值。而隐逸是开元、天宝年间的文化时尚，并与中国文人的悠久传统相关联。在一个权力与财富过度饱和的时代，返璞归真常常会成为士大夫的一种审美追求和富贵生活的调剂，就连皇帝本人也十分欣赏和鼓励这种淡泊的趣味，道教和佛教在皇室和士大夫中的流行，更是极大地强化了这一风气。王维诗名冠于开元、天宝年间，与这一时代风气有着密切关系。

与同时代的孟浩然、李白、杜甫相比，王维的成名有着先天的优势。王维的父系祖籍太原祁（今山西祁县），属于太原王氏的一支，后迁至蒲州（今山西永济），他的母亲则出于博陵崔氏。唐代山东士族五大姓，王、崔就占了两家。士族家庭十分重视礼法，王维兄弟自幼孝悌，史载其母去世时，王维“柴毁骨立，殆不胜丧”[1]。他后来被迫任职安、史伪朝，其弟王缙上疏自请降职，以赎兄罪，都可看出士族门风的影响。

出身于这样的世家大族，加之博学多艺，书画音律样样精通，因此当王维十五岁入京应试时，立即成为京城王公贵族的座上宾。“凡诸王、驸马、豪右、贵势之门，无不拂席迎之，宁王、薛王待之如师友。”[2]在京城宦游期间，年轻的王维意气飞扬，诗思泉涌，十七岁时就写出了脍炙人口的《九月九日忆山东兄弟》：

---

1 《旧唐书》本传。

2 《旧唐书》本传。

独在异乡为异客，每逢佳节倍思亲。

遥知兄弟登高处，遍插茱萸少一人。

这首表达兄弟情谊的诗情真意切，体现了盛唐诗歌的一种新标准，那就是情感的真诚与想象的远致。真诚是回归汉魏诗歌的品质，远致是淡泊宁静的结果。后来白居易怀念兄弟的诗句“共看明月应垂泪，一夜乡心五处同”（《望月有感》），同样采用了这种从对面生情的方式，但在表达上要直白浅显得多。

玄宗开元九年（721），王维擢进士第，时年21岁。据说在应试前，岐王把“妙年洁白，风姿都美”的他引荐给玉真公主，由伶工演奏其所制新曲，随后又献上诗卷，皆为公主平日诵习之作，公主甚喜，便把考试官召到宅第，要求让王维作解头。[1]这个故事未必属实，却反映了唐朝达官显贵的举荐在科举考试中的作用，而这或许就是王维能够考中状元的重要因素。玉真公主是玄宗的同母妹，年轻时就做了女道士，平时喜欢结交天下文士，李白就是经她推荐而奉诏入京的。

在考上进士后，王维获授太乐丞，但不久就因伶工舞黄狮子事获罪，[2]贬为济州司仓参军，十余年后才回到京城，被授予右拾遗的职位。在安史之乱（755）前，王维大部分时间都在京城做官。这期间，他在终南山购置了辋川别墅，过着半官半隐的生活。平日除了

---

1 辛文房《唐才子传》本传，计有功《唐诗纪事》卷十六，薛用弱《集异记》。

2 王谠《唐语林·补遗一》。

与孟浩然、王昌龄、岑参、杜甫、钱起、李颀、祖咏、储光羲等诗人交游，还与许多高僧大德过从甚密，这正是当时流行的风气，就连杜甫也称王维为“高人”（《解闷》其八）。某种程度上，王维的隐逸喜好可以说代表了“开天盛世”的主流审美趣味。

这种隐逸风气与佛教的兴盛有关。佛教自公元一世纪传入中土，历经南北朝的传播和翻译，至唐朝形成各种不同的宗派，给中国文人提供了一个超越的世界，解决了儒家无法回答的生死问题。王维的家庭虽是士族，却与佛教高僧关系密切。他的父亲早亡，母亲笃志奉佛，师事北禅宗神秀的大弟子普寂。王维自幼受家庭影响，其名与字就取自《维摩诘经》。所以王维的诗中，已经没有了魏晋、唐初诗人那种对于生命短暂的悲叹。

玄宗开元二十八年（740），王维以侍御史知南选，途经南阳，在临湍驿遇见南禅宗惠能的弟子神会，二人在一起谈佛说禅数日。惠能曾以《金刚经》“无所住而生其心”印心，神会又是南禅宗的重要传人和创建者，王维便向他问起如何得解脱，神会答道：“众生本自心净，若更欲起心有修，即是妄心，不可得解脱。”王维听后，豁然开悟，并应神会之请，撰写了《六祖能禅师碑铭》，其中写道：“法本不生，因心起见；见无可取，法则常如。”深悟禅宗明心见性的佛理。

唐代士大夫奉佛，一般没有什么宗派之见，往往是对大乘空观的思辨感兴趣，力图在静虑的忘我状态中，回到意识之初去直观事物。王维与禅宗、华严宗、密宗、律宗的僧人都有交往，诗文常引用《维摩诘经》《金刚经》《华严经》《法华经》《楞严经》中的概念。他在认识论上服膺龙树的中观学说，即一切事物既不是有，也不是空，而是一种假有。在解脱论上则信奉破除物我二执，达到无生无灭的境界，从而在精神上解脱生老病死的人生四苦。

在王维的诗中，经常出现“性空”“心空”“无染”“无生”等佛教术语，宣扬佛教的性空缘起，而“碍有固为主，趣空宁舍宾”（《与胡居士皆病寄此诗兼示学人》），正是不执一端的中道观。龙树的中观学说既信奉“毕竟空”的真谛，又不否定“世俗有”的俗谛，实际上是将入世的享受与出世的超脱统一起来，十分符合中国士大夫的口味。中国化的佛教与儒道一样，都注重追求事物的同一性，王维的仕隐生活正是源于明心见性的禅宗思想，即从当下体认永恒，以消除短暂与永恒之间的巨大鸿沟。

不待说，王维的仕隐是一种自觉的选择，但也与他在安史之乱中的个人际遇有关。天宝十四载（755）的安史之乱打破了唐朝的盛世迷梦，也改变了许多诗人的命运。远在庐山避难的李白加入永王麾下，永王败后，李白获罪下狱，流放夜郎，在途中获得大赦。移居鄜州的杜甫在奔赴灵武途中被俘，押至京城长安，翌年逃到凤翔，投奔肃宗，授为左拾遗。在京城为官的王维也身陷长安，因名气太大，被逼出任伪职，唐朝军队克复长安后，按律应处斩，但因他被俘期间曾作诗怀念朝廷，又因其弟王缙自请革职以赎兄罪，终于得到宽宥，贬授太子中允。

王维的晚年境况要比流离落魄的李白、杜甫好多了，肃宗乾元年间甚至还升任尚书右丞。但经此变故，他愈加看淡世事，长年隐居终南别墅，浸淫山林之间。《旧唐书》本传写他的一生：“居常蔬食，不茹荤血；晚年长斋，不衣文彩”，“在京师日饭十数名僧，以玄谈为乐。斋中无所有，唯茶铛、药臼、经案、绳床而已。退朝之后，焚香独坐，以禅诵为事。妻亡不再娶，三十年孤居一室，屏绝尘累”。这基本上就是一个虔信的佛教徒了。

有意思的是，王维与同龄的李白从未有过交往，这对于喜欢结交的唐朝文人来说，是很奇怪的事。当代有人根据二人与玉真公主的交往，编造出一个三角恋故事，尽管很有情趣，可惜毫无实据。王维与杜甫虽有往来，但关系并不密切。王维属于社会上层的著名诗人，而杜甫官卑名小，直到中唐才获得大名。面对衰乱的时局和坎坷的人生，杜甫是痛苦思考，李白是蔑视社会，王维则是逃向内心，构筑起一个内倾的世界。

独坐悲双鬓，空堂欲二更。
雨中山果落，灯下草虫鸣。
白发终难变，黄金不可成。
欲知除老病，唯有学无生。

——《秋夜独坐》

“无生”的概念出于大乘般若空观，即寂灭、涅槃义，如《维摩诘经》中就有“无生无灭是寂灭义”。秋日深夜时分，老病缠身的诗人独坐空堂，他知道，想要排遣逐渐老去的悲伤，唯有进入禅定的心境，破除对生命的执着。“雨中山果落，灯下草虫鸣”是诗人用听觉捕捉到的唯一存在，更是世界自性清净的呈现。这种无我的景物描写给后来的诗人表现空灵意境提供了一种范式。

二

就生命的样式而言，半仕半隐实际上是一种归去的意趣。自古以来就有许多描写归去的诗歌，如《诗经》中的《小雅·采薇》《王风·君子于役》，汉乐府中的《十五从军征》，以及《古诗十九首》中的《行行重行行》，都是表现役夫游子对家乡的怀念与回归。这些思乡的诗歌之所以能引起美感，是因为安土重迁属于农耕社会的伦理，漂泊流离符合古往今来的审美。于是，伦理与审美的悖谬构成了中国诗歌一条二元结构的情感主线：远方与归去。

自从陶渊明在田园中发现人生的归宿，归去便已不再是远方役人的乡愁，而是士人对本真生活的追求——“久在樊笼里，复得返自然”（《归园田居》），以及对天命的体认——“聊乘化以归尽，乐夫天命复奚疑”（《归去来兮辞》）。就像人们年轻时往往会憧憬远方，老年时却希望落叶归根，实际上意味着人生的终点就是归去。陶渊明将归去的世俗性提升到形而上的高度，以此化解生命的终极困境，这种“纵浪大化中，不喜亦不惧”（《形影神》）的自然主义思维无疑为后来的士大夫提供了一种生命哲学。

然而，道家的自然主义思维终究未能提供一个彼岸世界，一般人很难以此安身立命。王维在《辋川闲居赠裴秀才迪》中将至交裴迪比作陶渊明，但在晚年的《与魏居士书》中却写道："近有陶潜，不肯把板屈腰见督邮，解印绶弃官去。后贫，《乞食》诗云'叩门拙言辞'，是屡乞而多惭也。尝一见督邮，安食公田数顷。一惭之不忍，而终身惭乎？此亦人我攻中，忘大守小，不知其后之累也。"

在王维看来，陶渊明安贫守穷，不为五斗米折腰，却又不得不屡屡乞食于人家，属于"忘大守小"的失误。而佛教的中观思想可以使人既认识存在本质，又不抛弃世俗生活，这就是王维选择半仕半隐的思想根据，归去在他不过是一种精神上的退缩：

> 下马饮君酒，问君何所之？
> 君言不得意，归卧南山陲。
> 但去莫复问，白云无尽时。
>
> ——《送别》

最后一句的"白云"显得十分缥缈，这里的归卧南山已不是陶渊明的自然，而是佛家的虚空，因为万物实相是不可言说的，言语道断，最好的回答就是不回答。

正如王维《谒璇上人并序》所言："舍法而渊泊，无心而云动。色空无碍，不物物也。默语无际，不言言也。"王维与陶渊明的不同之处就在于，在静观外界方面，佛教与道家是有区别的：道家是任化，以道观物；佛教是忘身，以物观物。以道观物，体悟的是自然；以物观物，体悟的是无我。换言之，陶渊明的归去是有为，王维的归去是无为，是没有目的的人生。

禅宗的明心见性不仅将彼岸世界转向人世生活，而且将对外界的观照转为内心的自证。后世称王维为“诗佛”，便是因为他的诗有如参禅。但王维毕竟是一个天才的诗人，而不是一个得道的高僧，尽管他在诗中经常引用佛学术语，但他那些最好的诗都是通过外在景物的描写来表现禅意，创造出一种归去的诗境。

清川带长薄，车马去闲闲。
流水如有意，暮禽相与还。
荒城临古渡，落日满秋山。
迢递嵩高下，归来且闭关。

——《归嵩山作》

寒更传晓箭，清镜览衰颜。
隔牖风惊竹，开门雪满山。
洒空深巷静，积素广庭闲。
借问袁安舍，翛然尚闭关。

——《冬晚对雪忆胡居士家》

上面两首诗都写归隐的旨趣，一是暮秋时节，一是冬雪天气，而且都结束于“闭关”的动作。这个动作既有谢客的世俗意义，又有禅那的宗教意义，要断绝与尘世的关系，沉浸在静虑之中。中间两联的景物描写是诗人内心直观的结果，暮禽、荒城、古渡、落日、秋山、深巷，都是冷僻寂静的意象，将疲倦的心灵引向最终的归去。

王维更为明确地表现禅境的是下面两首诗：

中岁颇好道，晚家南山陲。
兴来每独往，胜事空自知。
行到水穷处，坐看云起时。
偶然值林叟，谈笑无还期。

——《终南别业》

晚年唯好静，万事不关心。
自顾无长策，空知返旧林。
松风吹解带，山月照弹琴。
君问穷通理，渔歌入浦深。

——《酬张少府》

禅悟的自由是放弃的自由，无论是谈笑终日，还是渔歌入浦，都是在突出一种随缘自在的心境。第一首颈联“行到水穷处，坐看云起时”，表现的是一种偶然。在诗人眼里，水和云是没有实质区别的。而第二首中“渔歌入浦”在末联的突然出现，似乎破坏了整首诗的浑然一体，却是要表明言语道断的禅理。眼前的世界是一个没有目的性的存在，作为审美主体的诗人同样是一个没有目的性的存在。

从早年“相逢意气为君饮”（《少年行》）的豪迈到晚年“渔歌入浦深”的禅悟，王维完成了一个佛教徒的觉悟过程。可以说，王维深悟禅宗拈花一笑的法门，为了表现意在言外的顿悟，他喜欢运用以景作结的手法。这种技巧来自对外界的静观，同时代的李白与杜甫也有很美的景物描写，但那些景物只是服务于他们的情感，而对景物本身他们并不想去细致体味。王维则不同，他用心体察自然，想要悟出空灵清幽、超然世外的境界：

不知香积寺，数里入云峰。
古木无人径，深山何处钟。
泉声咽危石，日色冷青松。
薄暮空潭曲，安禅制毒龙。

——《过香积寺》

诗的题目是寺院，却只写了寺外幽景，目的是表现禅修的远离尘嚣。寺院掩藏在白云深处，周遭是参天的古木，唯有钟声从远处隐隐传来。颈联是写景名句，“咽”和“冷”字是诗眼，将泉水与危石、日色与青松两组平常的词语组合成句，让平常的景物变得不平常。在结构上则是由近及远。暮色四起，寺院门前的空潭令诗人想起《涅槃经》中的故事：在西方的一个水潭里藏着一条毒龙，经常出来害人，最后高僧用佛法制服了它。

从这里，我们或许能够了解唐代文人对佛经的接受方式。《涅槃经》中毒龙的故事，以及《维摩诘经》中维摩大战魔女的故事，都是王维所熟悉的，但似乎并没有引起他对于菩萨、居士驱邪伏魔情节的兴趣，而是将佛经中的外道邪魔理解为人心中的欲念，必须靠禅定来制服。这与当时庶众通过俗讲来接受佛教不同，俗讲是将佛经演绎成有故事情节的讲经文或变文，在寺院讲唱，以引起受众的兴趣和敬畏。而王维感兴趣的是禅理，并将禅理融入诗境。

太乙近天都，连山接海隅。
白云回望合，青霭入看无。
分野中峰变，阴晴众壑殊。
欲投人处宿，隔水问樵夫。

——《终南山》

王维似乎很喜欢“白云”的意象，在诗中反复使用，把它作为禅悟的隐喻。白云既是事物的自性，又是观者的心境。普通人观看自然风景，只是单纯地欣赏，不能发现自然的本质美，就是因为起了一个亲近的念头，而不能从冥想中得到精神的升华。这首诗采用全景视角，群峰连绵，众壑光影，景物似有若无，结尾的“欲投人处宿，隔水问樵夫”，言尽而意不穷，有种因缘问道的意味。

显然，这是一个王维心目中的终南山。就像他另一首诗的首联

“寒山转苍翠，秋水日潺湲”（《辋川闲居赠裴秀才迪》），呈现的是一个自在的世界，一个在不断变化中蕴含着不变本质的世界。

三

王维一生交往甚多，他生命中最重要的朋友是裴迪。开元末年，二人隐居终南山，常在一起优游赋诗，王维的散文《山中与裴秀才迪书》就写于这个时期。与他的诗一样，这封书信也因其写景之独特而成为文学史上的名篇：

> 寒山远火，明灭林外。深巷寒犬，吠声如豹。

文中所描写的幽静展示了一种距离之美。王维与裴迪的合集《辋川集》共收其二十首五言绝句，读者往往喜欢这组诗优美的景物描写，但王维的欣赏目的并不在自然本身，而是景物的自性清净，这使他与景物之间常常保持一种有意识的距离：

> 隔浦望人家，遥遥不相识。（《南垞》）

禅观的特征与审美的原理在这里达到了契合，审美是不能走近被观照的事物的，需要保持某种“不相识”的无利害关系。美是距离，是对事物“遥遥”的亲近。对王维来说，与景物保持距离并不是一种缺憾，而是削减事物存在的一种方式。就此而言，王维笔下的景物是一种主观心造的景物。

这种境由心造意味着把自身当作一个对象来思考，即宋儒邵雍所说的“反观”。[1]明朝心学大儒王阳明在《传习录》里有一段对话：“先生游南镇，一友指岩中花树问曰：‘天下无心外之物：如此花树，在深山中自开自落，于我心亦何相关？’先生曰：‘你未看此花时，此花与汝心同归于寂：你来看此花时，则此花颜色一时明白起来，便知此花不在你的心外。’”我们眼中的自然，不过是我们的镜像而已。

辋川诗描写的幽静景物便是诗人看花时心动的现象。那么，应当怎样理解禅观的心外无物呢？以《辛夷坞》为例：

木末芙蓉花，山中发红萼。
涧户寂无人，纷纷开且落。

这是一首深刻表现禅意的诗，诗人有意识地选择空寂山涧的芙蓉花开，结尾没有遵循诗歌惯例的抒情表意，而是有意中断了判断。但问题是，当我们看花时，就已经动了念头，对事物有了分别心，于是我们又必须从对看花的心动中解脱出来，否则便是执着于有了，

---

1 邵雍《观物内篇》十二：“夫所以谓之观物者，非以目观之也；非观之以目而观之以心也，非观之以心而观之以理也……所以谓之反观者，不以我观物也。不以我观物者，以物观物之谓也。既能以物观物，又安有我于其间哉？”

而解脱的方式就是禅宗的无住。

此诗描写的正是观者从心动到无住的过程。境由心造，看花是花，但心行处灭，看花又不是花。此时的诗人，心外无物，花开花落，随缘自在。这种无住的感觉只有处在一种无我的状态中才能获得。明代诗评家胡应麟称赞此诗“读之身世两忘，万念俱寂”[1]，正是道出了其中超然尘外的意味。苏轼有一句著名的偈颂“空山无人，水流花开”[2]，同样属于这种无时间性的禅境，只不过苏轼是心安，是旷达；王维是无住，是静寂。

这里需要指出，禅宗的认识论和解脱论终究是矛盾的，它对中国古代士人的吸引力恰恰也在于这个矛盾——最终还是要着相，看花仍然是花。尽管不执着于得失，但仍然不得不执着于人生。

宋代的严羽十分推崇盛唐诗，认为“禅道惟在妙悟，诗道亦在妙悟”[3]，便是抓住了参禅与审美的共同思维特征，即美感是通过直觉观照外界，达到物我两忘的境界。因此，严羽说盛唐诗“惟在兴趣”，认为盛唐诗具有一种悠远的意境。而所谓意境，就是由“妙悟”产生的富有意蕴的画面感，它是诗人主观感觉的呈现，亦需要读者的想象参与其中。

佛教的宇宙图景是无时间性的，只有恒河沙数、广大无边的空间性。从佛教的寺塔建筑、石窟造像和壁画看，追求的都是空间的

---

1 胡应麟《诗薮》。

2 苏轼《十八大阿罗汉颂》第九尊者颂。

3 严羽《沧浪诗话》。

广延。由于禅观思维，王维的诗同样缺乏时间感，却有着很强的空间感。

> 大漠孤烟直，长河落日圆。(《使至塞上》)
>
> 渡头余落日，墟里上孤烟。(《辋川闲居赠裴秀才迪》)
>
> 日落江湖白，潮来天地青。(《送邢桂州》)

构成诗歌意境的是空间的地平线，它将读者的目光引向无限延伸的远方，渴望与无穷的空间融为一体。这种空间经验与中国绘画的特征是一致的。

王维不仅是山水诗的大家，还是水墨写意画的开创者，《旧唐书》本传称他："书画特臻其妙，笔踪措思，参于造化；而创意经图，即有所缺，如山水平远，云峰石色，绝迹天机，非绘者之所及也。"西方近代以来，莱辛《拉奥孔》的艺术理论占据主流，认为诗歌是时间的艺术，可以用来叙事；而绘画、雕塑是空间的艺术，只能表现"顷刻"的印象。但是，如果根据相由心生的佛教理论，绘画不仅是视觉的艺术，也是想象的艺术，因而可以是无数个"顷刻"印象的组合。

这正是中国山水画的特点，它不是西方绘画的焦点透视——画家的视点不变——而是基于空间想象，视角不断变化。北宋画家郭熙在《林泉高致》中总结山水画技法，称道："山有三远：自山下而仰山颠，谓之高远；自山前而窥山后，谓之深远；自近山而望远山，谓之平远。”谈论的就是不同视角的效果。而王维似乎已掌握了这一绘画原理，他的传世画作《雪溪图》便是一幅平远山水。在此画的构图中，画家的视点随着空间的改变而不断移动。

中国历来有诗画同源的说法，诗歌同样可以表现绘画的空间感，正如苏轼评王维画作《蓝田烟雨图》：“味摩诘之诗，诗中有画；观摩诘之画，画中有诗。”不同于陶渊明、谢灵运，也不同于孟浩然，王维的山水诗完全是画家的眼光。在所有唐代诗人中，王维诗歌的画面感最为鲜明，他将中国绘画中的空间关系、构图、线条、设色、留白等技术都运用到诗歌中。仅就他的山水诗构图而言，就颇具“三远”的视角。例如全是近景的高远山水：

> 山中一夜雨，树杪百重泉。（《送梓州李使君》）
> 隔牖风惊竹，开门雪满山。（《冬晚对雪忆胡居士家》）
> 大壑随阶转，群山入户登。（《韦给事山居》）

中景或远景的深远山水：

> 千里横黛色，数峰出云间。（《崔濮阳兄季重前山兴》）
> 荒城临古渡，落日满秋山。（《归嵩山作》）
> 白水明田外，碧峰出山后。（《新晴野望》）

由近及远的平远山水：

江流天地外，山色有无中。（《汉江临眺》）

惆怅极浦外，迢递孤烟出。（《和使君五郎西楼望远思归》）

天寒远山净，日暮长河急。（《齐州送祖三》）

这些诗句确乎称得上优美如画，令世世代代的读者赞叹不已。王维描写自然“意境”的感觉是第一流的，那显然是源于他所体悟到的禅理。

肃宗上元二年（761），六十一岁的王维病卒于辋川别业，走完了他持戒禅诵的一生。传闻他临终时仍能安然作书告别亲友，然后停笔，与世长辞。

然而，诗歌如果仅仅是阐明无执的禅理，终究会显得过于冷淡。佛教的无欲在观照外物时类似于康德的“美的无功利性”，因而能从静观中直觉到自然的优美，却不能产生崇高感。按照康德的观点，崇高是在对象的无形式中发现的，它只发生在观念里，关涉人性深处的伦理内容。而佛教所领悟的真谛只是在对外界的静观中发现的。就佛教的中观论而言，世界的根本问题是智识问题，人生的痛苦是因为“无明”，即因缺乏智慧而有太多执念。在此意义上，佛教的主张类似于“知识即美德”，但由于大乘佛教的先验前提是“究竟空”，于是也就预先切断了对任何人性内容的追求。

换言之，王维的诗是一种知性的美，不是一种伦理的美。他的归去没有远方的参照，因而他的诗缺少内在的人性冲突，缺乏附着于自由而不是自然的情感，总是引导读者进入无我的境界，让人沉静下去。恰如顾随先生所说："右丞高处到佛，而坏在无黑白、无痛痒。"[1]对佛教来说，人生的痛苦就是因为太过执着于生活表象，而不能认识到万物皆空的本质，所以需要通过无执的智慧来远离痛苦，并将这种智慧视作自由的获得，从而形成中国诗歌的一大特点——归去。

在西方读者眼里，王维这类超脱的诗被视作中国诗歌的主要特征，这使得西方人对东方诗歌产生了一个并不完全准确的印象。用波兰诗人米沃什的话说，诗人对于把分配给个人生命的时间与全人类的时间联系起来的一切事物漠不关心。[2]王维的诗就是如此，他是中国审美文化的一个重要代表，在他的诗中，对于存在意义的寻求总是止于空无，"归去"于是成为他对人生的一种妥协和回避。

正如王维晚年对自己的评价："宿世谬词客，前身应画师"（《偶然作》其六）。的确，王维是一个有很高艺术感受力的画家，但绝不是一个有生命厚度的诗人。

---

1 顾随《中国古典诗词感发》，北京大学出版社，2012年。

2 米沃什《诗的见证》，黄灿然译，广西师范大学出版社，2011年。

王昌龄

（698—757）

青山明月不曾空

王昌龄的边塞诗和闺怨诗大都不是为自己而写，而是为时尚而写。如果说盛唐气象指的是一种青春的元气，那么王昌龄就是其最重要的代表。

肠断关山不解说

依依残月下帘钩

一

唐代文人喜欢雅集，无论赴京应试，或奔走幕府，都会在酒肆驿馆宴饮题咏，留下一段佳话。晚唐薛用弱《集异记》就记载了这样一段逸事。开元中，[1]王昌龄、高适、王之涣以诗齐名，一个冬日的雪天，三人共诣酒楼，贳酒小饮，遇到一群梨园伶官来此会宴，三人于是打赌："若诗入歌词之多者，则为优矣。"接下来，一个女伶唱了高适的诗，两个女伶唱了王昌龄的诗，王之涣指着其中最美的女伶说，假如此女所唱不是我的诗，我终身不敢与你们争衡。结果，这个女伶唱的是王之涣的《凉州词》。

之涣即揶揄二子曰："田舍奴，我岂妄哉？"因大谐笑。诸

1 业师周勋初先生《高适年谱》系此事于开元二十五年，并认为此事是有根据的。

伶不喻其故，皆起诣曰："不知诸郎君何此欢噱？"昌龄等因话其事。诸伶竞拜曰："俗眼不识神仙，乞降清重，俯就筵席。"三子从之，饮醉竟日。

这就是有名的"旗亭画壁"。这个故事说明，音乐是唐人日常生活的重要部分。当时，教坊常常采用名人诗歌配入曲调，在宴会上唱诗送酒，且多采用七绝的形式。相较其他诗体，七绝的字数和节奏似乎更适合一唱三叹的韵味。郭茂倩编的《乐府诗集》中，近代曲辞基本上都是唐代的绝句。

不过，按照他们三人的赌约，最终的胜出者应该是王昌龄，因为他有两首诗被唱。一首是《芙蓉楼送辛渐》，一首是《长信秋词》，正好代表了王诗闺怨与送别这两种主要题材。至于边塞诗，王昌龄的《出塞》不但不亚于王之涣的《凉州词》，而且更能代表盛唐的恢宏气象，所以才会被明代诗人李攀龙评为唐代七绝的压卷之作。

盛唐杰出的七绝很多，但像王昌龄那样专擅七绝的诗人却不多见。可以说，七绝的形式到了王昌龄手上，才算是完全成熟。《唐才子传》称他生前就有"诗家夫子王江宁"之誉，应当是可信的。王昌龄的边塞诗和闺怨诗大都不是为自己而写，而是为时尚而写。如果说盛唐气象指的是一种青春的元气，那么王昌龄就是其最重要的代表。

现代学者一般认为王昌龄是京兆人，家住万年县芷阳村，靠近灞陵的白鹿原。他在《上李侍郎书》中说："久于贫贱，是以多知危苦之事。"早年的他在家乡躬耕读书，开元中曾漫游干谒，到过西北的泾州、萧关、临洮、玉门一带。玄宗开元十五年（727），王昌龄进士及第，授秘书省校书郎，七年后中博学宏词科，为汜水尉。开元二十七年（739），获罪贬谪岭南，翌年北归，改任江宁丞，天宝六载（747）再度被贬为龙标尉。两次被贬都是由于"不护细行"，[1]用他自己的话说，"得罪由己招，本性易然诺"[2]（《见谴至伊水》）。

开元盛世给许多孤寒文人带来一种自信，他们大都有才无行，一生官不过丞、尉。与王昌龄同时的王翰纵酒蓄妓，狂傲自负；崔颢轻狂赌博，好色弃妻；李颀狂妄虚骄，拂衣去官。王昌龄同样是不拘小节。因他诗名早著，交游甚广，活跃于开元、天宝时期的名诗人，除旗亭画壁的高适、王之涣二人外，李白、孟浩然、王维、李颀、岑参、綦毋潜、储光羲、常建等跟他都有交往。

王昌龄被贬岭南时，曾去襄阳拜访老友孟浩然，翌年从岭南北归时，他再赴襄阳，两人见面后分外高兴，孟浩然竟因饮酒过多，疽发而亡。这之后，王昌龄又在巴陵认识了李白，并写了一首《巴陵送李十二》。王昌龄被贬龙标后，李白也写诗寄给他："我寄愁心与明月，随君直到夜郎西。"（《闻王昌龄左迁龙标遥有此寄》）

一个诗人一生能与如此之多的名人交游，即使仕途不顺，也足

---

1 见《旧唐书》本传，意谓不注意小节。

2 遍照金刚《文镜秘府论》引。

以自傲了。但就是这样一位优秀的诗人，最终的命运却很凄惨。安史之乱发生后，王昌龄避乱江淮一带，不知何故忤逆了濠州刺史闾丘晓，竟遭其杀害。大概仍然是因他的不拘小节，招来了杀身之祸。

后来的结果很有点因果报应的味道。唐肃宗至德二载（757）八月，张镐任河南节度使，当时叛军围困睢阳，张镐令闾丘晓出兵营救，闾丘晓却迟迟延缓。同年十月，叛军攻陷睢阳，张巡遇害。张镐大怒，命令杖杀闾丘晓。最后时刻，闾丘晓恳求道："有亲，乞贷余命。"张镐问道："王昌龄之亲欲与谁养？"[1]闾丘晓默然无对。继陈子昂之后，王昌龄是被地方官吏杀害的第二个诗人，不过这一次有人替他复了仇。

边塞诗是唐代一种特别的诗歌类型，与唐王朝面临的西北边防形势有关，从军边塞给士人提供了一条入仕之路。唐玄宗时改府兵制为募兵制，文人赴边立功更成为一种时尚。王昌龄的那些边塞诗大多作于他漫游西北边塞，寻求入仕期间。这些诗有五古，如《望临洮》；有七绝，多采用乐府旧题，其中最脍炙人口的是《出塞》其一：

秦时明月汉时关，万里长征人未还。

但使龙城飞将在，不教胡马度阴山。

---

1 辛文房《唐才子传》卷二。

起笔高古阔大，有囊括千古的气象。王昌龄当时赴边的地方是河西、陇右，而“阴山”在漠南，这里采用了乐府诗惯用的代语，用以代表整个北方和西北草原边地。首句巨大的时间跨度和高度的历史抽象，使得次句“万里长征人未还”并不给人太过哀伤的感觉，众多的死亡仿佛是十分遥远的事，反而给人一种元气雄浑的感觉。

文人的浪漫想象毕竟不同于真实历史。西汉名将李广虽忠勇廉正、身先士卒，但非帅才，他曾率军远征匈奴，结果兵败被俘，此后又屡误战机，未建奇功，而整个西汉时期，中原王朝一直都未取得彻底击溃匈奴，使其不敢南下的战果。但由于司马迁在《史记》中对李广大加褒扬，使得唐代士人对这位汉将的命运充满同情，把他看作中原王朝抗击游牧部族的象征。[1]正是在看淡生命的悲惨这一点上，王昌龄的《出塞》才成为盛唐气象的代表。

二

王昌龄在七绝上的造诣在唐代是首屈一指的。七绝是唐代兴起的一种新的诗歌形式，结构上讲究婉转变化，开合有度，第三句或第四句与前面有一种转变的关系，语断而意不断，忌讳连贯到底。

---

1 《文学评论》2020年第3期载李飞跃文《王昌龄〈出塞〉诗的历史互文与文本场域》，认为龙城飞将是指李陵，根据是李陵遭罪乃被误“教匈奴为兵”，而《出塞》又值李陵后裔“李陵胡”黠戛斯认亲归附，故“不教”是不指导的意思，暗指当时有少数民族将领叛降事件，且有反思战争之意。此说虽新颖，然古诗文用典有其固定内涵，“飞将军”在唐诗中皆指李广，故李文恐非。

我们来看王昌龄的几首边塞诗《从军行》：

烽火城西百尺楼，黄昏独上海风秋。
更吹羌笛关山月，无那金闺万里愁。

琵琶起舞换新声，总是关山旧别情。
撩乱边愁听不尽，高高秋月照长城。

青海长云暗雪山，孤城遥望玉门关。
黄沙百战穿金甲，不破楼兰终不还。

大漠风尘日色昏，红旗半卷出辕门。
前军夜战洮河北，已报生擒吐谷浑。

除了第二首的语意转折是在第四句，其他三首都在第三句上，很符合起、承、转、合的近体诗规则。

在王昌龄赴边那段时期，唐王朝的国势达于极盛，控制了河西、陇右，甚至更远的安西、北庭地区，势力直达中亚，而此时吐谷浑早已归附。尽管青海为吐蕃所占，唐朝军队与突厥、吐蕃之间仍时有冲突，如开元二年（714）唐军与吐蕃在临洮的战斗，但这个时期唐军主要是以守边为主，没有发生大的战事。《从军行》更多的是对战争的想象之辞，表现壮阔苍凉的景象以及征夫思妇的主题。

边塞的一切景象都像是从远方眺望，玉门、楼兰、青海、洮河、关山、大漠，都是些让人充满幻想的遥远的地名，再加上高高秋月、红旗半卷、羌笛横吹、琵琶起舞的边塞画面，就更加令人心向往之。这毕竟是一个承平的时期，战争离京城甚远，有关战争的诗是可以作为娱乐来歌咏的。这组诗采用乐府旧题，就是因为乐府本是可以演唱的，那种“高高秋月照长城”的意境有着令人沉醉的魅力。可以想见，王昌龄这些慷慨激昂的边塞诗谱成曲调后，在京城繁华的宴席上将多么受欢迎。

京城的酒肆里自然也需要柔媚深婉的爱情歌曲。王昌龄的闺怨诗同样是可以唱出来的，没有多少遣词造句上的雕饰，却比其他诗人的七绝具有更强的音乐性，仿佛就是为了教坊的配乐而写。

男女相恋本来就是永恒的文学题材，连陶渊明也写过缠绵婉转的《闲情赋》，愿意把自己化作佳人的衣带，束住她的腰身，化作鞋上的丝线，跟随她的行踪。在更遥远时代的诗歌里，闺怨就已经与战争发生了密切关系，《诗经》、汉乐府中都有许多征夫思妇之辞，而离别之情正是人性最充分的表现。王昌龄是这方面的行家，他非常懂得女性的心理，懂得受众的喜好：

香帏风动花入楼，高调鸣筝缓夜愁。
肠断关山不解说，依依残月下帘钩。

——《青楼怨》

因为思念边塞的夫婿，这位闺中女子在夜里难以入眠，只能用弹筝来化解忧愁，独自弹到落月西斜。这里面有一种令人微醺的感动，夜晚往往容易使人感到孤寂绵长，产生忧愁的情绪。王昌龄另一首更有名的闺怨诗写的则是白昼，应当是没有忧愁了。

闺中少妇不知愁，春日凝妆上翠楼。

忽见陌头杨柳色，悔教夫婿觅封侯。

——《闺怨》

这位贵妇大概初为人妻，在春日里梳妆打扮一番，欢欢喜喜地独自登上翠楼观景。她本来是很开心的，但第三句一转，远处现出了依依的杨柳，一派大好春光，少妇一下子想念起夫婿，顿时感到了一丝忧伤，后悔让夫婿去戍边建功。王昌龄将女性的微妙心理写得百折千回，同时将读者的目光延伸向道路尽头。“陌头”意味着隔断，看不见的那一边有着更美好的景致，引人遐思。实际上，男人想要建功立业的雄心哪里是妻子所能决定的，诗人想要写出少妇相思的娇态，不经意间却写出了平凡的人性。

某种程度上，王昌龄的宫怨诗写得更好，主要是环境描写富有想象力，遣词造句更加繁缛华丽。宫廷情事同样是王昌龄那个时代公众的兴趣所在和消遣方式，这是人性的本能，京城酒肆里的那些普通人谁不想知道一点儿宫廷秘辛呢？王昌龄的宫怨诗大多采用汉武帝或汉成帝的故事，前朝宫闱的情欲，就像春天的植物般蔓延生长，渗透到盛唐生活的各个角落，那是健康的情欲，落落大方的情欲。

昨夜风开露井桃，未央前殿月轮高。
平阳歌舞新承宠，帘外春寒赐锦袍。

——《春宫曲》

“昨夜”是一种暧昧的回忆，春风沉醉的夜晚，未央殿里的桃花开了，刚刚承宠后的卫子夫伫立在宫殿外看月观花，夜深了，她不觉裹紧了一下衣衫，显然是在有意撒娇，以便让君王怜惜地给她披上锦袍。不得不佩服王昌龄对男女欢好的情境构思，短短四句就描绘出一个温柔的现场，一种富贵荣华得到满足后的慵懒。对于当时的受众来说，这仿佛就是开元盛世的一个缩影，足以令人陶醉。

“旗亭画壁”中女伶所唱《长信秋词》，也是从女性角度写班婕妤的失宠。据《汉书·外戚传》载，汉成帝时，班婕妤以才学入宫，后为赵飞燕姐妹所谗，于是自求去长信宫供养皇太后。她的遭遇常常引来后世文人的同情。

奉帚平明金殿开，暂将团扇共徘徊。
玉颜不及寒鸦色，犹带昭阳日影来。

——《长信秋词》其三

清人沈德潜《唐诗别裁集》称："昭阳宫，赵昭仪所居，宫在东方，寒鸦带东方日影而来，见己之不如鸦也。"早晨的阳光给失宠的妃子带来的只有伤心。见月伤心的诗很多，不忍见日的似乎这是第一首。唐诗中描写妃嫔宫女，往往都会突出一个"怨"字，这是中国男性诗人赋予女性的一种特殊的美，那是一种意味深长的情绪，女性哀怨的表情，仿佛更能引起男性的怜爱。

显然，对于宫怨诗的要求，是要写得优柔婉丽，幽怨深情，给受众一种与己无关的感叹，一种精力过剩的消遣，而王昌龄正是这方面的高手，他将自己对女性的了解全部用到了宫廷女子身上。

西宫夜静百花香，欲卷珠帘春恨长。
斜抱云和深见月，朦胧树色隐昭阳。

——《西宫春怨》

依然是班婕妤的故事，西宫就是长信宫，"斜抱云和""朦胧树色"的描写与深宫夜晚的寂寞相协调，被冷落的班姬颦眉深坐，抱琴望月，却没有弹奏，曲折地表达出悱恻之思。这显然已成为后世绘画中美丽女子的一个标准姿态。

这首诗提醒我们，儒家诗教的"温柔敦厚"是盛唐诗歌的一个重要体现，而这同样也是出于王昌龄对唐王朝宫闱的想象，这想象直到不久后的安史之乱才被打破。归根到底，王昌龄描写的是承平年代的闺怨与宫怨，它们既不是之前《诗经》、汉乐府中的忧伤，也不是之后白居易等人在新乐府中的讽喻，而是对男欢女爱的热情讴歌。

三

如果王昌龄只是写边塞、闺怨的题材，他可能还算不上盛唐诗人的重要代表，因为这两类诗在他都只是客观抽象的描写，只有当书写个人情感的送别诗时，才显出他对诗的深刻理解。今天流传下来的一部叫《诗格》的诗论著作，题名王昌龄作，其中写道："自古文章起于无作，兴于自然，感激而成，都无饰练，发言以当，应物便是。"[1]强调诗歌要表现真情实感，不假修饰，同时还提到许多具体的技法。如果这真是王昌龄所作，那就是古代第一部总结诗歌章法句法和声律技巧的书。

王昌龄也是第一个提出"意境"概念的诗人。所谓"意境"，用《诗格》中的话说，就是"亦张之于意，而思之于心，则得其真矣"。这虽然不是我们今天对意境的完整定义，但王昌龄已经注意到真情对于诗歌境界的作用。以他的七绝送别诗为例，在那个"旗亭画壁"的故事中，女伶首先唱的就是那首著名的《芙蓉楼送辛渐》：

寒雨连江夜入吴，平明送客楚山孤。

1 以下所引均出自王昌龄《诗格》。

洛阳亲友如相问，一片冰心在玉壶。

王昌龄任江宁丞期间，老友辛渐由润州渡江，打算取道扬州，北上洛阳，王昌龄陪他从江宁到润州，然后在此分手。赠诗共有两首，另一首写的是头天夜晚在润州芙蓉楼为辛渐饯别，这一首写的是第二天早晨在江边送别辛渐。

寒雨连江是大写意，用水墨泼洒出浓郁的离别之境，想到友人归去，自己还得继续与孤峙的楚山为伴，不由得黯然神伤。末二句的临别赠言一气贯注，以玉壶冰心自喻胸臆，表明自己不为宦情所牵，比喻奇特而自然。

整首诗体现出诗人对情、景、意三者关系的理解：“若一向言意，诗中不妙及无味。景语若多，与意相兼不紧，虽理通亦无味。”在古代诗论中，“味”是一个描述诗歌感觉的重要词语。王昌龄的成功，很大程度就是由于诗歌的“景”与“意”相融无间，融情入景。仅仅直白地写出情语，是无味的；仅仅写出好的景语，也是无味的，要紧的是背后有真挚动人的情感力量。

王昌龄崇尚古诗的简约格高与情真意切，提倡作诗要“意好言真”“意阔心远”。这是源于汉魏乐府古诗的一种传统，不求深刻，但求心远，也就是陆机在《文赋》里所说构思时要“精骛八极，心游万仞”。因此，在现代读者看来，王昌龄的七绝往往近于口语，既质朴自然，又韵味深长。这其实也是盛唐七绝的特点，多采用散文句式，浅易自然，仍保留着乐府古诗兴发感动的遗意，而不似中晚唐近体讲究复杂的造句，一句中有多层意思。

王昌龄的近体送别诗大多实践了自己的这套主张，如前面提到的在巴陵送别李白时写的《巴陵送李十二》。

摇曳巴陵洲渚分，清江传语便风闻。
山长不见秋城色，日暮蒹葭空水云。

与王昌龄的所有七绝一样，诗中的情感是单纯的，语言是浅显的，意思一望可知，却又余韵深长，堪与李白赠他的诗相媲美。

王昌龄谪居龙标时，众多友人来访，日子过得并不孤单。一个个的友人来了，又去了，他不断地送别，也不断地写送别诗。友人柴侍御从龙标前往武冈，他赋诗送别。

沅水通波接武冈，送君不觉有离伤。
青山一道同云雨，明月何曾是两乡。
——《送柴侍御》

写离别而有健朗之气，作近体而有乐府之意。诗人与朋友伫立江边，俯看眼前的水波，抬望连绵的群山，果然是“意阔心远”的构想。王昌龄安慰友人，沅水流经龙标和武冈，两地山水相连，虽然分别，仍可共享同一个明月青山。

古人的离别总是那么依依不舍。龙标位于湘西，即今天的湖南黔阳，唐时还是一个蛮荒之地，青山明月大概就是那个偏远山野最美的景致了，其中也蕴含了诗人独在龙标为迁客的无限孤寂。宋顾乐《唐人万首绝句选评》说：“少伯诸送别诗，俱情极深，味极永，调极高，悠然不尽，使人无限留连。”的确是精当的评价。

醉别江楼橘柚香，江风引雨入舟凉。

忆君遥在潇湘月，愁听清猿梦里长。

——《送魏二》

这是王昌龄在龙标时写的另一首送别诗。秋日时节，先是在江楼上为友人饯别，空气中传来橘柚的香气，后送友人至船上，这是唐人送别的习惯。白居易的《琵琶行》起句“浔阳江头夜送客，枫叶荻花秋瑟瑟”，也是以秋凉的氛围烘托离别之情，只不过一是枫荻，一是橘柚。接下来，诗人想象友人离别后的情景：孤冷的夜晚，友人在行舟中望着明月，忽然勾起忧伤，在梦里仿佛都能听见江边的猿啸，就像对友人的思念一样绵绵不绝。从对面生情的写法在唐诗中并不少见，此诗别致处在造句之流丽，仿佛没有任何阻碍，自然而然就流了出来。

王昌龄在边塞诗和闺怨诗中都有对月亮的描写。在交通不便的农耕时代，皎洁的明月被历代诗人赋予了太多相思含义，望月思乡或见月怀人，永远是那个时代人的寄情方式。王昌龄在送别诗中对月亮的描写就更多了。谪居龙标山野是王昌龄人生中最失意的时候，他却依然有宴游的雅兴，在盛夏时节，唤上二三好友，坐在沅溪边的竹林里，推酒送盏，寄情山水。

沅溪夏晚足凉风，春酒相携就竹丛。
莫道弦歌愁远谪，青山明月不曾空。
——《龙标野宴》

想放下，却从来没有真的放下，春酒弦歌都只是一时之乐，无法彻底排遣郁闷，只有青山明月常在，才是永恒的慰藉。不但是慰藉，青山明月还被人格化，成为他明志的象征，就像冰心玉壶作为他品格的象征一样，他反复使用这个意象：

欲问吴江别来意，青山明月梦中看。（《李四仓曹宅夜饮》）

或许是受到乐府的影响，王昌龄的诗写得很流畅，这当然不是说他不讲究技巧，他在《诗格》中谈及各种诗法，比当时许多诗人都要更重视这一点。不过，他所举的例子全都是五言。如论“理入景势”，就引了他本人的诗：“时与醉林壑，因之堕农桑。槐烟渐含夜，楼月深苍茫。”即先写理（意），后写景。而论“景入理势”，又引自己的诗：“桑叶下墟落，鹍鸡鸣渚田。物情每衰极，吾道方渊然。”即先写景，后写理（意）。

唐人芮挺章编的《国秀集》和殷璠编的《河岳英灵集》，收录王昌龄的诗大多是五言，这很能说明盛唐的诗歌风气。实际上，王昌龄的五言诗也有一些写得很好的，如《越女》：

越女作桂舟，还将桂为楫。
湖上水渺漫，清江不可涉。
摘取芙蓉花，莫摘芙蓉叶。
将归问夫婿，颜色何如妾。

这首诗收入了《乐府诗集》，深约宛转，颇似南朝民歌。再如写离别的《送李濯游江东》：

清洛日夜涨，微风引孤舟。
离觞便千里，远梦生红楼。
楚国橙橘暗，吴门烟雨愁。
东南具今古，归望山云收。

在“意境”的构想上近于他的七言。不过，王昌龄的五言诗看来也就是当时的平均水平，因而后人更重视他的七绝，除了那首五古《代扶风主人答》。

杀气凝不流，风悲日彩寒。浮埃起四远，游子弥不欢。依然宿扶风，沽酒聊自宽。寸心亦未理，长铗谁能弹。主人就我饮，对我还慨叹。便泣数行泪，因歌行路难。十五役边地，三回讨楼兰。连年不解甲，积日无所餐。将军降匈奴，国使没桑干。去时三十万，独自还长安。不信沙场苦，君看刀箭瘢。乡亲悉零落，冢墓亦摧残。仰攀青松枝，恸绝伤心肝。禽兽悲不去，路傍谁忍看。幸逢休明代，寰宇静波澜。老马思伏枥，长鸣力已殚。少年与运会，何事发悲端。天子初封禅，贤良刷羽翰。三边悉如此，否泰亦须观。

据新、旧《唐书》，唐玄宗开元十三年（725）冬十一月始封泰山，这首诗应是王昌龄漫游河陇归来，路经扶风时所作。全诗通过扶风主人的自述，讲述边庭征战的残酷。最后，主人以“少年与运会，何事发悲端”来安慰仕途不遇的诗人。

此诗通篇采用写实方法，描写战争给普通人带来的巨大不幸，上摹汉乐府《十五从军征》，下启杜甫《兵车行》。可见在唐代诗人眼中，古体诗与近体诗的功能是不同的，一为叙事，一为抒情。大概也是因为王昌龄“七绝圣手”的名声太大，大到这首五言古诗几乎被后人忽略。但是，也只有读了这首五言古诗，我们才可能真正体会王昌龄那些七言边塞诗的复杂情感。

高适

（700—765）

莫愁前路无知己

今天的读者会发现，古人的价值世界还是比较单纯的，唐代的边塞诗书写着光荣与苦难、冲突与杀伐，却没有宣扬仇恨。族群仇恨的价值是现代人的发明，是在自然世界的价值消失后，人类进入历史世界才出现的情感。

一卧东山三十春

岂知书剑老风尘

一

在群星璀璨的盛唐诗人中，高适算不上最耀眼的，却是唯一封侯的诗人。春秋时期的叔孙豹论“三不朽”，将立功置于立言之前，因而自古以来，建功立业即成为士人的最高理想，身处承平年代的盛唐诗人更是如此，无不渴望在政治上有所建树。在开元、天宝诗人中，李白自诩心雄万夫却落魄以殁，杜甫盼望致君尧舜却穷困至死，而高适却从一个低微的文士致身通显，实现了在当时人眼中最为成功的人生。

高适的成功人生与他的军旅生涯密切相关。与更年轻的岑参一样，他也是盛唐边塞诗的代表诗人，二人都曾在缘边节度使的军幕当过幕僚，到过战争的最前线。唐帝国建立之初，北方边境一直面对草原部族的袭扰，北有突厥，东北有奚和契丹，双方战事不断。

高适的祖父是唐高宗时名将高偘，曾率军擒拿突厥车鼻可汗，攻打高丽，官至安东都护，封平原郡开国公，这一家庭传统，或许与高适后来选择从军边塞有关。

到了高适父亲这一代，他的家庭开始败落，其父崇文任过韶州长史，高适早年随父旅居岭南，后客居宋州，《旧唐书》本传称他"少家贫，客于梁、宋，以求丐自给"。大概高适少年时不事生业，处境较为艰窘，他也不以为意，直到弱冠才留心诗歌学问，而他汲汲于功名的性格很快就显露出来。二十岁时，高适到长安求仕，没有成功，他后来回忆初次求仕的经历。

> 二十解书剑，西游长安城。
> 举头望君门，屈指取公卿。
> 国风冲融迈三五，朝廷欢乐弥寰宇。
> 白璧皆言赐近臣，布衣不得干明主。
>
> ——《别韦参军》

诗中既有立取公卿的豪迈意气，又有怀才不遇的满腹牢骚。《旧唐书》本传称高适"傲于权贵，窥察洞明"，前者是唐代许多诗人都有的特点，而政治上"窥察洞明"却是高适个人的独特长处。在开元盛世的一片升平气氛中，高适却看到了朝政腐败、阶层固化的一面，他不得不回到宋州，在那里继续耕读了近十年。

许国不成名，还家有惭色。

托身从畎亩，浪迹初自得。

雨泽感天时，耕耘忘帝力。

——《酬庞十兵曹》

远古之人日出而作，日入而息，玩着击壤的游戏，丝毫感觉不到“帝力”的存在，这是一种自由的生存状态。然而，那终究是远古的生活，终老畎亩毕竟不是高适的人生理想，最后他还是选择了从军边塞。开元十九年（731），高适北上蓟门，寻求入仕，这是他第一次来到北方边塞。

殷璠《河岳英灵集》称高适“耻预常科”，是说他不愿参加进士科考试。高宗调露二年（680），科举开始加试杂文，到玄宗时诗赋就已成为进士科的主要考试内容，进士科在社会上的名望也越来越高。高宗时的宰相薛元超曾说：“生平有三恨：始不以进士擢第；不得娶五姓女；不得修国史。”[1]高适不愿举进士，大概是因为进士及第后往往授秘书省校书郎，升迁较慢，而且高适擅长的是古体诗，对于进士科所要求的诗赋格律似乎不很精通。在这方面，高适有点儿像李白，瞧不起那些皓首穷经的文人。

大笑向文士，一经何足穷！

---

1 刘悚《隋唐嘉话》卷中。

古人昧此道，往往成老翁。

——《塞下曲》

高适看重的其实是制科考试，因为制科是选拔特殊人才，升迁更快。开元二十三年（735），高适入京应制科，他期望通过这种非常规的考试，迅速平步青云。《旧唐书》本传说他“喜言王霸大略，务功名，尚节义。逢时多难，以安危为己任”[1]。而据《册府元龟》卷六四五《贡举部》记载：“（开元）二十三年正月诏：其或才有王霸之略，学究天人之际，智勇堪将帅之选，政能当牧宰之举者。”尽管这一年高适并没有考中，但可以看出他感兴趣的正是“王霸之略”。高适很早就仰慕魏徵、郭元振、狄仁杰这些唐初政治家，出处行事常仿效他们，这在他早期赴北方边塞时就已经显露出来。

北游燕赵期间，高适第一次了解到北方边塞的情形，他目睹了草原游牧族的犷放崇武风尚，留下深刻印象。

营州少年厌原野，狐裘蒙茸猎城下。

虏酒千钟不醉人，胡儿十岁能骑马。

——《营州歌》

汉武帝击败匈奴后，将先秦的畿服制度发展为朝贡体系，由此确立了中原政权与周边诸国的基本关系。到了唐贞观年间，朝廷在

1《旧唐书·高适传》。

内服边疆地区建立羁縻州县，由部落首领担任都督或刺史，奉行的仍是先秦夷夏之辨的观念。韩愈的观点就代表了当时人的看法，即划分族群的标准是根据其文化习俗。[1]游牧族从小就喜欢饮酒骑马，英勇善战，这对于中原王朝始终是一种实际的威胁。尽管如此，高适在诗中仍然由衷地对游牧少年表达了赞赏，体现出他作为政治家的一面。

唐代早期，东北的奚和契丹势力还比较弱，唐王朝为了制衡突厥，对奚和契丹有时采取武力攻击，有时又采取和亲拉拢的政策。当时东北边陲战事频仍，朝廷疲于应对，欲嫁宗室女与奚和契丹和亲。高适是一个务实的人，深知中原王朝与草原部族之间的复杂关系，或许在他的意识中，尽管采取了羁縻政策，草原部族的政治组织结构仍然很不同于中原华夏地区，不是建立在郡县制的官僚体制上，而是建立在部落联盟的酋长制基础上，故易于击败而难于长久保持稳定。因此，他在《塞上》一诗中表达了自己对羁縻政策的思考。

> 东出卢龙塞，浩然客思孤。亭堠列万里，汉兵犹备胡。边尘涨北溟，虏骑正南驱。转斗岂长策，和亲非远图。惟昔李将军，按节出皇都。总戎扫大漠，一战擒单于。常怀感激心，愿效纵横谟。倚剑欲谁语，关河空郁纡。

就现实政治而言，最重要的手段从来都是武力。因此，高适反

---

1 韩愈《原道》:“诸侯用夷礼则夷之，进于中国则中国之。”

对朝廷因羁縻政策而带来的“转斗”“和亲”政策，认为应当像李广那样主动发起进攻，派大军一举扫平大漠，永绝边患。在《蓟门行》五首中，高适赞扬了己方将士的勇敢和艰辛，对于朝廷未能给将士提供充足衣食却优待归降胡人颇有微词：“戍卒厌糠核，降胡饱衣食。”（《蓟门行》其二）

据《旧唐书·奚传》，开元二十年（732），信安郡王李祎奉诏讨伐奚人，奚酋长李诗等率其部落归降。朝廷封李诗为归义王兼特进、左羽林军大将军同正，并担任归义州都督，赐物十万段，将其部落迁至幽州界安置。正史记载了这一优遇奚人的史实，却没有记录大唐守边士兵的艰难处境。陈寅恪先生曾以元、白诗证史，其实高适的诗也是可以用来证史的。与此同时，高适意识到，大唐王朝与北方草原部族的冲突将是长期的。

元戎号令严，人马亦轻肥。
羌胡无尽日，征战几时归。
——《蓟门行》其三

这似乎也预示了高适一生的事业都将与边疆征战有关。

二

高适这一时期的边塞诗已经显露出他擅长古体的特点。对于熟悉汉魏南北朝乐府的唐代诗人来说，描写大漠风烟，古体诗是更适合的形式。组诗《蓟门行》采用五言六句的形式，似乎是在有意学习此前也曾到过蓟北的诗人陈子昂的《蓟丘览古》。诗选家殷璠在《河岳英灵集》中评价高适："诗多胸臆语，兼有气骨。"作为同时代人，殷璠的评价反映了盛唐读者的普遍看法。"胸臆语"是高适诗歌特有的风格，也就是直抒其情，不假雕饰，而"气骨"则是指其诗劲健有力。

殷璠在评价另一位边塞诗人陶翰时也提到"风骨"二字，这实际上是对盛唐诗尤其是盛唐边塞诗的一个总结，赞扬那种意气豪迈的时代诗风。

开元二十二年（734），高适因求仕无成，由蓟北返宋，途经邯郸时，遇到一个性情相投的富豪青年。

> 邯郸城南游侠子，自矜生长邯郸里。千场纵博家仍富，几度报仇身不死。宅中歌笑日纷纷，门外车马如云屯。未知肝胆向谁是，令人却忆平原君。君不见今人交态薄，黄金用尽还疏索。以兹感激辞旧游，更于时事无所求。且与少年饮美酒，往来射猎西山头。（《邯郸少年行》）

那是一个人人炫富耀武的时代，受到北方游牧族彪悍性格的影响，初、盛唐诗人们都喜欢写《少年行》一类的游侠诗，崇尚民间的江湖义气。殷璠在评价高适诗时就特别提到"未知肝胆向谁是？令人却忆平原君"，表示这两句诗是他的"最深爱者"。

与王之涣的七绝相比，高适诗即使是近体，也靡有古意。他擅长的是诗歌的气势，而不是诗歌的意象。不过，同时代读者感兴趣的可能正是他的直抒胸臆，充满豪壮之气。殷璠对他的评价显然得到了后世的公认。在比较高适和岑参的不同风格时，元代的陈绎进一步总结道："高适诗尚质主理，岑参诗尚巧主景。"[1]高适是一个十分理性的人，做任何事都有明确的目的，而一个很理性的人写诗往往缺乏想象，喜欢直接议论，这使得高适诗不如岑参诗更有艺术的感染力。

说到底，高适不是一个有想象力的诗人，而是一个能写诗的帅才。如果不是他那首有名的《燕歌行》，他在盛唐边塞诗中的地位或许就与同时代的李颀、陶翰相差无几，而不是与岑参并称。根据这首诗的自序，开元二十六年（738），有朋友从幽州返京，作《燕歌行》述及边塞战况，高适当时应制举落第后尚滞留长安，便写了这首同题诗和之。

> 汉家烟尘在东北，汉将辞家破残贼。男儿本自重横行，天子非常赐颜色。摐金伐鼓下榆关，旌旆逶迤碣石间。校尉羽书飞瀚海，单于猎火照狼山。山川萧条极边土，胡骑凭陵杂风雨。战士军前半死生，美人帐下犹歌舞……铁衣远戍辛勤久，玉箸应啼别离后。少妇城南欲断肠，征人蓟北空回首……相看

1 胡震亨《唐音癸签》卷五引《吟谱》。

白刃血纷纷，死节从来岂顾勋。君不见沙场征战苦，至今犹忆李将军。

据正史记载，开元二十六年（738），幽州将赵堪、白真陀罗等人假传御史大夫张守珪之命，逼平卢军使乌知义出兵攻击奚人，结果先胜后败，事后张守珪隐瞒败绩，谎报大捷，败露后又用重金贿赂前往调查的内常侍牛仙童，同时逼迫白真陀罗自杀。高适此前曾从军北地，十分了解军中状况，于是在和诗中通过叙述此次征战，抨击唐军主将骄逸轻敌，致使战事失利。

这篇歌行是高适的杰作，也是唐代边塞诗的杰作。高适采用旧题乐府来写时事，在结构上虽不如岑参的《白雪歌送武判官归京》等歌行有章法，但从大处着墨，很有战争的气势。战鼓在大漠上擂响，双方士兵骑着战马，杀声震天。诗中虽有对正面战场厮杀的描写，重点却是己方士兵的牺牲和家乡亲人的痛苦。“战士军前半死生，美人帐下犹歌舞”两句尤其令人惊警——真正懂得战争的人会描写战争，但不会赞美战争。

这次战事失利的真相终于在翌年被朝廷发现，牛仙童因受贿被处死，张守珪贬为括州刺史。但高适在诗歌结尾的议论却留给人们各种可能的解释，他是指王昌龄笔下那个“不教胡马度阴山”的李广，还是指王维笔下那个“李广无功缘数奇”的李广，是指晚唐温庭筠笔下那个“一败龙城匹马还”的李广，抑或是高适在他另一首诗《送浑将军出塞》中那个“李广从来先将士”的李广？

从开元二十七年（739）到天宝七载（748），大约十年时间，高适一直在梁宋、齐鲁一带寓居漫游，境况十分困窘。正是在这段时期，他结识了李白和杜甫，三人在天宝三载（744）曾结伴游梁园，后又在济南见面。这段交游给杜甫留下很深的印象，写了不少诗回忆，而李白和高适似乎没留下什么诗篇。高适在这个时期写得最好的诗是在宋州送别一位董姓友人：

千里黄云白日曛，北风吹雁雪纷纷。
莫愁前路无知己，天下谁人不识君。

——《别董大》其一

在盛唐众多的赠别诗中，这首诗特别能体现高适直抒“胸臆语”的特色，不叙别情，不假雕饰，而是用日常话语鼓励友人踏上前程。然而，这种豪壮的日常话语不是一般文人敢在诗中采用的，在越来越讲究诗歌情韵和意境的开元、天宝时期，诗人们害怕这样写会缺乏诗意。

三

天宝八载（749），高适得到睢阳刺史张九皋的推荐，赴京应制科的有道科，终于中举。按照惯例，制科中举可以拜中书舍人、员外郎，次则可授拾遗、补阙。[1]但在妒贤嫉能的李林甫的排挤下，高适只得到一个封丘县尉的小职务，这使他内心颇感不平。当一个小邑的县尉，基本生活问题是解决了，但每天的职事就只是送往迎来，毫无作为。

“拜迎长官心欲碎，鞭挞黎庶令人悲。”（《封丘作》）这样的官场生活对于一个胸有大志之人是难以忍受的。高适几度想要归隐田园，同时也一直都在关注边防形势，此前在送友人赴幽州的诗中，他就写道：

降胡满蓟门，一一能射雕。
军中多宴乐，马上何轻趫。
戎狄本无厌，羁縻非一朝。
饥附诚足用，饱飞安可招。
李牧制儋蓝，遗风岂寂寥。
君还谢幕府，慎勿轻刍荛。

——《睢阳酬别畅大判官》

对于北方边防的判断颇有见识。在任封丘县尉期间，高适还曾送兵至范阳节度使安禄山管辖的清夷军，并就所见所闻表达了自己对边事的忧虑。

---

1 封演《封氏闻见记》卷三。

策马自沙漠，长驱登塞垣。
边城何萧条，白日黄云昏。
一到征战处，每愁胡虏翻。
岂无安边书，诸将已承恩。
惆怅孙吴事，归来独闭门。

——《蓟中作》

北方边患连年不断，边将们却只顾邀宠，自己虽有良策，无奈玄宗宠信安禄山，也只能徒叹君子沉沦、小人晋升。在高适看来，唐王朝在北方边防的用人上一直是失败的。继察觉到张守珪的恃功误国后，高适再一次表现出他“窥察洞明”的政治军事才能，预料到安禄山军队终将成为祸患。归来闭门是山水田园诗中常用的结尾，一般表示不满个人际遇而归隐林下，高适把它用在国事的预测上，有一种严重的警示效果。

高适当然不会真想退隐田园，首先他无钱置买田产，其次他依然雄心勃勃，但县尉这种没有前途的小官他肯定是不想再做了。天宝十一载（752），高适终于辞去封丘县尉，到长安谋事，并与杜甫、王维、岑参、储光羲、崔颢、綦毋潜等人宴游唱和，登慈恩寺塔，游曲江，这种交游既是文人的兴会雅集，也是借以成名的方式。果然，这次入京成为高适仕宦生涯的转折点，他得到陇右节度使哥舒翰的赏识，于天宝十三载（754）被辟为幕府的掌书记。

军幕中的掌书记是一个重要职务，很容易得到提拔，还能接触到不少重要官员。送友人赴边是高适边塞诗中的常见题材，他这一时期的送别诗仍以鼓励建功立业为主。高适喜欢金戈铁马的生活，尽管他只到过陇右，但对更加辽远的西域边事十分关切：

传有沙场千万骑，昨日边庭羽书至。（《送浑将军出塞》）

他曾想象西域的征战景象：

雕戈蒙豹尾，红旆插狼头。
日暮天山下，鸣笳汉使愁。

——《部落曲》

歌颂上司哥舒翰抗击吐蕃的功绩：

铁骑横行铁岭头，西看逻逤取封侯。
青海只今将饮马，黄河不用更防秋。

——《九曲词》其三

诗中所咏都是在高适赴陇右之前发生的战事。天宝八载（749）哥舒翰率军攻占石破城（今青海湟源西南）后，又于天宝十二载（753）收复九曲（今青海化隆），开拓大唐疆域一千余里，被朝廷进封西平郡王。高适投在哥舒翰麾下，晋升的机会自然是大多了。

陇右的从军经历是高适边塞诗创作的第二个高峰期。随着仕途的顺利，以及与京城诗人交往的增多，高适的诗风开始有了一些变化，写出了较为精练含蓄的七言律诗，尽管在遣词造句上仍有乐府古诗的意味。

在离开长安赴陇右，途经金城（今兰州）时，高适登上高高的城楼，眺望黄河与远山，对前途充满沉思。

北楼西望满晴空，积水连山胜画中。
湍上急流声若箭，城头残月势如弓。
垂竿已羡磻溪老，体道犹思塞上翁。
为问边庭更何事，至今羌笛怨无穷。

——《金城北楼》

颔联描写环境，用武器作比喻，急流如箭，残月似弓，十分符合诗人的身份和气质。颈联采用姜太公和塞翁失马的典故，表现出对人生际遇的深刻认识。高适始终相信，自己虽已年老，但祸福转化的法则永远具有现实意义，边庭自古以来只有杀伐征战，或许此次赴边终将改变命运。

高适的预感果然应验了，不久就爆发了安史之乱，他的人生也发生了巨大变化。天宝十五载（756），高适随哥舒翰回军据守潼关，他的政治判断力在这次历史大事件中表现得更加突出。潼关失守后哥舒翰归降安禄山，高适却追随玄宗到了成都，并极力反对房琯等人诸王分镇的主张，认为这将导致王朝内部分裂，此后的永王作乱验证了他的判断，高适因此得到肃宗信任，被授为谏议大夫、淮南节度使，率军讨伐永王。

在对现实与历史的分析上，高适的政治判断力不仅强于李白，而且强于杜甫。他们都反对安史之乱，李白投靠永王，高适则断定永王必败；杜甫支持房琯，高适则反对诸王分镇。早在天宝八载哥舒翰攻占石破城的著名战役中，李白看到的是双方士兵伤亡惨重："君不能学哥舒，横行青海夜带刀，西屠石堡取紫袍。"（《答王十二寒夜独酌有怀》）高适看到的则是"青海只今将饮马，黄河不用更防秋"（《九曲词》）。对高适来说，政治从来不是根据道德，而是依靠强力来决定的，中原王朝与游牧部族在历史上发生过多次重大冲突，最终还是只能由战争来解决。对他来说，这不是一个价值判断，而是一个事实判断。

他们三人中，唯有高适致身显宦，他在政治上的见识是一个非常重要的原因。[1]高适的政治理性还表现在安史之乱后对待李、杜的不同态度上。当李白因依附永王而被关押在浔阳狱中写诗向高适求援时，高适并没有任何回应，但高适后来任彭州和蜀州刺史时，却时常在经济上接济流落到成都的杜甫，这种不同的对待无疑是他在衡量政治利害后的选择。

在这个意义上，高适属于马克斯·韦伯所说的那种遵循责任伦

1 胡震亨《唐音癸签》卷二五："高适，诗人之达者也，其人故不同。甫善房琯，适议独与琯左，白误受永王璘辟，适独察璘反萌，预为备。"

理而不是心志伦理的人。他考虑的始终是行动的后果，是能做而不是应做的原则。不过，高适一生中最大的失败也是发生在他任剑南节度使的时候。代宗广德元年（763），高适率军平定吐蕃侵扰，由于军粮储备不足，松、维、保三州沦陷，[1]他的节度使职务也被严武取代，奉调回京城。

高适本质上始终是个文人统帅，虽然在蜀中公务繁忙，但在与杜甫的交往中仍写下了不少诗歌，并保持了“尚质主理”的质朴风格。

> 人日题诗寄草堂，遥怜故人思故乡。
> 柳条弄色不忍见，梅花满枝空断肠。
> 身在远藩无所预，心怀百忧复千虑。
> 今年人日空相忆，明年人日知何处。
> 一卧东山三十春，岂知书剑老风尘。
> 龙钟还忝二千石，愧尔东西南北人。
>
> ——《人日寄杜二拾遗》

此诗作于肃宗上元二年（761），其时高适还在担任蜀州（治所在今四川崇州市）刺史，他在诗中既关切中原时局，也担心蜀中形势，表示自己享受厚禄，却不能为国家平定战乱，愧对四处漂泊流离的

1 杜甫《东西两川说》：“顷三城失守，罪在职司，非兵之过也，粮不足故也。”

老友。代宗大历五年（770），杜甫流落潇湘一带，临终前翻检书籍，见到此诗，仍不禁“泪洒行间”。[1]

> 东西南北更谁论？白首扁舟病独存。（《追酬故高蜀州人日见寄》）

战争从来都是不同文明间的冲突与融合，高适的边塞诗反映了中原王朝与草原游牧部族之间充满着血与火的战争，它本身就是古代文明史的一部分。今天的读者会发现，古人的价值世界还是比较单纯的，唐代的边塞诗书写着光荣与苦难，冲突与杀伐，却没有宣扬仇恨。族群仇恨的价值是现代人的发明，是在自然世界的价值消失后，人类进入历史世界才出现的情感。

当高适从剑南节度使任上奉调回京城时，杜甫正好不在成都，两个朋友未能见上最后一面。高适返京后任刑部侍郎、转散骑常侍，进封渤海县侯，基本上是个高位闲职。他卒于代宗永泰元年（765），享年六十六岁。

听到高适的死讯，杜甫写下一首悼念诗，赞其“独步诗名在”（《闻高常侍亡》）。这是一位伟大诗人对同时代另一位诗人的盖棺论定，赞扬他那独特而杰出的创作，在群星荟萃的诗坛上永远占据了一个重要位置。

---

1 杜甫《追酬故高蜀州人日见寄》自序。

岑参

（约715—770）

走马川行雪海边

许多唐朝文人其实从未到过西域或中亚，有的至多也就到过陇右。他们对西域和中亚的印象多来自前朝诗歌，然后借《从军行》《凉州词》《出塞》等乐府诗题来表现昂扬的书生意气。然而，岑参本人曾真正从军安西、北庭，他咏边塞之诗，句句从亲历中来，这使他成为与高适并称的盛唐边塞诗的代表。

马上相逢无纸笔
凭君传语报平安

一

经历了两百余年的南北朝分裂，唐王朝重新建立了一个统一而庞大的中原政权。帝国为保护西域边陲的安宁，通过不断屯垦驻军，先后在陇右道设立安西都护府和北庭都护府，分治天山南北路。安西都护府治所先是设在高昌，后移至龟兹（今库车），为丝绸之路北道重镇，辖境直达葱岭。北庭都护府治所在庭州城（今吉木萨尔县城北破城子），辖境包括阿尔泰山和巴尔喀什湖以西广大地区。

自张骞出使西域开通丝绸之路，商旅便不绝于途。中原的丝绸、瓷器、茶叶经此输往内亚、欧洲，而内亚、欧洲的香料、玻璃、珠宝、毛皮也经此输入中原，同时还传入了波斯、印度和草原部族的音乐歌舞、风俗习惯，如《新唐书·五行志》载："天宝初，贵族及士民好为胡服胡帽。妇人则簪步摇钗，衿袖窄小。”经由西域传来的印度佛教更是深深影响了华夏文化，在唐代结出硕果。

中原农耕族群和北方草原及西域游牧族群之间，自古以来就一直存在着相互抗衡和依存的关系。游牧族群逐水草而居，骁勇善战，其部落必须邻近中原，在水草丰盛的年份，可与中原农耕族群就近互通有无，遇到天灾，则便于南下劫掠财物。而中原王朝要维持与游牧族群之间的稳定，很大程度上也依赖于来自北方草原和中亚的战马数量。汉代张骞出使西域，很可能就承担了寻找汗血宝马的使命，唐王朝更是将战马视为“国之武备”，[1]为了极力控制陇右的马场，一直采取抚慰游牧族群的政策，以便共同维护中西交通要道的安定。

这条中原—草原—西域的交界线，[2]上演了许多繁盛的贸易和恢宏的战争场景，见证了历朝历代中原王朝和不同游牧部族的兴衰。

唐王朝建立之初，从中亚到西域及漠北的广袤地区由突厥主宰，唐朝的兴起也曾借助突厥的力量，来自中亚的粟特商人则在丝绸之路上控制着各种贸易。随着中原大一统帝国的建立，唐王朝控制了边境的贸易价格，使得草原、西域小部落常常形成大联盟，以战争手段来获取必需品。八世纪中叶，唐王朝与突厥、吐蕃便曾多次发生争夺西域的战争。

帝国边防的重要性使得唐朝文人的入仕除科举、门荫外，还可

---

1 《新唐书》卷三十六，志第二十六。

2 参见施展《枢纽》第四章，广西师范大学出版社，2018年。

选择从军边幕，再由掌书记迁判官、副使甚至节度使，或者入朝为侍御使、拾遗、补阙等职。初唐杨炯的“宁为百夫长，胜作一书生”（《从军行》），便写出了当时文人的从军理想。

征战西域边疆一直是《诗经》和汉乐府的主题，汉代征伐匈奴更是唐朝文人所熟悉的故实。那落日大旗、风鸣马啸的出塞总能引发他们的浪漫情怀，但许多唐朝文人其实从未到过西域或中亚，有的至多也就到过陇右。他们对西域和中亚的印象多是来自前朝诗歌，或是别人的讲述，然后借《从军行》《凉州词》《出塞》等乐府诗题来抒发昂扬的书生意气。如孟浩然的“坐看今夜关山月，思杀边城游侠儿”，李白的“放马天山雪中草”，王维的“西出阳关无故人”，王之焕的“春风不度玉门关”，王昌龄的“碎叶城西秋月团”，李颀的“雨雪纷纷连大漠”，大都是凭着对遥远西域的想象，吟咏永恒的征戍主题。

但是，岑参本人曾真正从军安西、北庭，他咏边塞之诗，句句从亲历中来，这使他成为与高适并称的盛唐边塞诗的代表。

岑参出身官宦人家，曾祖父是太宗时的功臣岑文本。他自幼家世沦替，后曾隐居嵩山读书数年，二十岁时赴京献书，求仕未成，玄宗天宝三载（744）方举进士，授右内率府兵曹参军。岑参早期的诗受到王维、孟浩然的影响，如《宿关西客舍》：

云送关西雨，风传渭北秋。

孤灯燃客梦，寒杵捣乡愁。

滩上思严子，山中忆许由。
苍生今有望，飞诏下林丘。

又如《春寻河阳陶处士别业》：

风暖日暾暾，黄鹂飞近村。
花明潘子县，柳暗陶公门。
药碗摇山影，鱼竿带水痕。
南桥车马客，何事苦喧喧。

从诗歌的艺术技巧看，岑参很讲究炼词炼句，中间对联中的燃、捣、摇、带几个动词是诗眼；客梦可燃，乡愁可捣，碗摇山影，竿带水痕，造成一种无理而妙的效果。殷璠《河岳英灵集》评其诗“语奇体峻，意亦造奇”，大体也是就其造句而言。不过，这种对句技巧已是当时诗人普遍熟练运用的诗法，岑参真正的“造奇”还是体现在边塞诗上，尽管殷璠的选本并没有收录他的边塞诗。

二

天宝八载（749），岑参第一次奔赴西域，充任安西都护府高仙芝幕中的掌书记。他告别长安的家人，骑马走在通往西域的大道上，人困马乏，行色匆匆，也不知走了多少天，迎面偶遇一个回京述职的熟人，因为要赶路，岑参便托他向家人捎个口信：

故园东望路漫漫，双袖龙钟泪不干。
马上相逢无纸笔，凭君传语报平安。

——《逢入京使》

诗歌语言朴实，不加雕饰，却真切感人。“马上相逢无纸笔”契合远赴西域的情景，若是下江南，相逢的地点就往往是驿站了。诗的结尾犹如家常话，可对于远行的旅人，家人得到的最大安慰就是平安。这首诗历来被看作岑参的名篇，好诗的首要标准从来都是真挚自然，而非技巧。

终于西出阳关。岑参骑着马，行走在越来越荒芜的戈壁和沙漠，他有一种冒险的兴奋，感觉自己仿佛是为西域的风光而生，而西域的风光也仿佛正在等待他——等待着他的诗。岑参没有辜负自己的才华，一路上诗兴大发，途经银山碛时，接连写下几首。

银山碛口风似箭，铁门关西月如练。
双双愁泪沾马毛，飒飒胡沙迸人面。
丈夫三十未富贵，安能终日守笔砚。

——《银山碛西馆》

走马西来欲到天，辞家见月两回圆。

今夜不知何处宿，平沙万里绝人烟。

——《碛中作》

黄沙碛里客行迷，四望云天直下低。

为言地尽天还尽，行到安西更向西。

——《过碛》

从小就生长在中原的岑参第一次来到西域，入目是黄沙万里，冷月当空，仿佛到了天地的尽头，但要去的地方还在更远的西边，这一切都没有让岑参感到沮丧，他振奋不已，憧憬在边陲建功立业。这几首诗都采用写实的手法，的确，神奇的异域风光已经不需要诗人多余的想象了。

岑参在安西都护府任职三年，赶上两次战争。安西节度使高仙芝是有唐一代名将，曾在天宝六载（747）率军翻越葱岭，攻占连云堡，歼敌数万，平定了依附吐蕃的小勃律国（今克什米尔的吉尔吉特），天宝九载（750）又出兵击败与吐蕃联盟的朅师国（今巴基斯坦北部奇特拉尔），俘虏国王勃特没，同时击破中亚的石国（今乌兹别克斯坦塔斯干），俘虏国王及王后，控制了整个帕米尔山谷地区，唐王朝在西域、中亚的势力达到极盛。

天宝十载（751）四月，因石国与大食结盟，高仙芝再度率军从安西出发，以三万军队进攻大食占领的怛罗斯城（今哈萨克斯坦的江布尔城附近）。八世纪中叶，大食帝国崛起，迅速向东扩张，这是中原王朝自与匈奴、突厥游牧部族对抗以来所面对的又一个强大的草原帝国。当时岑参正在武威，同僚李副使奉命赴西征军中，岑参特地写诗送别。

火山六月应更热，赤亭道口行人绝。
知君惯度祁连城，岂能愁见轮台月。
脱鞍暂入酒家垆，送君万里西击胡。
功名只向马上取，真是英雄一丈夫。

——《送李副使赴碛西官军》

这首诗一改边塞诗的役人思乡主题，表现出盛唐时代的昂扬气概和岑参性格中天生“好奇”的特点。[1]岑参的乐观情绪似乎是有理由的，前两次征战，高仙芝都大获全胜，为此还受到朝廷的奖赏升迁，被授予右羽林大将军。但是，此次西征中亚，唐军面临十万之众的大食军队和盟军葛逻禄人的突然背叛，遭到惨败，存活者不过数千。大食不久因内讧及与拜占庭的争斗，从中亚撤军，怛罗斯城被葛逻禄人占据，大唐帝国也因安史之乱，放弃了在中亚的争夺，退守西域。

天宝十载（751），高仙芝因西征失利，奉调回京。岑参也回到长安，并与高适、杜甫、薛据、储光羲等相识，五人同游慈恩寺

1 杜甫《渼陂行》：“岑参兄弟皆好奇，携我远来游渼陂。”

塔，赋有同题诗作，成为一时佳话。天宝十三载（754）夏秋，岑参又赴西域轮台，在北庭都护封常清幕府中任节度判官。此前一年，封常清曾出兵进击受吐蕃控制的大勃律（今克什米尔西北的巴勒提斯坦），大胜而归。这一次途经临洮时，当地旧友为岑参饯别，座中唱和赋诗，岑参得飞字韵。

闻说轮台路，连年见雪飞。
春风曾不到，汉使亦应稀。
白草通疏勒，青山过武威。
勤王敢道远，私向梦中归。

——《发临洮将赴北庭留别》

依照唐人的表述习惯，诗中的“轮台”实指北庭都护府治所庭州城。岑参此次赴西域，由河西走廊经疏勒，过武威，从西州（交河）翻过天山到达北庭。与安西相比，北庭离中原更加遥远。再度来到西域，岑参抱有很大希望，他在诗中极写边地苦寒，正是为了表达尽力国事的决心。这一时期，岑参写过许多边塞诗，他笔下的军旅生活是艰苦的，但基调是昂扬的。

九月天山风似刀，城南猎马缩寒毛。
将军纵博场场胜，赌得单于貂鼠袍。

——《赵将军歌》

深秋时分的天山脚下，将士们在寒风凛冽的城南草场上纵横驰骋，以射猎打赌，这是边疆军人的训练和娱乐，即使游戏也离不开征战的形式，获胜的将军赢得了单于的貂鼠袍。七绝的写作往往采用一种开放式结尾，我们可以想象将军获胜后得意四顾、周围士兵欢声雷动的情景。没有沙场的悲苦，只有将士的无畏，在充满思乡厌战情绪的唐代边塞诗中，岑参写出了军旅生活的另一面。

岑参的边塞诗名作主要还是七言歌行，这种体裁更适宜描绘带有情节性的场景，如他那首最著名的《白雪歌送武判官归京》，便是天宝十三载岑参抵达轮台后送其前任返京所作：

北风卷地白草折，胡天八月即飞雪。忽如一夜春风来，千树万树梨花开。散入珠帘湿罗幕，狐裘不暖锦衾薄。将军角弓不得控，都护铁衣冷难着。瀚海阑干百丈冰，愁云惨淡万里凝。中军置酒饮归客，胡琴琵琶与羌笛。纷纷暮雪下辕门，风掣红旗冻不翻。轮台东门送君去，去时雪满天山路。山回路转不见君，雪上空留马行处。

首句起得突兀，好像一觉醒来突然见到一个冰雪世界，树上的白雪就像春天绽放的梨花。以温暖的景物比喻西域雪景，想象奇崛瑰丽，仿佛千百年来的西域风光此前都在沉睡，在诗人笔下，这是它第一次展现在世人面前。读者的目光随着角弓铁衣的近景，转向瀚海愁云的远景。接下来是送别的主题，军帐中的歌舞宴饮与外面的冰天雪地形成对比，诗人选用了边塞诗中常见的琵琶、羌笛等意象。但是，离别的时刻终归还是要到来，暮雪纷纷落在辕门高悬的旗幡上，旗幡一动不动，像是被冻结了。最后四句似乎是电影中的空镜头，归客远去，只留下雪地上的马蹄印。

这个画面具有一种渐行渐远的美感，使人想到李白的名句“孤帆远影碧空尽，唯见长江天际流”。元代陈绎称岑参诗“尚巧主景”，[1]雪中送别是立意巧，山回路转是写景妙。盛唐诗人都深谙造境之法，而岑参此诗更有一层淡淡的惆怅。在离别的时刻，送别者总是比离去者更有一种空落落的感觉，因为离去者是走向远方，虽前程未知但仍具有各种可能性，而送别者却又要回到一成不变的生活中去。

三

到达北庭后不久，岑参就赶上封常清征讨吐蕃占领下的播仙，捷报传来，他写下《献封大夫破播仙凯歌六首》，其五：

> 蕃军遥见汉家营，满谷连山遍哭声。
> 万箭千刀一夜杀，平明流血浸空城。

---

1 胡震亨《唐音癸签》卷五引《吟谱》。

此次西征史籍无载，应当是一次速战速决的小规模战斗，但战争的残酷仍跃然纸上，充满剽悍杀伐之气，这在唐朝边塞诗中是很少见的。按照范文澜先生的说法，唐朝在西域的战争具有自卫和扩张的双重性。战争无疑是人类的悲剧，也是人类历史的一个重要部分。唐代诗人中，只有杜甫能从人道的角度，写出“杀人亦有限，列国自有疆，苟能制侵陵，岂在多杀伤”（《前出塞》其六），多数诗人还是从征服角度来看待战争的。借用黑格尔的话，中国历史上农耕族群与游牧族群之间的战争体现了一种“马背上的世界精神”，正是战争与和平推动了不同族群融合的进程。

在征伐播仙之后，封常清又立即西征回纥部落，岑参为此写下了两首著名的七言歌行。据《轮台歌奉送封大夫出师西征》佚序：“天宝中，匈奴、回纥寇边，逾花门，略金山，烟尘相连，侵轶海滨，天子于是授钺常清，出师征之。”这篇佚序见于宋郭茂倩的《乐府诗集》，但郭茂倩认为这次西征是征讨播仙，他大概是将两次战役混为一谈了。封常清此番征讨的对象很可能是当时活跃于北庭西北归附回纥的葛逻禄部落，也许此次战役仍然规模不大，所以史籍同样没有记载。这首歌行写道：

轮台城头夜吹角，轮台城北旄头落。
羽书昨夜过渠黎，单于已在金山西。
戍楼西望烟尘黑，汉兵屯在轮台北。
上将拥旄西出征，平明吹笛大军行。

四边伐鼓雪海涌，三军大呼阴山动。

虏塞兵气连云屯，战场白骨缠草根。

诗中的“金山”即《资治通鉴》记载的金牙山（今哈萨克斯坦的昆格山脉），那里曾是西突厥可汗庭帐所在，高宗显庆二年（657）曾被苏定方讨平。怛罗斯之役后，七河流域逐渐为葛逻禄人所占。而“阴山”在今内蒙古境内，当时属于回纥的辖地，显然不符合地理方位。这是唐人边塞诗的惯例，往往使用汉时征战匈奴的地名作为泛指，以表现宏大的边塞叙事，唤起读者对历史上中原王朝与游牧部族之间战争的想象。

全诗句句用韵，两句一转，造成急促的节奏感，仿佛大军行进的鼓点。“四边伐鼓雪海涌，三军大呼阴山动”，岑参在诗中竭力想象气候的严酷与士兵的英勇，而“战场白骨缠草根”的情景描写，更将战争的惨烈场面呈现在历史的长卷上。

在中国的古典传统中，史家和诗人一般很少直接刻画战争场面，而是着重描写战前的准备和战后的归来，如乐府《十五从军征》和《木兰辞》。因此，岑参更为人熟知的是另一首描写同一次战役的《走马川行奉送封大夫出师西征》：

君不见走马川行雪海边，平沙莽莽黄入天。轮台九月风夜吼，一川碎石大如斗，随风满地石乱走。匈奴草黄马正肥，金山西见烟尘飞，汉家大将西出师。将军金甲夜不脱，半夜军行戈相拨，风头如刀面如割。马毛带雪汗气蒸，五花连钱旋作冰，幕中草檄砚水凝。虏骑闻之应胆慑，料知短兵不敢接，车师西门伫献捷。

时当九月，草肥马壮，归附回纥的游牧部落趁机掠夺汉地，唐军出师征讨，队伍冒着满天的黄沙，在夜里急行军穿过莽莽沙漠，将士们顶着刺骨寒风，低着头向前挪动，黑暗中只听见兵器相碰的声音，马匹身上散发的热气立即结成了冰。岑参是一个文职官员，不会亲临战场，他只是运用诗人的想象描写战场的情形，用恶劣的环境反衬将士的昂扬士气，盼望唐军凯旋。

经过此次西征，唐王朝与回纥维持了一段较为平和的关系。回纥在安史之乱中成为唐朝的主要外援，同时对觊觎安西、北庭的大食、吐蕃、突厥形成制衡，使得唐王朝在西域的统治又维持了很长一段时期。

在唐代边塞诗人中，岑参是对西域最有体会的，就连当地懂汉语的游牧族群都喜欢他的诗。唐杜确《岑嘉州诗集序》称他“每一篇绝笔，则其诗一出，人人传写，虽闾里士庶，戎夷蛮貊，莫不讽诵吟习焉”，应该是可信的。

岑参在西域鞍马风尘十余载，经行无数城障寨堡，写尽大漠壮美之景、征战离别之情。但他的戎马生涯不久后就中断了。天宝十四载（755），安史之乱爆发，封常清入京述职，受命抵御安史叛军。此后，唐王朝的军事重心便转移到中原。当时在长安的杜甫就曾目睹安西军东援长安的情形："奇兵不在众，万马救中原。"（《观安西兵过赴关中待命》）在抵御安禄山军队的战争中，岑参的前后两个上司高仙芝和封常清最后都因作战失利，被玄宗听信宦官谗言处死。

岑参本人在西域又待了两年。肃宗至德二载（757），他从西域东归，抵达肃宗的行在凤翔，杜甫等人荐举他为右补阙。但不久丞相房琯失势，杜甫和岑参受到牵连，杜甫被贬华州司功参军，岑参被贬虢州长史。政治上的挫折使岑参不再有当年从军边塞的豪情壮志，而是产生了一种深深的人生蹉跎感。他独自登上虢州城楼，却抛开眼前的风景，对一生予以回顾：

错料一生事，蹉跎今白头。
纵横皆失计，妻子也堪羞。
明主虽然弃，丹心亦未休。
愁来无去处，只上郡西楼。

——《题虢州西楼》

虢州任满之后，岑参奉调回京，于代宗永泰二年（766）出任嘉州刺史。当时正值回纥和吐蕃入侵剑南，岑参不得不延迟出发。到任后不久，他就弃官客居成都，两年后便去世了。他生前亲眼看到河西、陇右陷于吐蕃，切断了安西、北庭与中原的联系，数年间，"自凤翔以西，邠州以北，皆为左衽矣"（《资治通鉴·唐纪三十九》）。

对岑参来说，一生中最有创作灵感的时候都来自西域，但征战沙场的戎幕生涯如今已离他远去，晚年的诗中再也没有了那种峻奇壮丽的特色。

安史之乱严重削弱了唐朝的国力，就在岑参去世后一年，即代宗大历六年（771），唐朝政府在轮台设置了“静塞军”。德宗贞元六年（790），吐蕃趁安西驻军大部内调之际攻占北庭。宪宗元和年间，西域失陷，白居易、元稹的同题乐府诗《缚戎人》都记录下一位安西老兵逃回中原的情形。

唐王朝从此失去对西域的控制，变得更加内卷，陷入藩镇割据、宦官专权和士大夫党争等各种内部争斗。唐宣宗、懿宗年间，西域又被葛逻禄人和西迁回鹘人占领，此时离岑参去世已近百年。

岑参的诗歌描绘了一幅壮丽的西域、中亚风光，此后的诗人虽然仍会写到西北边塞，但已经是将西域作为一个历史符号。无论是陈陶的“万里轮台音信稀，传闻移帐护金微”（《水调词》），还是李商隐的“文吏何曾重刀笔，将军犹自舞轮台”（《汉南书事》），都不过是对盛唐气象的一种遥远的追忆，而给唐代边塞诗画上句号的是陈陶这首《陇西行》：

誓扫匈奴不顾身，五千貂锦丧胡尘。
可怜无定河边骨，犹是春闺梦里人。

岑参的时代远去了，唐代边塞诗再一次回到想象，充满了退缩与忧伤。

李白

（701—762）

万物兴歇皆自然

自汉末至魏晋，士人中一直弥漫着“生年不满百，常怀千岁忧”的悲剧意识。到了初唐，这个悲剧意识还在延续，人们不断被生命不永的瞻望所苦恼，继刘希夷“年年岁岁花相似，岁岁年年人不同”，张若虚“江畔何人初见月，江月何年初照人”之后，李白再一次举杯哀叹：“今人不见古时月，今月曾经照古人。”

余亦能高咏
斯人不可闻

一

从前的驿道酒肆外，常常会看到一幅“太白遗风”的酒帘，于晨光暮色中招展。千百年来，在无数读者心中，李白就是盛唐，盛唐就是李白。在中国文化里，李白是自由的象征，一代又一代的读者喜爱李白，喜爱他的诗。人们总是欣羡自己身上没有的东西，比如自由的精神，于是，他们在李白身上寄托了太多的理想。

这种自由的精神就是傲视世俗权力，对社会的规训不屑一顾。无怪当时诗坛领袖贺知章在长安初见李白，就立即呼他为“谪仙人”。这个故事与李白的出生传说相契合。相传李白出生时，其母梦见长庚星，长庚又名太白，所以李白字太白。天才总是会被世人赋予某种神秘的色彩。

李白的青少年是在蜀中度过的，蜀地自古以来汉夷杂居，侠义之风盛行，正如李白的友人魏颢所写：“蜀之人不闻则已，闻则杰出。”李白少时即观览百家之书，学剑任侠，曾在大街上手刃数人，这些经历都有点儿像他的同乡前辈陈子昂，但比起陈子昂，李白的豪放中更多了一份狂傲，这就不能不说到他的家世了。

李白的家世是一个谜，史料记载他是凉武昭王李暠九世孙，祖上谪居中亚碎叶，隐易姓名。到了父亲一辈，迁居蜀地绵州昌隆，以“客”为名。李白出生时，其父指天枝（李树）以恢复李姓。但这些说法都出自李白自述，很不可信。唐人重视家世门第，所谓李暠后裔、恢复国姓很有可能是出于攀附的心理。李白生一子取名伯禽，小名明月奴，另一子取名颇黎，女儿名平阳，皆与汉人取名的习俗迥异。此外，李白懂“番书”，面相“眸子炯然，哆如饿虎”，不像一个纯粹的汉人。而李白的友人吴指南病卒于洞庭，他将其葬于湖侧，数年后又前往洗削，负骨而行，葬于鄂城，则更是属于西南蛮夷或突厥的剔骨葬习俗。[1]

种种迹象表明，李白有着西域胡人的血统。这在唐代是很平常的事，经历了南北朝时期两百年的民族大融合，已经没有了纯粹的华夏族概念，就连李唐王室都有鲜卑族的血统。有唐一代，社会风气开放，很少礼教束缚，这是一个很重要的原因。在李白身上，既完全受中原文化影响，又染有胡人习性，表明他的家庭融入华夏的

1 关于李白家世，参见新旧《唐书》本传、李阳冰《草堂集序》、范传正《唐左拾遗翰林学士李公新墓碑并序》、刘全白《唐故翰林学士李君碣记》、魏颢《李翰林集序》、陈寅恪《李太白氏族之疑问》及业师周勋初《诗仙李白之谜》。

时间并不长，因而形成了他异乎常人的性格特征。

早年的李白在蜀地学道求仙，隐居漫游，后来正式受道箓，成为一个道教徒。神仙道教的影响，贯穿了他的一生。另一方面，李白始终热衷仕途，遍干诸侯，历抵卿相，走到哪儿都要向名人投献诗文，以求荐举。可是，他从未参加过科举考试。有人认为这正是李白心高气傲的表现，要显得不同凡响。如他早年隐居蜀中广汉时，当地太守前来拜访，要举荐他考制科的有道科，他却以“养高忘机”的漂亮托词拒绝了。[1]

而真正的原因是，唐代参加科举考试需要在州县申报谱牒，即有一定的社会身份要求。由于李白的特殊出身，显然拿不出任何谱牒文书，宣歙观察使范传正为之立新墓碑时，就有“绝嗣之家，难求谱牒”一说。可见李白不参加科举是因为他没有考试资格。他之所以欣羡西汉时期的乡人司马相如，反感科举的明经考试，嘲讽当时士人必须精通御定的《五经正义》，实际上也有着受挫后的逆反心理。

> 鲁叟谈五经，白发死章句。
> 问以经济策，茫如坠烟雾。
> ——《嘲鲁儒》

1 李白《上安州裴长史书》。

隋唐建立的科举是一种具有革命性的选官制度改革，它打破了世袭罔替的官员选拔制度。科举检验一个士人的古典修养和写作才能，从而判断其思维能力是否适合做一个行政官员。就大多数士人将要承担的职责而言，这种考试是有效的，但科举的规范和竞争同时也窒息了思想。对于李白这样的文学天才来说，的确很不适宜。既然科举走不通，门荫不可能，从军又不愿意，那就只能希冀有朝一日得到皇帝的亲自征召，在仕途上一步登天。

李白曾自述幼时读司马相如的《子虚赋》，私心慕之，长大后在成都拜谒益州长史苏颋，这位文章大家这样评价他："此子天才英丽，下笔不休，虽风力未成，且见专车之骨。若广之以学，可以相如比肩也。"[1]这或许给了李白一种人生的指引。因此，当李白二十五岁出蜀时并未径赴京城长安，而是漫游当年司马相如曾经描写过的吴楚云梦一带，最后定居安陆，入赘故丞相许圉师家，同时四处客游，结交名流，以积累知名度。

在官僚治理更加制度化的唐代，李白追慕的是"凤歌笑孔丘"的春秋隐士，是平步青云的战国纵横家，是庄子笔下扶摇而上的大鹏。李白虽然个头不高，却心雄万夫，自信是一个旷世天才，功名于他是很容易的事，而他那头戴高冠、身佩长剑的仙风道骨装扮大概也令世人感到惊奇。

但是，要想通过社会上的名声直接进入仕途，毕竟需要特殊的

---

1 李白《上安州裴长史书》。

机遇。玄宗开元十九年（731），李白第一次入京求仕就碰了壁，无成而归。他的情绪不免受到影响，岁月淹留，入仕的艰难让他愤懑不平："大道如青天，我独不得出。"（《行路难》其二）可一旦经玉真公主举荐，通过献赋得到一个待诏翰林的位置，他又立即喜不自胜，头也不回地辞别家庭，意气风发地奔赴长安："仰天大笑出门去，我辈岂是蓬蒿人。"（《南陵别儿童入京》）

这是在玄宗天宝元年（742），李白已经四十二岁了。唐朝毕竟是一个崇尚诗歌的朝代，李白的诗歌天才终于得到了皇室和京城文化中心的承认。这表明，追求雅致协律的宫廷诗已经过时，时代召唤着更加率真浪漫的诗人。

按说李白受到的礼遇是很高的，玄宗希望李白的诗能点缀宫廷生活，甚至为此表现出讨好李白的举动。玄宗本人在金銮殿降辇步迎李白，甚至以七宝床赐食，御手调羹喂他，而李白也不负所望，表现出草答番书、辩若悬河的才能。然而李白很快就发现自己不过是一个供皇室消遣的弄臣，感到非常失望，整天与贺知章、崔宗之等人酣醉于长安酒肆，恢复了他那张扬跋扈的本性。天子召他时故意不理不睬，甚至沉醉殿上，让宠宦高力士脱靴。即使是在相对开明宽松的唐朝，敢于如此藐视皇帝，也是千古未有的奇事。

也许正是这样的性格弄得君臣双方都很不痛快，但也没给李白带来什么祸殃。事实上，李白这样的人完全不符合帝国对一个官僚的要求。就这样，当了两年多的翰林待诏，李白便上疏请辞离京。当他离开京城时，玄宗皇帝甚至还赐金放还。

李白生活在开元、天宝盛世，却与他的时代格格不入，终其一生都活在自己的想象世界里。他曾天真地幻想能建立春秋时范蠡的功业，然后功成身退。“终与安社稷，功成去五湖。”（《赠韦秘书子春》）实际上，李白的内心始终持有一种古代侠客的情怀。“事了拂衣去，深藏身与名。”（《侠客行》）这是多么潇洒痛快，但也使他像同乡前辈陈子昂一样，在入仕问题上犯了一个巨大的“时代错误”。他现在总算有点儿明白过来，于是昂着头离开京城，从此再也没有去过长安。

> 且放白鹿青崖间。须行即骑访名山。
> 安能摧眉折腰事权贵，使我不得开心颜。
>
> ——《梦游天姥吟留别》

几千年来中国士人的骄傲，这大概算是一次最为耀眼夺目的表现了。若不能担当安邦定国的大任，那就不妨以布衣之身纵酒当歌，游遍名山大川。

二

在今人看来，李白是真正活出了一种自由的生命样式，就连他感喟人生的悲歌，也充满着不可一世的青春傲气。他艳羡司马相如的得意人生，同时继承了司马相如“苞括宇宙，总揽人物”的文学观念，[1]那是源于汉代人的一种宇宙图景，其中仍然保留着远古的神话思维，日神驾驭六龙巡天，形成时间的循环。在汉代人眼中，时间是一种源于超验之物的无始无终的存在，他们在郊祀歌《日出入》中嗟叹生命的短暂，祈祷能超越个体，达到像时间一样的永恒：

> 日出入安穷？时世不与人同。故春非我春，夏非我夏，秋非我秋，冬非我冬。泊如四海之池，遍观是邪谓何？吾知所乐，独乐六龙。六龙之调，使我心若。訾，黄其何不徕下？

李白的《日出入行》袭用了《日出入》的乐府旧题，却一反汉代人的外在超越方式：

> 日出东方隈，似从地底来。历天又入海，六龙所舍安在哉。其始与终古不息，人非元气安得与之久徘徊。草不谢荣于春风，木不怨落于秋天。谁挥鞭策驱四运，万物兴歇皆自然。羲和羲和，汝奚汩没于荒淫之波。鲁阳何德，驻景挥戈。逆道违天，矫诬实多。吾将囊括大块，浩然与溟涬同科。

李白否定了古代神话中超自然的日神概念，而采取了老庄的自

1《西京杂记》卷二。

然主义态度，那是一种无求于外的宇宙图景。时间不在自我之外，而在自我之中，人只能通过自我来理解时间，假如自我不存在，时间也就不存在了。在西方的神/人关系中，人是不能逾越神的，而在中国的天/人关系中，由于天没有位格，天与人可以合一。因此，一个人想要获得永生，就必须让自我与世界融合，“吾将囊括大块，浩然与溟涬同科”，达到一种精神上消解时间的状态。

然而，李白真能由此得到解脱吗？那首著名的《将进酒》是他离开京城后，漫游梁、宋，与友人岑勋、元丹丘相会时所作：

> 君不见黄河之水天上来，奔流到海不复回。君不见高堂明镜悲白发，朝如青丝暮成雪。人生得意须尽欢，莫使金樽空对月。

古今中外，在所有关于生命的体验中，对于时间的意识可以说是人类最深沉的感受。公元前六世纪的一天，一个古希腊哲学家站在河边沉思：“人不能两次踏入同一条河流。”而几乎在相同的时间，一个东方哲人站在河边感叹：“逝者如斯夫，不舍昼夜。”面对奔腾不息的江河，赫拉克利特悟到的是万物的迁流不居，孔子悟到的是时间的一去不返。不待说，孔子的宇宙意识更具一种人文关怀，并由此奠定了中国人的心理结构和时间观念。从此以后，生命短暂便成了令后世诗人纠结不已的主题，一直延续到李白，当他依然从自然生命的视角将这个问题推到眼前时，他的情感显得奔放而纠结，诗歌的情绪脉络大起大落，不断转折变化：

天生我材必有用，千金散尽还复来。烹羊宰牛且为乐，会须一饮三百杯。

唐代诗人都非常喜爱饮酒，可以说无酒不诗。杜甫喝的是“浊酒”，经常哭穷；李白喝的是“清酒”，不断炫富。他在《上安州裴长史书》中回忆道：“曩昔东游维扬，不逾一年，散金三十余万，有落魄公子，悉皆济之。”如此仗义疏财，反映的正是盛唐文人崇尚侠义的价值观。我们看盛唐的社会生活，总觉得有一种元气充沛的气象，李白正是这种元气的代表。但李白的经济来源，一直都是个谜，有人说他家是富商，也有人说是靠朋友周济，反正他从来都嗜酒如命，挥金如土：

钟鼓馔玉不足贵，但愿长醉不复醒。古来圣贤皆寂寞，惟有饮者留其名。陈王昔时宴平乐，斗酒十千恣欢谑。主人何为言少钱，径须沽取对君酌。五花马，千金裘，呼儿将出换美酒，与尔同销万古愁。

在这里，李白似乎一下子又从积极变得消极起来。他仰慕庄子的逍遥，但这种“无待”的绝对自由是不可能实现的，因为“无待”排除了时间的因素。经过魏晋玄学的改造，庄子的绝对自由已经被经验化和现实化，转换为郭象“各当其分”的自由。但是，当人们在无求于外的自然时间中思考生命，也就是春即我春、夏即我夏、秋即我秋、冬即我冬时，人生的终点必然是虚无，在现实生活中便只能得出享乐主义的结论。

全诗笼罩着古诗十九首和魏晋诗歌的一个主题——富贵与长生皆为虚妄。对于李白来说，唯一的解脱方式便是“呼儿将出换美酒，与尔同销万古愁”。所谓“万古愁”，就是古往今来任何人都无法避免的人的必死性。由于自然主义否认超越世界的存在，取消了时间的形上维度，就意味着人对永恒的渴望无法得到解决，面对生死这一人类的终极问题，李白只能以顺天安命、及时行乐的醉态来戛然结束。

自汉末至魏晋，士人中就一直弥漫着“生年不满百，常怀千岁忧”的悲剧意识，玄学的思辨更加突出了时代的“忧生之嗟”，即便服药与饮酒也无法得到真正的解脱。李泽厚将魏晋时期称为“人的觉醒”，其实是秦汉的神话与地下世界崩塌后，人们对死的无奈与恐惧。到了初唐，这种悲剧意识还在延续，人们不断被生命不永的瞻望所苦恼，继刘希夷的“年年岁岁花相似，岁岁年年人不同”（《代悲白头翁》），张若虚的“江畔何人初见月，江月何年初照人”（《春江花月夜》）之后，李白再一次举杯哀叹：“今人不见古时月，今月曾经照古人。”（《把酒问月·故人贾淳令予问之》）

生命的短暂构成了中国人的终极关怀，随着佛教在唐代的兴盛，这个问题最终还是靠佛教的彼岸世界获得了解决，或者说问题并没有真正解决，而是转移了。自杜甫开始，诗歌中就已不再充满对人生短暂的哀叹，而是转变为对现实和历史的关怀。但是，由于李白没有接受佛教的来世观念，他最大的苦恼依然是生命的有限性，因为他所信仰的道教没有彼岸世界，而越是信奉此岸世界的人，越是对生命之短暂有着强烈紧迫的感受。

可以说，在通过诗歌解决生命的终极关怀方面，李白是上一个时代的结束，杜甫是下一个时代的开始。李白的苦恼与具体的日常生活并无多少关系，他的苦恼始终是关于永生的追问，因而他的诗往往是一种非现实的幻想，用青春少年的纯真眼光去看这个世界，表现出尚未被理性遮蔽的自然本性。他的古风和乐府总是从大处着墨，格调高古，那首令贺知章一读之下即叹为“泣鬼神”的《乌栖曲》这样写道：

> 姑苏台上乌栖时，吴王宫里醉西施。吴歌楚舞欢未毕，青山欲衔半边日。银箭金壶漏水多，起看秋月坠江波。东方渐高奈乐何。

诗中没有古今兴衰的对比，只有对生命消逝的感喟。正如美国学者宇文所安的分析，诗中吴王夫妇对即将来临的灾难一无所知，从而唤起了幻想与真实之间反差的悲叹。[1]

人们都说李白是无法学的，因为他太有想象力，不受诗歌惯例的制约，实际上李白的无法学是由于他对现实的漠视。在这首怀古诗中，李白完全没有一种古今的意识，千年前发生的情景仿佛就在眼前，时间丝毫没有流逝。与汉魏咏史诗、唐代怀古诗中的历史时

---

1 斯蒂芬·欧文《盛唐诗》，广西人民出版社，1987年。

间相比，李白的怀古诗很少具有历史或现实的价值判断，他的时间意识属于更加永恒的自然时间。

> 夫天地者，万物之逆旅也；光阴者，百代之过客也。而浮生若梦，为欢几何？古人秉烛夜游，良有以也。（《春夜宴从弟桃花园序》）

李白诗歌的真正价值其实正在这里。及时行乐对他而言不是怀才不遇的排解，而是对生命终极关怀的苦恼。在某种意义上，李白有一种海德格尔所说的“先行到死”的生存论思维，他时时刻刻都在与生命之短暂作斗争，尽管浮生若梦，仍有“阳春召我以烟景，大块假我以文章”的慰藉。还是将生命托付给永恒的自然与诗歌吧。说到底，诗歌可以赋予人类这样的幻觉：我们能够有意义地活着。

于是，我们看到李白的一生都在漫游。他夜发清溪，朝辞白帝，登临黄鹤楼上、白鹭洲头，放眼南湖秋水、洞庭湖畔，路线基本上沿着黄河和长江流域，似乎总是在不停地流浪。人们说李白的诗中有很多酒和月的意象，但他写的更多的是流水。奔腾不息的流水不仅是时间的象征，也是离情别绪的起兴。

> 山随平野尽，江入大荒流。（《渡荆门送别》）
>
> 请君试问东流水，别意与之谁短长？（《金陵酒肆留别》）
>
> 孤帆远影碧空尽，唯见长江天际流。（《黄鹤楼送孟浩然之

广陵》）

云帆望远不相见，日暮长江空自流。（《送别》）

黄河落天走东海，万里写入胸怀间。（《赠裴十四》）

登高壮观天地间，大江茫茫去不还。（《庐山谣寄卢侍御虚舟》）

长风破浪会有时，直挂云帆济沧海。（《行路难》）

人生在世不称意，明朝散发弄扁舟。（《宣州谢朓楼饯别校书叔云》）

这些诗不是在送别友人，就是自己将要远行，结尾常常指向远方。在这里，李白将自身生命的时间性转化为空间性。如果说同时代诗人王维笔下的景物往往是静态的，属于纯粹的空间性；李白笔下的景物则是动态的，包含着时间性。对李白来说，远方从来就不是现实中的一个真实处所，而是一个抽象的超越日常人生的永恒象征。“唯见长江天际流”的美感正是源自遥远的地平线所带给人们的想象。就连高处飞泻的瀑布，也源自天上：

日照香炉生紫烟，遥看瀑布挂前川。
飞流直下三千尺，疑是银河落九天。

——《望庐山瀑布》

十八世纪德国大诗人歌德也用过瀑布的象喻，在诗中将飞流想象成人生的过程：

人的灵魂

像是水。

它来自天空，

它升上天空，

它必须又

降落地上，

它永远循环。

——《水上精灵之歌》[1]

歌德诗中既有世俗的情感，又有超越的境界。李白的诗缺乏这样的永恒性与人间性，他的诗中没有人，他那种道教徒的观念中既没有彼岸世界，又拒绝完全融入人世，因而始终与他人和外界保持着一种内在的紧张。

三

因为人世只是一个旅馆，不是家园，所以李白身上并没有多少亲情的观念。就此而言，天才的亲人都是不幸的。清代王琦注《万愤诗》：“太白诗中绝无思亲之句。”话虽说得绝对，但也不完全是空穴来风。李白曾入赘两位故丞相家，婚后即出门漫游四方，似乎

1 《歌德文集》第八卷，冯至译，人民文学出版社，1999年。

对家庭生活没什么眷念。他与当时的著名诗人都有交往，时常结伴隐居旅行，诗酒唱和，但他对朋友未必有像杜甫那样深厚的感情。

李白与人交往的态度是“我醉欲眠卿且去，明朝有意抱琴来”（《山中与友人对酌》），而他向往的是“桃花流水窅然去，别有天地非人间”（《山中问答》）。尽管他的别离诗都写得极富情意，却一点也不感伤。他所关注的是自己的生命样式，他比唐代所有诗人都要更多地仰视天上的星空，眺望遥远的地平线。

李白与杜甫的交往已经成为中国文人友情的千古佳话。玄宗天宝三载（744）四月，李白离开京城，在洛阳与杜甫初次相遇，两人结伴同游梁宋。一年后，他们在齐鲁再度相逢，互有赠诗。杜甫的诗是忆旧：

余亦东蒙客，怜君如弟兄。
醉眠秋共被，携手日同行。

——《与李十二白同寻范十隐居》

李白的诗是赠别：

秋波落泗水，海色明徂徕。
飞蓬各自远，且尽手中杯。

——《鲁郡东石门送杜二甫》

一个情意绵绵，一个潇洒脱俗。这次分别后，两人就再也没有见过面。在他们的交往中，杜甫一共给李白写了十余首诗，而李白只给杜甫写了两首。对李白来说，朋友在一起时可以亲密无间，可一旦分别就无须更多挂念，人世间最好的结局就是各自走向远方。

徘徊六合无相知，飘若浮云且西去！（《赠裴十四》）

这也是李白对自己的写照，他的世界属于更加宏大的“六合”，因为人间没有真正的相知，所以他也不知道自己将要走向何处，反正就是遥远的地方。

然而，唐代早已不是士人可以周游列国、平视王侯的时代，这种“时代错误”再次造成李白晚年的政治挫折。安史之乱爆发后，杜甫在北方写出“三吏”“三别”，李白却在南方受邀投到永王李璘麾下，意气风发地写道：“但用东山谢安石，为君谈笑静胡沙。”（《永王东巡歌》其二）

李白还真以为建功立业的时候到了，结果却因投靠永王而遭牵连，被长流夜郎，幸好途中遇到大赦放还，从三湘返回江夏、岳阳，往还于宣城、历阳、金陵一带，最后寓居从叔李阳冰任县令的安徽当涂。

李白与现实永远是疏离的，他不谙世道人情，更不懂实际政治，他始终活在一个虚拟的世界里，一个诗歌的世界里：

牛渚西江夜，青天无片云。
登舟望秋月，空忆谢将军。
余亦能高咏，斯人不可闻。
明朝挂帆去，枫叶落纷纷。

——《夜泊牛渚怀古》

李白的许多诗都很难系年，这大概是他晚年生活在当涂时写的一首诗。[1]他的古体诗挥洒随意，都是天然的佳句；而他的近体诗也多采用散文句法，单笔散行，一气贯注，如“犬吠水声中，桃花带雨浓”“为我一挥手，如听万壑松”，乍一看没怎么用力，实则有一种自然天成的诗意。

这首《夜泊牛渚怀古》同样属于不入律的近体。在澄澈的夜晚，诗人独自登舟远行，负手望月，他的心绪是寂寞的，但那是一种前不见古人的寂寞。俞陛云评道：“诵此诗如诵姜白石词，扣舷长啸，万象皆为宾客也。”[2]中国诗歌物我交融的境界都是主体消失在万物中，而在这首诗里，客体却成为主体的幻象，这是一种“万物皆备于我”的宇宙图景，澄明的世界在诗人面前敞开。

的确，也只有孤独的自我能代表李白的最佳灵感：

---

1 詹锳《李白诗文系年》系此诗于开元二十七年，恐非。见其《李白诗文系年》，人民文学出版社，1984年。

2 俞陛云《诗境浅说》，上海书店，1984年。

花间一壶酒，独酌无相亲。
举杯邀明月，对影成三人。
月既不解饮，影徒随我身。
暂伴月将影，行乐须及春。
我歌月徘徊，我舞影零乱。
醒时相交欢，醉后各分散。
永结无情游，相期邈云汉。

——《月下独酌》

就像古希腊神话中那个自恋的纳西索斯，狂热地迷恋上自己的水中倒影，这才是李白的本性流露。他内心深处对世人其实是很淡漠的，对他来说，世上最亲密的伴侣还是天上的明月和自己的影子。

在当世诗人中，唯有杜甫能懂李白的孤独："白也诗无敌，飘然思不群。"（《春日忆李白》）杜甫对李白是真崇拜、真热爱，离别后还总在远方思念。肃宗乾元二年（759），当杜甫在秦州听到李白流放夜郎的消息时，伤心地在《梦李白》中写道："冠盖满京华，斯人独憔悴。"仅仅过了两年，杜甫又因思念李白而写下《不见》："不见李生久，佯狂真可哀。世人皆欲杀，吾意独怜才。"

不过，杜甫终究还是不懂李白，他始终认为李白的狂是佯装出来的，就像他自己偶尔的放纵一样，属于怀才不遇的激愤姿态。对于人世，杜甫的心太热，李白的心太冷。晚年的李白穷困潦倒，却毫不介怀，更无所挂念，两个孙女在他去世后嫁给了当地的农民。

在这个世界上，李白最爱的只有自然，因为自然比人更长久，更知音。他一生东奔西走，游遍名山大川，晚年遇赦回到江南，重游宣城，孤身一人又登上了敬亭山：

众鸟高飞尽，孤云独去闲。
相看两不厌，只有敬亭山。

——《独坐敬亭山》

有专家认为，这首诗作于唐玄宗天宝十二载（753），[1]但这一系年的证据并不十分充分，从诗中透露的情绪看，此诗更有可能作于肃宗上元二年（761），此时的李白已年老体衰，第二年便在宣城与世长辞。诗中的他独坐山上，与山默默对视，再一次感觉到自我与天地同在，“浩然与溟涬同科”。

李白的自由源于孤独的自我，他的“独与天地精神往来”是庄子式的，是一种无时间性的冥思状态。几百年后，另一个诗人辛弃疾写下了相似的词句：“我见青山多妩媚，料青山见我应如是。”（《贺新郎》）与李白相比，辛词多了一份俗世的亲切，却少了一份孤独的高傲——那种知道自己的诗将会流传于世的伟大诗人的高傲。

---

1 见詹锳《李白诗文系年》。不过，詹先生只是疑此诗作于天宝十二载。

屈平辞赋悬日月，楚王台榭空山丘。（《江上吟》）

没有什么人间事功是永恒的，只有诗与自然可以进入永恒的世界。李白的内心深处终究瞧不起碌碌的世人，世上的人与事都不过是转瞬即逝，包括历史上所有权倾一时的君主，终将被时间过滤，而唯有诗能与时间长存。

关于李白的去世，《旧唐书》本传称其“以饮酒过度，醉死于宣城”，《新唐书》本传称其卒于当涂，葬于青山。民间传说却赋予了他一个更加浪漫的结局。据说李白夜游采石矶，醉入水中，捉月而卒，后来又演化出他骑鱼上了青天，[1]那是一种超越时间的生命存续状态。

在世人眼里，这无疑是一个最完美的结局。李白来自天上，又归于天上，他给人们带来自由的感觉，但这个感觉却不属于俗世。对一个充满自由精神的天才，不自由的世人终于在这里发挥了他们的自由想象。

---

1 参见松浦友久《关于李白“捉月”传说》，《北京大学学报（哲学社会科学版）》1995年第5期。

杜甫

（712—770）

故国平居有所思

杜甫被后人奉为“诗圣”是因为他的作品体现了儒家的社会关怀，但他的价值恰恰在于强烈的个体意识。自《诗经》以降，中国诗歌走过的是一条从整体意识向个体意识渐渐转变的道路，至杜甫终于达到了一个高峰。

关塞极天唯鸟道
江湖满地一渔翁

一

唐玄宗天宝十载（751）秋，京城长安的一家旅舍，躺着一个病恹恹的举子。自从他来到长安求仕，已经有五年光景。前一段日子，他献三大礼赋，得到玄宗皇帝赏识，一时间宾客盈门，但此后久久没有当官的消息，门前车马渐渐稀落下去。正值秋雨连绵，贫病交加，一位友人突然来访，他十分感动，写下一篇很短的散文《秋述》：

> 秋，杜子卧病长安旅次，多雨生鱼，青苔及榻。常时车马之客，旧雨来，今雨不来。[1]

1 《全唐文》卷三六一。

当时恐怕没有人会意识到，这位潦倒京城的寒士将是中国历史上最伟大的一个诗人。他被后人奉为“诗圣”是因为他的作品体现了儒家的社会关怀，但他的价值恰恰在于强烈的个体意识。中国诗歌的特征是抒情，早期的诗歌中，抒情主人公常常是“我们”，而不是“我”。《秋述》在语言上接近口语，描述的纯粹是个人的日常情绪，这实际上反映了一种思维模式的转变。自《诗经》以降，中国诗歌走过的是一条从整体意识向个体意识渐渐转变的道路，至杜甫终于达到了一个高峰。

人类的原始神话反映的是一种整体性思维，关于这一点，只要举出追日的夸父和怒而触不周山的共工就足够了，他们其实都是一个氏族的名字。早期诗歌对世界的感受是出于本能和群体意识，这也是《诗经》、乐府及古诗十九首的特征。“昔我往矣，杨柳依依。今我来思，雨雪霏霏”（《诗经·小雅·采薇》）、“陇头流水，流离山下。念吾一身，飘然旷野”（《陇头歌辞》）、“涉江采芙蓉，兰泽多芳草。采之欲遗谁，所思在远道”（《古诗十九首》），吟咏的都是一种普遍的人生感受。抒情主人公仿佛在代表人类诉说悲欢离合，个人的忧伤就是人类的忧伤。初唐诗人仍然保留了这种抽象的群体意识，张若虚的《春江花月夜》便是如此。

诗歌中本能的消退意味着理性的逐渐成熟，盛唐开始出现更多具有个性的人物，其标志之一，就是思维中的公共自我向私人自我转变，促成了诗歌感觉的个人化和诗歌题材的多样化。隋唐建立的科举制度提升了平民阶层的地位，他们将理性的儒家思想作为立身之本，使得儒家思想在经历了汉末以降的衰退后，再一次成为士人的正统观念。都市生活的繁华更是促进了士人个体意识的发展，认识到自己的内在才能，并尽量去实现它。而杜甫正是这一理性精神的代表，他幼时就已立下济世之志：

七龄思即壮，开口咏凤凰。
九龄书大字，有作成一囊。
性豪业嗜酒，嫉恶怀刚肠。
脱略小时辈，结交皆老苍。
饮酣视八极，俗物皆茫茫。

——《壮游》

这首诗是杜甫晚年在夔州所作，是他对自己一生的总结。孔子曾被春秋时的隐士楚狂接舆比作凤凰，而凤鸟不至也的确使孔子感叹天命不与。历史上的许多杰出人物往往都对自我充满信心，在某个人生阶段对自身生命的深刻认识使他们拥有不可一世的气概，预见到自己未来所能达到的高度，并朝那个方向奋斗不已。但像杜甫那样以孔子自喻，且生前遭际（充满艰难困苦）及后世地位（最终成为中国历史上的文化圣人）也像孔子一样，就未免太具有天意般的神奇了。

然而杜甫是不相信天意的。他出生于巩县一个笃行儒家思想的书香门第，远祖是晋朝名将杜预，祖父杜审言是初唐著名诗人。他自幼天资聪慧，母亲早亡，父亲在外地做官，从小寄养在姑母家，整日在书斋读书写字，接受儒家思想的熏陶，并意识到实现自我有赖于德行。杜甫中年时在成都写的文章《说旱》中说："至仁之人，常以正道应物，天道远，去人不远。"杜甫始终都没有多少超越性的观念，家道中落使他坠入平民阶层，这个阶层的情感特征就是世俗性。在中国的文化传统中，超越性观念常常会导向群体意识，而世俗性观念开启的往往是自我意识。在某种意义上，杜甫站在前此传统的终结之处，终其一生奉行儒家的济世精神，同时又热爱世俗的日常生活。

六岁时，杜甫在堰城观看公孙大娘的舞蹈，几十年后他还能清晰地回忆起表演者雄健的舞姿和观者如堵的盛况："观者如山色沮丧，天地为之久低昂。"（《观公孙大娘弟子舞剑器行》）这里面有一种豪气干云的侠义，与李白的"事了拂衣去，深藏身与名"（《侠客行》）、王维的"相逢意气为君饮，系马高楼垂柳边"（《少年行》）一道，共同体现了盛唐那种自由不羁的元气，而杜诗的气象更为阔大。

生逢开元盛世，杜甫是幸运的，又是不幸的。两次应试都未中第，先后客居长安十年，生活常常陷于困窘，不得不奔走权贵之门，四处投献干谒。《奉赠韦左丞丈二十二韵》就是写于这一期间：

> 甫昔少年日，早充观国宾。
> 读书破万卷，下笔如有神。

赋料扬雄敌，诗看子建亲。
李邕求识面，王翰愿卜邻。
自谓颇挺出，立登要路津。
致君尧舜上，再使风俗淳。

今人常引用“致君尧舜上，再使风俗淳”，以证明杜甫的忠君思想，但这只是诗人投谒时自诩的一句高调。尧舜之治从来都是儒家的乌托邦理想，唐朝的皇帝做不到，唐朝的臣子更做不到。高调的背后是渴望立登要津，摆脱自己在长安“朝扣富儿门，暮随肥马尘”的贫贱生活。所幸杜甫几次参加科举考试都没有成功，否则中国历史上可能会多出一个正直的官僚，却少了一个伟大的诗人。

可以说，没有一个同时代诗人比杜甫更具有强烈的自我意识，他诗歌中的叙事者都是他本人，这与他诗歌的生活化特征有着密切关系。此前的诗人抒发现实感受都是借汉魏以来的乐府旧题，表达征人思妇的相似内容，这种情感既是个人性的，又是普遍性的。而杜甫则是第一个自创乐府新题的诗人，他写时事，写个人，写日常，扩大了诗的题材范围，在他笔下，几乎一切都可入诗。如果不是这种自觉的主体意识，杜甫是否会赢得崇高的文学史地位是需要打一个问号的。

大多数古代诗人都会离我们远去，我们往往只对他们的诗感兴趣；而杜甫却能一直活在今天，我们读他的诗，同时也很想了解他的心路历程。

杜甫在长安这段时期曾与李白、贺知章、张旭等名流交往，写下《饮中八仙歌》。在这群放浪不羁的文人中，他是唯一一个清醒旁观的人，从盛世的一片承平气氛中察觉到潜伏的社会危机。[1]在写下《秋述》后，杜甫又写出了《兵车行》和《丽人行》。一边是边庭流血，田园荒芜；一边是权臣当道，歌舞升平。杜甫对民间疾苦的同情使他能够敏锐地捕捉到时代即将发生剧变，这是帝国大厦将倾的前夜。

天宝十四载（755）是唐王朝的转折点，帝国深刻的内在矛盾最终导致安史之乱，同时也造就了杜甫。这一年，杜甫终于被任命为右卫率府兵曹参军，旋即前往奉先省家。时值寒冬，他在夜半时分从长安城出发，清晨经过骊山，想象着戒备森严的离宫中正在举办盛大的欢宴。大多数唐代诗人写到宫廷，往往是表达一种繁华或宫怨，杜甫却以普通百姓的贫困作对比，转向对社会矛盾的揭露：

朱门酒肉臭，路有冻死骨。
荣枯咫尺异，惆怅难再述。

经过艰苦的旅程回到家中，刚进家门就传来一片哭声，原来幼子已经饿死。

---

1 参见业师千帆先生《一个醒的和八个醉的》，《程千帆全集》第九卷，河北教育出版社，2001年。

入门闻号咷，幼子饥已卒。
吾宁舍一哀，里巷亦呜咽。
所愧为人父，无食致夭折。
岂知秋禾登，贫窭有仓卒。
生常免租税，名不隶征伐。
抚迹犹酸辛，平人固骚屑。
默思失业徒，因念远戍卒。
忧端齐终南，澒洞不可掇。

——《自京赴奉先县咏怀五百字》

诗人再一次从自身的不幸遭遇联想到整个社会，并为自己可以免除赋税征役而感到惭愧。这种反思精神是前所未有的。历史上那些杰出的诗人都有杰出的人格，他们像常人一样有自己的小苦恼、小波折，但又总能从个人生活中感受到天下苍生的困境，将自我意识扩展到社会意识，表现出博大的悲悯之情。

二

就在杜甫赴奉先省家的时候，安史之乱爆发了，杜甫的生活也陡然发生了剧变。在中国历史上的各种大动乱中，安史之乱只是其中的一个历史瞬间，但对于身处其中的每一个人来说，这一瞬间就是一生。此后杜甫饱经丧乱，流离失所，先后写下《悲陈陶》《哀江头》《北征》《彭衙行》《羌村》、“三吏”“三别”等即事名篇的古体诗。同时代的诗人很少描写这场战乱本身，只有杜甫突破了汉以来儒家的忠君观念，没有无条件地站在朝廷一边，而是在诗中反映了官军给百姓造成的苦难，表现出直面现实、“善陈时事”的能力。[1]

晚唐孟棨在《本事诗·高逸》中称：“杜逢禄山之难，流离陇蜀，毕陈于诗，推见至隐，殆无遗事，故当时号为‘诗史’。”在表现生活的真实方面，杜甫开创了一种见证的文学。“诗史”的称号意味着将诗歌的作用提升到一个新的高度，重新定义了诗人的角色。安史之乱对于唐王朝是一场灾难，但这场灾难似乎又是为杜甫的诗史而发生的。

只要将《彭衙行》或《无家别》与汉乐府《十五从军征》比较一下，就会发现，杜甫的这些新题乐府不但继承了汉乐府“感于哀乐，缘事而发”的精神，而且采用第一人称的叙事角度，不再是汉乐府那种概括性的描写，而是更加个人化、细节化。肃宗至德二载（757），杜甫从左拾遗任上请假回鄜州羌村探亲，风尘仆仆地在薄暮时分回到家中：

峥嵘赤云西，日脚下平地。
柴门鸟雀噪，归客千里至。

1 《新唐书》本传。

妻孥怪我在，惊定还拭泪。
世乱遭飘荡，生还偶然遂。
邻人满墙头，感叹亦歔欷。
夜阑更秉烛，相对如梦寐。

——《羌村》

这简直就像一篇小说的情节。日头落到地平线下，门外的鸟雀看到客至，欢快地鸣噪起来。诗人突然出现在家人面前，妻儿先是不敢相信，继而默默地擦着眼睛。邻人听说诗人回到家中，全都攀在墙上观望，陪着一起叹息垂泪。深夜，邻人散去，儿女也睡了，夫妻二人这才手持蜡烛，仔细对视，怀疑自己仍在梦中。

江淹《别赋》的"黯然销魂者，唯别而已矣"，道出了古往今来一种普遍的情感。后世诗人对于"别易会难"都有着很深的体验，如李益的"问姓惊初见，称名忆旧容"（《喜见外弟又言别》），司空曙的"乍见翻疑梦，相悲各问年"（《云阳馆与韩绅宿别》），而晏几道的"今宵剩把银釭照，犹恐相逢是梦中"（《鹧鸪天》）更是化用杜诗。然而，他们描写悲欢离合的心理深度皆不如杜甫的"夜阑更秉烛，相对如梦寐"，语言越是平实，感情就越是深切。

杜甫在叙事上的细致感觉说明他具有一种小说家的眼光，能抓住生活中最具冲突性的场景，这是其他诗人都不曾拥有的能力。"三吏""三别"反映的都是战争期间的具体事件，其中《石壕吏》已被选入今天的各种教科书，而《无家别》则谈得较少，实际上这首诗更有一种震撼人心的凄怆。诗的开头像是仿汉乐府《十五从军征》，描写一个士兵从战场归来，看到家乡已变成废墟。他刚要独自出门去收拾田地，县吏就前来逼他再去服役。

方春独荷锄，日暮还灌畦。
县吏知我至，召令习鼓鞞。
虽从本州役，内顾无所携。
家乡既荡尽，远近理亦齐。
近行止一身，远去终转迷。
永痛长病母，五年委沟溪。
生我不得力，终身两酸嘶。
人生无家别，何以为烝黎。

——《无家别》

《十五从军征》的结尾写道："出门东向看，泪落沾我衣。"而杜甫显然是在接着往下写："人生无家别，何以为烝黎。"杜甫之所以能超越自己的时代，就在于他继承的是孟子民贵君轻思想，诗中那种悲天悯人的情怀发自天性，对一切生命都抱有一种敬畏。因此，这首诗就不仅是在描写安史之乱，更是在描写整个历史。

中国自古以来就有实录的传统，各个历史事件在正史、杂史、别史和传记中都有记录，但那些都只是事件叙述，而没有人物塑造。杜甫在诗歌中描写自己，也描写他人，让我们看到了一千多年前一个个真实而具体的生命。清人袁枚评道："人但知杜少陵每饭不忘君，而不知其于友朋、弟妹、夫妻、儿女，何在不一往情深耶？"[1]这种"情深"要归于杜甫性格中的真诚，他就像生活在我们周围的一个普通人，整天为日常生活的拮据而愁眉苦脸，内心却藏着一个丰富的情感世界。

因此不难理解，当杜甫在战乱中与友人久别重逢时会写出如此动人的诗句："人生不相见，动如参与商。"（《赠卫八处士》）这十个字透露出多少真切的人生经验，以至于千载之下的读者都能感受到其中蕴含的那种人性的深度与广度。平常人的命运，不寻常的感受，造就了杜甫的诗史，没有这类诗，我们对历史的了解就永远是抽象的。

肃宗乾元二年（759），杜甫离开战乱的关中，流徙到蜀地，投靠时任绵州刺史，后迁成都尹、剑南节度使的友人严武。他在成都郊区的浣花溪边盖了一间草堂住下，就是在那里，写下了那首传诵千古的《茅屋为秋风所破歌》：

床头屋漏无干处，雨脚如麻未断绝。
自经丧乱少睡眠，长夜沾湿何由彻！
安得广厦千万间，大庇天下寒士俱欢颜！
风雨不动安如山。

---

1 袁枚《随园诗话》卷十四。

呜呼！

何时眼前突兀见此屋，

吾庐独破受冻死亦足！

儒家的“仁爱”是基于宗亲血缘关系的，但杜甫突破了这个藩篱，他从来都没信奉过佛教，却有着佛教的博大担当，以一种自我牺牲的精神，将仁爱之心施及众生，仿佛无尽的远方，无数的人，都与他自己的生命有关。中国文化自来有一种狂狷精神，如果说李白的狂是掩盖人的有限，王维的狷是忘却人的有限，那么杜甫则是通过自我的不幸，达到了一种牺牲之爱。

我们知道，儒家思想在唐代重新成为官方哲学后已经僵化，杜甫的博爱情怀源于他对“仁”的体认。也许他已经意识到，孔子将“德”转化为“仁”，是因为天道不会对“德”做出现世回报，所以必须将外在的德行转变为内心的信念，或者说内化为一种人格，一种同理心，不计任何利害地同情他人。

这一切同样是出于杜甫的主体意识，他是第一个直接表现内心冲突的诗人。他写自然，渗透了人间的情感；写历史，贯穿了现世的关怀。张若虚、李白诗歌中的月夜澄明高远，这种自然的宇宙图景是杜甫所没有的。同是受乐府诗的影响，李白可以写出“玉阶生白露，夜久侵罗袜”，杜甫也可以写出“香雾云鬟湿，清辉玉臂寒”；但李白写不出“今夜鄜州月，闺中只独看”，而杜甫也写不出“明月出天山，苍茫云海间”。李白将此前的诗歌境界发展到顶峰，杜甫则突破了这个境界，登上了另一座顶峰。

这里主要说的还是杜甫后期的近体诗。“诗史”固然是一个美誉，但中国诗歌的本质特征终究是抒情性，是让读者产生情感上的共鸣。年龄日渐老大，此时的杜甫似乎已彻底放弃仕途，转而将写诗作为生活的主要内容，并将精力放在更讲究艺术技巧的近体诗上。近体诗尽管不适宜叙事，却更适宜用来表现个人的内心生活。毕竟，一个人要想跟他人发生关联，就必须先跟自己发生关联。与此同时，严格遵循格律也使杜甫对汉语言的多样性和复杂性进行了前所未有的开拓性探索。

杜甫曾用“沉郁顿挫”四字评价扬雄、枚皋的辞赋，其实这也正是他自己的风格，尤其是他晚年的近体诗。“沉郁”是情感的深沉，“顿挫”是笔意的跌宕。寓居浣花溪边的日子里，杜甫似乎又回到了在京城写《秋述》时的心境。生活虽依然困窘，却变得安定，平日来拜访的客人不多，有喜欢的，也有不喜欢的。

幽栖地僻经过少，老病人扶再拜难。
岂有文章惊海内，漫劳车马驻江干。
竟日淹留佳客坐，百年粗粝腐儒餐。
不嫌野外无供给，乘兴还来看药栏。

——《宾至》

同样是写来客，另一首更有名的《客至》有着欢欣明快的调子，对于友人的来访感到由衷的快活，而《宾至》却显得有些不耐。僻居老病，贵客不期而至，来时轻车肥马，惊动四邻，引起诗人不快，又不得不竭诚款待，谦和中有反讽，自嘲中有尊严，显露出杜甫戏谑幽默的一面。正是从杜甫开始，唐代诗人开始更多地在近体诗中描写自我。

代宗广德元年（763）六月，好友严武再任成都尹兼剑南节度使，并保荐杜甫为节度使参谋。杜甫不得不住在幕府，可寄人篱下的生活总让他感到不安。

清秋幕府井梧寒，独宿江城蜡炬残。
永夜角声悲自语，中天月色好谁看。
风尘荏苒音书绝，关塞萧条行路难。
已忍伶俜十年事，强移栖息一枝安。

——《宿府》

清秋之夜，诗人独宿幕府，眼看蜡烛燃尽，却难以入眠。次联在语言节奏上变上四下三为上五下二，给人一种沉郁顿挫的悲凉感觉。似乎没有一个唐代诗人比杜甫有更多的内心冲突，这种冲突源于事物本身的复杂性，以至于矛盾成为杜诗的主要元素。杜甫接受好友的邀请出来做官，却在诗中流露出不愿受束缚的心态，末句用庄子“鹪鹩巢于深林，不过一枝”意，表达的却是牢落不偶的情绪，所以他不久便辞职离去了。

三

广德元年（763）十月，吐蕃起兵攻破松、维、保等州，继而再攻陷剑南、西山诸州，杜甫对此深感忧虑，他在春天时分登上高楼，凭栏远眺。

花近高楼伤客心，万方多难此登临。
锦江春色来天地，玉垒浮云变古今。
北极朝廷终不改，西山寇盗莫相侵。
可怜后主还祠庙，日暮聊为梁父吟。

——《登楼》

前四句意境阔大悠远，后四句全是议论，又回到入蜀前忧世伤时的主题，借历史教训暗讽朝廷重用宦官，造成国事维艰的局面。

全诗结构谨严，从明亮到晦暗的天色变化表明时间的顺序，前七句的第五字尤见杜甫对语言的锤炼功夫。“锦江春色”“玉垒浮云”，既是眼前之景，更是诗人内心的反映，与《春望》中“感时花溅泪，恨别鸟惊心”一样，属于主观自我的移情。这是诗歌表现方式的一个大变化：如果说初、盛唐诗人大多还是即景生情，那么在杜甫笔下，所有的景物都在为自我的情感服务。

就在写下《宿府》和《登楼》的第二年，严武突然病逝，杜甫失去依靠，决意离开成都，沿长江而下，再次踏上流浪的旅途。

细草微风岸，危樯独夜舟。
星垂平野阔，月涌大江流。
名岂文章著，官应老病休。
飘飘何所似，天地一沙鸥。
——《旅夜书怀》

诗人在黑夜中舟行的前程是未知的，他不知道这一次的漂泊将在何时何地结束，也许永远都不会结束。在此之前，李白也曾从峨眉乘船东下，满怀信心地走向更广阔的世界，而杜甫却非常明白这世界是难以预料的。如果说李白的“山随平野尽，江入大荒流”是眼前之景，自然而明朗；那么杜甫的“星垂平野阔，月涌大江流”则是构想之景，经过了一番仔细推敲。在辽阔的星空下，诗人的心事像江水一般浩茫。“飘飘何所似，天地一沙鸥”已不是自然思维的见物起兴，而是理性思维的以物自喻，是对个体的孤独最具形上意味的描述。

这种理性思维让杜甫时常突破诗歌惯例，句子之间似乎没有字面上的逻辑关系。宋代吴沆评论道：“杜诗句意，大抵皆远，一句在天，一句在地。如‘三分割据纡筹策’，即一句在地；‘万古云霄一羽毛’，即一句在天。如‘江汉思归客，乾坤一腐儒’，即上句在地，下句在天。……惟其意远，故举上句，即人不能知下句。”[1]句意的跳跃表明杜甫是有意识地将看似不相关的意象联系在一起，以增加诗的表现力，尤其是呈现个体与世界的关系。诗终究是想象的艺术，想象有多远，诗就能走多远。

从成都来到夔州，杜甫在那里居住了两年，这段时间他写了四百多首诗，他的律诗也达到了最成熟的阶段，如《阁夜》《登高》《咏怀古迹五首》《秋兴八首》，都有着“意远”的特点，郁达夫将这种特点总结为“辞断意连”和“粗细对称”。如《咏怀古迹》（其三）：

> 群山万壑赴荆门，生长明妃尚有村。
> 一去紫台连朔漠，独留青冢向黄昏。
> 画图省识春风面，环珮空归夜月魂。
> 千载琵琶作胡语，分明怨恨曲中论。

历来描写昭君的诗中，杜诗是最具悲悯和同情的。郁达夫在解释这首诗的句法时说：“头一句是何等的粗雄浩大，第二句却收小得只成一个村落。第三句又是紫台朔漠，广大无边，第四句的黄昏青冢，又细小纤丽，像大建筑上的小雕刻。”[2]句子之间的递进、转折、倒置、跳跃扩大了律诗的容量，同时表现出时间的力量对个人命运的

---

1 吴沆《环溪诗话》。

2 郁达夫《谈诗》,《郁达夫诗词集》，浙江文艺出版社，1988年。

永恒作用。

岁暮阴阳催短景，天涯霜雪霁寒宵。
五更鼓角声悲壮，三峡星河影动摇。
野哭千家闻战伐，夷歌数处起渔樵。
卧龙跃马终黄土，人事音书漫寂寥。
——《阁夜》

时间是杜甫律诗中的核心，在他早年的《望岳》中就用到过“阴阳”一词，那是古代中国人对宇宙本质的认识。《易经·系辞》中说：“一阴一阳之谓道。”二者的交替变化代表了自然的四季昼夜，也构成了生命的本源。杜甫对于唐诗的转变作用就在于他已经从自然意识转向历史意识，把人看作历史的主体。但是，他的思维依然囿于自然时间，而不是历史时间。在宏观的宇宙中，具体的历史事件是不足道的。这首诗的颔联从战乱的悲伤突然跳到生活的日常，句意之间有很大的跨度。将全诗各联意思联系起来的是末联的议论，既然古往今来所有人的终点都一样，也就不必太介意世间的艰难。

然而，杜甫终究不是一个能放得下的人，他在夔州写下的《秋兴八首》，以组诗的形式描叙自己的身世之感。

玉露凋伤枫树林，巫山巫峡气萧森。

江间波浪兼天涌，塞上风云接地阴。
丛菊两开他日泪，孤舟一系故园心。
寒衣处处催刀尺，白帝城高急暮砧。

——《秋兴八首》其一

秋天的巫山是阴郁的，漫山遍野的枫林更加深了诗人凋伤的心绪。颈联在句式上采用倒装，“丛菊两开”指时间上的两度秋天，“孤舟一系”指空间上的漂泊他乡，这样写不仅是为了协律，更是有意造成一种阅读障碍。杜甫很懂得作诗的原理，诗歌的语言流不可太顺，太顺则容易流于熟滑，滞涩的句式往往能造成某种陌生感，让读者不得不停下来，细细体味诗人通过景物描写表现出来的复杂的内心世界。

王国维曾将中国诗词的境界分为“有我之境”与“无我之境”，后者是以物观物，物我合一，前者是以我观物，物皆着我之色彩。这一美学理论应是受到德国哲学家康德的启发，某种程度上，“无我之境”倾向于优美感，属于无利害关系的直观；“有我之境”倾向于崇高感，属于理性的判断，并与人的道德情感相关联。宋代严羽以“妙悟”赞扬盛唐诗，实际上是以“无我之境”为最高标准，使得“情景交融”几乎成为后世评价古典诗歌的陈词滥调。

然而，杜甫的写景不是“情景交融”四字可以概括的。他描写自然景物时，总是掺杂着强烈的自我意识，常给人一种不愉快的感觉，有点儿类似康德对崇高的定义。诗人面对的是比自我更强大的力量，意志与之对抗，经历着瞬间的生命力的阻滞，立刻又产生更强烈的生命力的喷射，在对抗的同时显示出诗人的道德维度。

杜诗的力量不在外境的雄浑阔大，而在内心的思力，它反映的是诗人内心无日无之的冲突，思力愈是深厚，情感就愈是内敛。杜甫晚年的律诗虽然更精于锤炼，表达却极其平和，如同写家书，结尾常常不追求意境的高扬，而以平常的叙事或议论结束：

风急天高猿啸哀，渚清沙白鸟飞回。
无边落木萧萧下，不尽长江滚滚来。
万里悲秋常作客，百年多病独登台。
艰难苦恨繁霜鬓，潦倒新停浊酒杯。

——《登高》

历代对《登高》一诗的评价都极高，甚至有人誉为“古今七律第一”。[1]尽管如此，王世贞仍称其“结亦微弱”，[2]沈德潜亦称此诗“结句意尽语竭”，[3]这其实是囿于盛唐诗的结尾往往都有着言尽而意不穷的韵味，而杜甫这首诗却落在困窘上。实际上，杜甫代表了一种新的审美意识，“沉郁顿挫”不仅是一种风格，更是一种观念，意识到表现日常生活的艰难也是一种美。

---

1 胡应麟《诗薮》内编卷五。

2 王世贞《艺苑卮言》卷四。

3 沈德潜《杜诗偶评》。

代宗大历三年（768），客居夔州两年后，杜甫又开始了他的南方漂泊，先到江陵，再到岳阳，又到潭州、衡州。此后两年，他一直在湘江的船上来回漂泊。因在途中以腐肉充饥，他于大历五年（770）病卒于潭州到岳阳的船上。于去世前一年写的《登岳阳楼》，融入了他一生的悲凉情感：

昔闻洞庭水，今上岳阳楼。
吴楚东南坼，乾坤日夜浮。
亲朋无一字，老病有孤舟。
戎马关山北，凭轩涕泗流。

清代诗评家黄生称这首诗写景阔大，自叙却由阔入狭，[1]殊不知这种由大向小、由外向内的描写正是要凸现个体在这个广漠世界的存在境况。杜甫一生遭逢乱世，漂泊无依，他的矛盾与均衡，他的担当与幽默，都是一种人性的甚至太人性的表现。当他刚从夔州乘舟到达江陵，正值暮春时节，他写下一首送别友人的诗："天意高难问，人情老易悲。"（《暮春江陵送马大卿公恩命追赴阙下》）他想超越自我，却摆脱不了存在的限度，因为他的精神世界里只有"人情"的观念，而没有"天意"的慰藉。他不相信那种无时间性的永恒，不能像其他诗人那样逃避到佛道的慰藉里。

---

1 黄生《杜诗说》。

对于杜甫来说，“天意”固难知晓，人世又再无可共语者。这一刻，他的内心一定是凄凉的，因为生命的意义于他就是活在这个世上，去爱他人，而世上最珍贵也最容易失去的就是人的亲密关系。杜甫是一个诚实对待自己和他人的人，注重的是寻常的智慧。他放不下具体的人世情感，那是因热爱而产生的挣扎，是生命无法避免的悲哀。在他的诗里，人类可悲的命运在永恒面前显露无遗。

诗歌自诞生之日起，就与痛苦而不是幸福联系在一起。古今中外那些伟大的诗人都有一种人生的悲剧意识，体验到个体生命与永恒存在之间的巨大鸿沟，即使在最快乐的时候，也对苦难的况味有一种迷恋。就诗歌所呈现的生命样式而言，王维渴望归去，李白憧憬远方，杜甫则始终行走在路上。

“他乡复行役。”（《别房太尉墓》）这就是杜甫的人生概括，纯粹的远方与归去都已褪去理想的色彩，诗意的栖居就在此处，在当下，在实际的人生中，那是对人类真实生活的深切理解。因此，不同于王维的当下，杜甫的当下连着远方；也不同于李白的自然，杜甫的自然中沉淀着历史。

几千年的中国文学史，只有少数几个诗人能够一直活在后世人的心中，杜甫就是其中的一个，因为正是杜甫给生活的日常性赋予了永恒和普遍的意义，将现实人生提升到崇高的境界。

刘长卿

（约726—约790）

万壑千峰独闭门

在一般人眼里，自然风景是没有情感的客观事物，只是供我们观赏，归根到底是一种“我与他”的关系，而一个优秀的诗人具有移情的能力，能将人与自然的关系转变成“我与你”的关系。明白了这一点，就会懂得刘长卿山水诗的价值。

溪花与禅意

相对亦忘言

一

刘长卿的青少年是在玄宗开元、天宝年间度过的，他比杜甫年龄稍小，但成名是在代宗时期，属于大器晚成的诗人。刘长卿在天宝中考取进士，不久就爆发了安史之乱。肃宗至德年间，刘长卿任监察御史、长洲县尉，被诬入狱，贬潘州南巴尉，此后旅居江浙一带。代宗时，刘长卿出为转运使判官，知淮西、鄂岳转运留后，再度因获罪鄂岳观察使吴仲孺，被诬贪赃枉法，贬为睦州司马。他的最终官职是随州刺史，故后世又称他为“刘随州”。

唐代宗大历时期是一个诗歌的低谷期，李白、杜甫等盛唐诗人相继辞世，而白居易、韩愈等元和诗人尚未登上诗坛。《新唐书·五行志》称：“天宝后，诗人多为忧苦流寓之思，及寄兴于江湖僧寺。”刘长卿便是这一时期的一个代表。在他的诗歌中，安史之乱及其后果都没有留下任何痕迹，他仿佛对兵荒马乱的时代不闻不问，心安理得地流连于江南山水之间。而像刘长卿这样的诗人还不止一个，他们的共同趣味是远离纷乱的时局，寄情山水，怡悦情性。当时的诗僧皎然在《诗式》中说：

> 大历中，词人多在江外，皇甫冉、严维、张继、刘长卿、李嘉祐、朱放，窃占青山白云，春风芳草，以为己有。吾知诗道初丧，正在于此。[1]

皎然显然很不满意这个江南诗人群的创作倾向，认为他们的诗缺乏风骚兴寄，尽管皎然自己的诗也是如此，他还为这类诗提供了一种理论。因此可以说，正是皎然发现了唐代诗歌史上一种新的感受力。

安史之乱打破了唐王朝的盛世迷梦，许多诗人突然发现，在时代的大变局中，文人是最没有力量的，虽然他们依然可以做官，拿着朝廷的俸禄，不像普通百姓那样啼饥号寒，流亡于途，但他们同样看不到未来，甚至更加茫然，这种无力感使他们采取一种内心流亡的方式，将目光转向自然山水。

从整个文学史上看，反映社会现实并不是诗歌的唯一标准，尤其对后世读者来说，诗人所处的时代已经离得很远，倘若抛开时代

---

1 皎然《诗式》卷四。

的沉重背景，现代读者能在古人的诗歌中获得自然的美感，也许才是更重要的。这群大历时期的江南诗人虽然不及陶渊明，但至少比得上谢灵运——不是指描写上的精细，而是指对于自然的情感。换句话说，他们是在用近体诗的形式，赓续谢灵运的路数。

自从谢灵运创制山水诗，开辟了一个诗的新天地，唐代的王绩、王维、孟浩然、储光羲、常建等诗人都是在这条路上继续前行。自然山水在唐代诗人心中如此重要，以至于诗中除了友情，仿佛就没有比自然山水更重要的内容了，离开了风景描写，甚至连友情也无从表达，唐代诗人大量的送别诗就是一例。而描写山水的情趣，恰恰是大历江南诗人的共同特点，送别诗的题目正好可以大显身手。

唐代宗本人对王维的推崇可能也是一个原因，无怪乎大历江南诗人都是走王维与沈、宋结合的路子。他们对政治的关心远不如对诗歌的热情，五律是他们的共同爱好，正如独孤及评价皇甫冉的诗"以古之比兴，就今之声律"，[1]实则他们的诗是对陈子昂复古主张的一次反动，比兴是谈不上的，声律的确更加严整了。当时诗人的精神普遍向内转，只是一味地吟咏情性，何况盛唐的山水诗已留下足够多的遗产，成为他们灵感的源泉和标准。

这里还涉及中国文化的审美特点。我们知道，孔子的最高理想是"莫春者，春服既成，冠者五六人，童子六七人，浴乎沂，风乎舞雩，咏而归"，并且认为"知者乐水，仁者乐山"，将智识、伦理

---

1 独孤及《唐故左补阙安定皇甫公集序》。

与自然美联系在一起，给自然赋予一种人文含义，将自由附着于自然之上。孔子为什么这样说呢？因为人生在世，自然与社会对我们来说同样重要，但世上的人太多，犹如恒河沙数，而一生中能与我们发生亲密关系的却没有几个，大多数人对我们来说只是如马丁·布伯所说的“我与他”的关系，唯有古人所谓知音才称得上“我与你”的关系。明白了这一点，我们才会对古人如此重视友情有更为深切的体会。

不过，很多时候，我们又需要独处，需要与大自然处于同一个寂静。在一般人眼里，自然风景是没有情感的客观事物，只是供我们观赏，归根到底是一种“我与他”的关系，而一个优秀的诗人却具有移情的能力，能将人与自然的关系转变成“我与你”的关系。如果再明白了这一点，我们也就会懂得刘长卿山水诗的价值。

刘长卿早年曾隐居洛阳嵩山读书，有很强的功名心，天宝中在长安应试时，曾为追逐名声而拉帮结派，当过“朋头”，[1]直到三十多岁才考中进士，结果遇到安史之乱，又被迫逃到扬州一带。在一个肃杀的秋日，他登上刘宋竟陵王时所筑的吴公台，不禁思念起战乱中的故乡，心里泛起淡淡的惆怅：

古台摇落后，秋入望乡心。
野寺来人少，云峰隔水深。

---

1 唐时考生的朋党领袖，见李肇《国史补》卷下。

夕阳依旧垒，寒磬满空林。

惆怅南朝事，长江独自今。

——《秋日登吴公台上寺远眺》

他本来就没有多少用世之志，山河破碎的景象此时更被南方的野寺云峰和古今的长江夕阳取代。此后，刘长卿获授苏州长洲县尉，终于有了一个小小的官职，他自嘲："一官成白首，万里寄沧洲。"（《松江独宿》）尽管如此，刘长卿在江南的仕途却并不顺利，先后两次遭到贬黜。史传称他："清才冠世，颇凌浮俗，性刚，多忤权门，故两逢迁斥，人悉冤之。"[1]第一次贬谪南巴是在肃宗上元元年（760），途经江西余干，遇到流放夜郎途中遇赦归来的李白，写了一首《将赴南巴至余干别李十二》。与李白的相识大概是刘长卿一生中最大的际遇了。在余干时，他还写有《登余干古县城》和《余干旅舍》。

摇落暮天迥，青枫霜叶稀。

孤城向水闭，独鸟背人飞。

渡口月初上，邻家渔未归。

乡心正欲绝，何处捣寒衣。

——《余干旅舍》

---

1 辛文房《唐才子传》卷二。

尽管贬谪异乡，却看不到多少怨愤的情绪。刘长卿一生的主要时间都是在江南度过的，秀丽的江南山水给了他精神上的抚慰，使他处于一种超然的心境，早年隐居嵩山的经历或许也是他能安于现实的原因。这一时期，刘长卿与许多流落江南的诗人、僧道交往，游山玩水，沉浸在明媚的自然风景中。

一路经行处，莓苔见履痕。
白云依静渚，春草闭闲门。
过雨看松色，随山到水源。
溪花与禅意，相对亦忘言。

——《寻南溪常山道士》

在一个晴朗的春日，诗人独自行走在长满青草的山路上，被访者不在家，白云停在空中，刚淋过雨的松林呈现出碧绿的色泽，他继续信步前行，不知不觉到了水源处。此时诗人的目的不再是寻访友人，而是与自然对话，“溪花与禅意，相对亦忘言”，真正的懂得是不需要言语的，有时候沉默反而是更深刻的理解。此刻，诗人与自然之间变成了“我与你”的关系，眼前的溪花一下子明亮起来。

二

佛教对于唐诗的影响是最大的。唐代文人大都对佛道思想感兴趣，毕竟儒家观念缺乏人生失意后的安慰，而佛道思想能将自然打开，让人看到另一片天地。当时的江南可以说是天台宗的天下，天台宗大师湛然曾提出“无情有性”的主张，认为草木瓦砾都有佛性。[1]与刘长卿同时的诗僧皎然在《诗式》中说：“贞元初，予与二三子居东溪草堂，每相谓曰：世事喧喧，非禅者之意。……岂若孤松片云，禅坐相对，无言而道合，至静而性同哉？吾将深入杼峰，与松云为侣。”[2]从佛理上进一步揭示出人与自然的亲密关系。

自《诗经》以来，中国诗歌就有比兴的传统，通过客观景物来表达主观情志。皎然所说的“诗情缘境发”进一步将这种创作方法理论化，[3]唐诗中多描写自然风景，就是出于这个原因。皎然强调“意”与“境”的关系，他在《诗式》中提出“取境”的概念，就是将佛教缘起的理论用于诗学，重视景物对于情感描写的重要性。皎然长期生活在江南，他对刘长卿等人的诗有所批评，不过是认为这群诗人还不够“尚于作用”，[4]写诗过于浅显随意而已。他们之间其实多有交往，吟咏情性的诗风也大抵相同。几十年后，年轻诗人贾岛步刘长卿《寻南溪常山道士》的韵和了一首：

闲居少邻并，草径入荒园。

---

1 《金刚錍》,《大正藏》册四十六。
2 皎然《诗式·中序》。
3 皎然《秋日遥和卢使君游何山寺宿敭上人房论涅槃经义》。
4 皎然《诗式·文章宗旨》。

鸟宿池边树，僧敲月下门。

过桥分野色，移石动云根。

暂去还来此，幽期不负言。

——《题李凝幽居》

这两首诗都是写寻访寺观，描绘沿途幽景。贾诗刻意，刘诗随心；贾诗幽暗，刘诗明朗。尽管贾岛曾经是一个僧人，后来还俗应举，但要说哪首诗更有禅意，还是刘长卿的诗。

对于自然的观照，佛教的禅那与道家的坐忘是相通的，刘长卿对此当然不会加以细分，他对理论的东西没有多大兴趣。他只知道，自然中蕴含着自由，通过专注的直观与自然心心相印，就能感受到一种放松之美，从而摆脱尘嚣的烦扰。所谓禅意，其实就是水流花开，就是“我与你”。

贾岛此诗整体上不如刘长卿，还因为贾诗已经说尽，刘诗则言尽而意不穷。皎然论诗推重谢灵运，认为谢诗“情在言外”“旨冥句中”，[1]刘长卿此诗的结尾便有这种效果。他很重视诗歌的收结，要么以景结情：

莫望零陵路，千峰万木中。（《送梁侍御巡永州》）

惆怅离心远，沧江空自流。（《送李补阙之上都》）

1 皎然《诗式》卷二。

但见荒郊外，寒鸦暮暮飞。（《步登夏口古城作》）
入夜翠微里，千峰明一灯。（《龙门八咏·远公龛》）

要么渺不可寻：

衡岳千峰乱，禅房何处寻。（《送道标上人归南岳》）
明发遥相望，云山不可知。（《雨中过员稷巴陵山居赠别》）
千里沧波上，孤舟不可寻。（《送行军张司马罢使回》）
欲觅樵人路，蒙笼不可寻。（《湘中纪行十首·斑竹岩》）

甚至完全袭用王维的诗句：

何况蘼芜绿，空山不见人。（《见秦系离婚后出山居作》）

以上所举都是刘长卿擅长的五律，但要说“情在言外”，还要数他的五绝杰作《送灵澈上人》：

苍苍竹林寺，杳杳钟声晚。
荷笠带斜阳，青山独归远。

灵澈是中唐著名诗僧，其时寓居润州竹林寺，正要返回其本院会稽云门山云门寺，而刘长卿从南巴归来后，一直滞留在江南等待授予官职。此诗写送灵澈归山，不说人归远，而说山归远，颇具诗意的想象。黄昏时分，寺院晚钟响起，一个僧人头戴斗笠，身披斜辉，独自向远处的青山走去。诗人的目光渐渐被引向夕阳辉映的远处，仿佛人与山都在不断向前方移动，越来越远。

虽然前人已有很多描写江南的诗歌，但江南的秀丽风景是在大历诗人笔下才集中呈现出来的，这其中自然也包括了刘长卿。这是一个刚刚经历了战乱的时代，对于大多数士人来说，他们需要心灵的休憩，何况朝廷的大政方针也不是他们能够参与的。于是，在诗人的逃避意识中，山水的地位被进一步提升，对风景的描写更趋于精致化。

篱落能相近，渔樵偶复同。
苔封三径绝，溪向数家通。
犬吠寒烟里，鸦鸣夕照中。
时因杖藜次，相访竹林东。

——《赠西邻卢少府》

杜门成白首，湖上寄生涯。
秋草芜三径，寒塘独一家。
鸟归村落尽，水向县城斜。
自有东篱菊，年年解作花。

——《过湖南羊处士别业》

花县弹琴暇，樵风载酒时。

山含秋色近，鸟度夕阳迟。

出没凫成浪，蒙笼竹亚枝。

云峰逐人意，来去解相随。

——《陪王明府泛舟》

刘长卿擅长五言诗，自称“五言长城”，[1]可见他对自己的诗是很自负的。史载他瞧不上同时期的郎士元和李嘉祐，对人说从前有沈、宋、王、杜，当代有钱、郎、刘、李，但郎、李二人又怎能与他齐名？每次题诗，他都故意不书姓，而只写“长卿”二字，认为天下人没有不知道他的。[2]

刘长卿写诗多用象征性意象，就像绘画中的大写意，“取境”都是江南的山、树、湖、草，虽然前三联都是写景，但意象疏朗有致，简雅平淡，诸如“犬吠寒烟里，鸦鸣夕照中”“秋草芜三径，寒塘独一家”“山含秋色近，鸟度夕阳迟”，都给人一种明媚的感觉。元人陈绎说刘长卿的诗“专主情景”，[3]是很精当的评语。

大历江南诗人描写风景，喜用“青”这个颜色词。青是山水的主色调，与红、橙、黄、紫相比，青是平民的颜色，也是退隐的象

---

1 权德舆《秦徵君校书与刘随州唱和诗序》。

2 范摅《云溪友议》卷上《四背篇》。沈、宋、王、杜或指沈佺期、宋之问、王勃、杜审言，钱、郎、刘、李则指钱起、郎士元、刘长卿、李嘉祐。

3 胡震亨《唐音癸签》卷七引《吟谱》。

征性色彩。而“青山独归远”大概是刘长卿最得意的“取境”了，他不断地变化这个意象：

寂寞江亭下，江枫秋气斑。
世情何处澹，湘水向人闲。
寒渚一孤雁，夕阳千万山。
扁舟如落叶，此去未知还。

——《秋杪江亭有作》

望君烟水阔，挥手泪沾巾。
飞鸟没何处，青山空向人。
长江一帆远，落日五湖春。
谁见汀洲上，相思愁白蘋。

——《饯别王十一南游》

前山带秋色，独往秋江晚。
叠嶂入云多，孤峰去人远。
夤缘不可到，苍翠空在眼。
渡口问渔家，桃源路深浅。

——《湘中纪行十首·石围峰》

自然景物都像具有情感一般，无论是“湘水向人闲”，还是“青山空向人”，都是用拟人化的手法，把主客体关系颠倒过来，而“孤峰去人远”则是利用物体运动的错觉，不说船在动，而说峰在动，句法上更是“青山独归远”的重复，彰显出诗人锻句炼词的用心。

三

刘长卿诗的风格是“清”，清到像溪水见底。但这样的诗写多了，即使意境很美，也会给人程式化的感觉。唐人高仲武在《中兴间气集》中就批评刘长卿的诗“大抵十首以上，语意稍同，于落句尤甚，思锐才窄也”。不是说他的诗句常常相似，而是他的情感总是在重复自己，缺乏更多的内涵。

这其实也是大历诗人的通病，他们都很注重诗歌的技巧，却缺乏鲜明的个性。律诗发展到中唐，技巧上越来越成熟，句式的并置、对立、转折、省略、倒装都很讲究，某些意象更是成为文化积淀，可以不断重复，如秋风、夕阳、落叶、寒雁等，一看就是在写羁旅。不得不承认，中晚唐诗人的语言锤炼功夫是一流的，如刘长卿的“山含秋色近，鸟度夕阳迟”（《陪王明府泛舟》），钱起的“竹怜新雨后，山爱夕阳时”（《谷口书斋寄杨补阙》），司空曙的“雨中黄叶树，灯下白头人”（《喜外弟卢纶见宿》），以及马戴的“落叶他乡树，寒灯独夜人”（《灞上秋居》），都是巧妙运用词语的各种组合来构成诗境的典范。

但是，一方面对技巧高度重视，另一方面缺乏深沉独特的情感，使得他们的诗都有着相似的风格。大历诗歌是一种重视空间的诗，但只关注空间的诗人，视野往往是狭隘的，自然景物始终占据着中心位置。就像中国的山水画，总是遵循同样的审美原理，画中的人物并不重要，看上去全都面目模糊、形态单一，艺术高低的标准主要就看画家能否画出引人入胜的山水形势。倒是刘长卿的某些七言诗偶尔会给人新颖的感觉：

秋草黄花覆古阡，隔林何处起人烟。
山僧独在山中老，唯有寒松见少年。

——《寻盛禅师兰若》

山色湖光并在东，扁舟归去有樵风。
莫道野人无外事，开田凿井白云中。

——《东湖送朱逸人归》

大概在代宗大历八年（773）至十二年（777）间，刘长卿因遭诬陷，被贬为睦州司马，友人裴郎中也被贬到吉州，二人相遇后又分手作别。

猿啼客散暮江头，人自伤心水自流。
同作逐臣君更远，青山万里一孤舟。

——《重送裴郎中贬吉州》

清远闲淡的“取境”中透出某种失意感伤的情绪，逐臣的万般心事，似乎全部化入这青山孤舟之中。不过，“青山万里一孤舟”虽好，却终不及杜甫的“江湖满地一渔翁”更加动人，原因就在于杜甫的孤独背后有着更深厚的人文精神。总之，刘长卿的诗，包括大历诗人的诗在内，都可以用李端模仿王维的那首《雨后游辋川》作为评语：“自知无路去，回步就人烟。”那是一种因为没有对远方的向往而导致的诗思的匮乏。

所以，提到刘长卿，印象最深的还是那首写孤客羁旅的五绝，因为在这首诗中，人物终于占据了中心位置：

> 日暮苍山远，天寒白屋贫。
> 柴门闻犬吠，风雪夜归人。
>
> ——《逢雪宿芙蓉山主人》

这首诗大概作于刘长卿贬谪睦州之后，一看就是典型的江南风景。远处的群峰低平起伏，环抱着中间的平野。严冬时节，诗人在暮色中冒雪赶路，终于看到了可以投宿的茅舍。显然，这是一个再普通不过的人家，或者就是隐居此处的友人所居。木制的简陋院门里，突然传来一阵狗吠，打破了万籁俱寂的夜晚，那声音顿时给疲劳的旅人带来归家般的温暖。

这是一幅风雪夜归图，诗人将自己完全客体化，仿佛是从远处描写另一个旅人，所以他只能看到茅舍外的行路，但读者可以想象他进屋后的情景：扫落身上的雪，主人燃起火炉，与诗人把酒夜话，他们聊着风雪交加的天气与旅途奔波的辛苦。诗歌这样的戛然而止就不仅是意在言外，更是故事在诗外了。换句话说，这首诗不再仅仅是对空间的描绘，还产生了时间感，让人联想到诗人的过去与将来。

事实上，寓情于景是唐诗中最常用的手法，甚至是最普遍的手法，它能给读者带来无穷的想象，将空间感转换成时间感。唐代诗人留下了大量羁旅诗：如果说到描写清晨行路的佳句，我们会想起温庭筠的“鸡声茅店月，人迹板桥霜”（《商山早行》）；而要说到黄昏行路，我们会想到贾岛的“怪禽啼旷野，落日恐行人”（《暮过山村》），当然还有刘长卿的这句“日暮苍山远，天寒白屋贫”。

读到这样的诗句，我们不能不感叹，对于没有生命的自然山水，农耕时代人的情感要比现代人更加丰富。道路辛苦，无不形容备至。比刘长卿时代稍晚的权德舆在《左武卫曹许君集序》中说“凡所赋诗，皆意与境会”，这也可以说是对刘长卿某些诗歌的审美总结。

像所有大历江南诗人一样，刘长卿的山水诗大多与自然生活有关，但要说到从自然生活中体验人生的意义，排名第一的还是陶渊明，是他那流传千古的名句“采菊东篱下，悠然见南山”。这才是真正的境与心会的和谐，需要经过太多生活的体验才能达到。说到这里，还是让我们先停下来，跨越时空，去读读波兰诗人米沃什的那首《礼物》吧。

如此幸福的一天
雾一早就散了，
我在花园里干活。
蜂鸟停在忍冬花上。
这世上没有一样东西我想占有。
我知道没有一个人值得我羡慕。
任何我曾遭受的不幸，我都已忘记。
想到故我今我同为一人并不使我难为情。
在我身上没有痛苦。
直起腰来，我望见蓝色的大海和帆影。[1]

米沃什同样是在经历了艰难漫长的人生之后，于大自然中找到了人生的智慧。“直起腰来，我望见蓝色的大海和帆影”，这不就是陶渊明的“采菊东篱下，悠然见南山”吗？不过，陶渊明抬头望见的是山，山是宏伟，也是阻隔；米沃什抬头望见的是海与帆，海是无边无际，是看不到尽头的旅程。中国古代诗人喜欢描写山水，面对的是有限；西方诗人喜欢描写大海，面对的是无限。就像但丁在《神曲》中的诗句“起航驶向又深又辽阔的大海”[2]，或者像普希金在《致大海》中的诗句“在波涛之间勇敢地飞航”。这些都是康德所

1 切斯瓦夫·米沃什《米沃什词典》中文序言引，西川译，生活·读书·新知三联书店，2004年。

2 但丁《神曲·地狱》第二十六章。

说的“无限大”的美。[1]

这或许就是古代海洋文明与大陆文明的区别吧。正如西哲齐奥朗所言：“山给你的感觉并不是无限，而是宏伟——我们觉得无限的乃是大海和不幸。”[2]两种文明的世界图景是不一样的，至少这种不一样限制了刘长卿的想象，他大概从来没去想象过“夕阳千万山”的背后是什么，“长江一帆远”的尽头又是什么。

在刘长卿生活的时代，像他那样的诗人，只要憩息在静谧的山水中，就是一种幸福。他不需要也不可能有对无限的想象，更不会去追求超越的人生。

---

1 友人傅国涌对此提供了非常有益的见解。

2 齐奥朗《思想的黄昏》，花城出版社，2019年。

韦应物

（737—791）

无事风尘独不归

普通而平淡的人生写照是韦应物诗歌的独有魅力，“我有一瓢酒，可以慰风尘”，看似恬淡潇洒，背后却有一种天涯沦落的情绪，人生的种种况味，似乎全在这十字之中了。我们仿佛看到，诗人一袭白袍，手持酒杯，从远处走来，一直走到我们中间。

浮云一别后
流水十年间

一

如果按创作年代算，韦应物应当属于代宗朝大历诗人，但在安史之乱刚刚结束后的众多文人中，他既不属于史称“大历十才子”的京城诗人群，又不属于江南诗人群，而被诗僧皎然评为“窃占青山白云”的一员。在京城的李端、卢纶、钱起、司空曙以及江南的皇甫冉、张继、刘长卿、李嘉祐等诗人之外，韦应物的诗独树一帜，成为自肃宗朝至德宗朝之间最有才华的诗人。

韦应物出身京兆韦氏，关于这个家族，在汉代就流传有“城南韦杜，去天尺五”的俗谚。[1]唐朝时，这一家族又成为李、武、韦、杨婚姻集团的一个成员。[2]韦应物的曾祖韦待价在武后时当过右丞

1 指京城韦氏、杜氏家族世代簪缨，权势倾天。

2 据陈寅恪先生，此一婚姻集团指李唐皇室、武则天及其家族、中宗皇后韦氏及其京兆韦氏家族、弘农杨氏家族。

相，他本人也是靠门荫入仕，十五岁就以三卫郎成为唐玄宗的近侍，出入宫闱，扈从游幸。

那是一个歌舞升平的年代，韦应物时常随皇上去华清宫泡温泉，或到长杨宫狩猎。仗着这样的恩宠，他身上颇有点儿纨绔子弟的恶习，白天在赌场厮混，夜里去青楼冶游，还在家中窝藏逃犯，司隶要逮捕他，知道他是皇帝的侍卫，也拿他无可奈何。

少事武皇帝，无赖恃恩私。
身作里中横，家藏亡命儿。
朝持樗蒲局，暮窃东邻姬。
司隶不敢捕，立在白玉墀。
骊山风雪夜，长杨羽猎时。
一字都不识，饮酒肆顽痴。

——《逢杨开府》

唐代文人在少年时大都豪纵不羁，狂饮狎妓、打架斗殴是寻常事。“东邻姬”是唐人用作歌妓的代名词，并不是抢夺隔壁的良家女子。不过，像韦应物那样从小不喜欢读书的贵公子，倒是不多见。终于，荒唐的少年时代戛然而止，天宝十四载（755），安史之乱爆发，京城陷落，玄宗逃到蜀地，韦应物一下子流落失职。等到官军收复长安后，他突然像变了一个人，开始痛改前非，发奋读书，平日里少食寡欲，常“焚香扫地而坐，冥心象外”[1]。刻苦用心到这般田地，真是浪子回头了。

然而，韦应物的仕途并不顺利。二十七岁时，他被任命为洛阳丞，因惩办不法军士遭到诉讼，一度辞职，闲居洛阳数年。此后他曾南下江淮，打算在扬州谋个职务，但此行没有任何结果，只得怅然北归，途中在淮河边遇到当年洛阳的一个同僚，很是一番感慨。

> 结茅临古渡，卧见长淮流。
> 窗里人将老，门前树已秋。
> 寒山独过雁，暮雨远来舟。
> 日夕逢归客，那能忘旧游。
>
> ——《淮上遇洛阳李主簿》

那是代宗大历九年（774）秋，韦应物已经三十八岁了，却还在为仕途奔波。此诗用语平淡自然，不假雕饰。“窗里人将老，门前树已秋”，上句将自我客体化，仿佛从他人的眼光去看自己，下句既点出时节，又以秋衰喻老之将至，不言情而情在景中。这个对句之间的跳跃造成一种时空转换的效果，好像转瞬间人就已经老去。目睹山边的归雁，雨中的舟船，诗人愈加黯然神伤，当初的少年意气已荡然无存。

---

1 李肇《国史补》。

五、七言律绝重视意象，即通过客观物象来表现主观情志，让读者从可视的画面中感受诗人的情感。大历年间，律绝越来越讲究意象的疏密度，一般而言，佳句要疏密相间，过于疏朗则无味，过于稠密则无感。如韦应物的好友司空曙《喜外弟卢纶见宿》颔联“雨中黄叶树，灯下白头人”，与韦诗意蕴相近，意象密度却更大。明人谢榛因此称司空曙诗句为优。[1]但实际上，韦应物的诗更有一种时间的动态感。他的另一首大约也作于此时的诗，对时间的感觉更为强烈。

> 江汉曾为客，相逢每醉还。
> 浮云一别后，流水十年间。
> 欢笑情如旧，萧疏鬓已斑。
> 何因不归去，淮上有秋山。
>
> ——《淮上喜会梁川故人》

分别的时光就像浮云流水，重逢的欢笑总是眼噙泪水，但最终还是要各奔东西。那位故人大概还要滞留淮上，韦应物则要返回长安。此次返京，韦应物被任命为京兆府功曹，这是一个从七品下的小官。

就在返京后不久，也就是代宗大历十一年（776），韦应物的生

1 谢榛《四溟诗话》。

活发生了一次剧变，妻子元苹病逝于功曹东厅官舍。元苹16岁出嫁，去世时只有35岁，韦应物在悼诗中描写了送殡时的凄凉情景。

生平同此居，一旦异存亡。斯须亦何益，终复委山冈。……俯仰遽终毕，封树已荒凉。独留不得还，欲去结中肠。童稚知所失，啼号捉我裳。(《送终》)

妻子的去世对韦应物是一个巨大的打击，他们结婚时正值安史之乱爆发那一年。元苹出身豪门，却是个贤惠的女子，婚后夫妇感情甚笃，这有韦应物亲笔撰写的《元苹墓志》为证：

动之礼则，柔嘉端懿；顺以为妇，孝于奉亲。尝修理内事之余，则诵读诗书，玩习华墨……每望昏入门，寒席无主，手泽衣腻，尚识平生，香奁粉囊，犹置故处，器用百物，不忍复视。

此外还有他写下的多首悼亡诗为证：

染白一为黑，焚木尽成灰。念我室中人，逝去亦不回。结发二十载，宾敬如始来。提携属时屯，契阔忧患灾。柔素亮为表，礼章夙所该。仕公不及私，百事委令才。一旦入闺门，四屋满尘埃。斯人既已矣，触物但伤摧。(《伤逝》)

昔出喜还家，今还独伤意。入室掩无光，衔哀写虚位。凄凄动幽幔，寂寂惊寒吹。幼女复何知，时来庭下戏。咨嗟日复老，错莫身如寄。家人劝我餐，对案空垂泪。（《出还》）

回到家中，斯人已去，年方五岁的女儿尚不懂事，仍在庭中嬉戏，见此光景，诗人悲从中来，不由得对案垂泪。他甚至害怕从旧宅经过：

不复见故人，一来过故宅。物变知景暄，心伤觉时寂。池荒野绮合，庭绿幽草积。风散花意谢，鸟还山光夕。宿夕方同赏，讵知今念昔。缄室在东厢，遗器不忍觌。柔翰全分意，芳巾尚染泽。残工委筐箧，余素经刀尺。收此还我家，将还复愁惕。永绝携手欢，空存旧行迹。冥冥独无语，杳杳将何适。唯思今古同，时缓伤与戚。（《过昭国里故第》）

大概就是从那时起，韦应物的生活变得更加严肃。士族门风在他身上还是很有影响的，本质上他不是一个浮薄的进士文人，对于婚姻关系十分看重。妻子去世后，他不但终身没有再娶，也未再出入青楼酒肆。

大历十三年（778），韦应物转任户县令，翌年调任栎阳令，不久便以疾辞官，寓居沣上善福寺，过起了清心寡欲的日子。

幽人寂不寐，木叶纷纷落。
寒雨暗深更，流萤度高阁。
坐使青灯晓，还伤夏衣薄。
宁知岁方晏，离居更萧索。

——《寺居独夜寄崔主簿》

韦应物喜欢这种离群索居、不知岁月将晏的生活。秋去冬来，寥无人迹的雪夜幽林反而使他兴致盎然。

山明野寺曙钟微，雪满幽林人迹稀。
闲居寥落生高兴，无事风尘独不归。

——《闲居寄端及重阳》

白居易曾评说韦应物的诗"高雅闲澹"，[1]其实不如说是清心寡欲。他的诗的确很像孟浩然，语言平淡自然，尤其与当时的京城诗人群或江南诗人群相比，别人都是在作诗，他却是在诉说，似乎很少刻意的推敲。

需要一提的是，韦应物虽喜爱山水，却不是因为受佛教影响，那种万念俱寂的思想是他所没有的，他只觉得僻静的山寺适合他的心境，可以独自咀嚼悲伤。在别的诗人眼里，萧索是美；在韦应物

1 白居易《与元九书》。

眼里，萧索是清净。

二

等到悲伤的情绪渐渐恢复，韦应物还是返京做官去了，那毕竟是家族对他的希望，也是抚养几个儿女的需要。在做了两年比部员外郎后，德宗建中四年（783），韦应物出任滁州刺史，开始了他创作的高峰时期。

这次赴滁州上任是在夏末，途经东都洛阳，后由洛水舟行至巩县，再入黄河东下。大概在洛阳时，他与从前任县丞时的僚友有过聚会，因此在由洛水入黄河之际，写下了一首《自巩洛舟行入黄河即事寄府县僚友》：

夹水苍山路向东，东南山豁大河通。
寒树依微远天外，夕阳明灭乱流中。
孤村几岁临伊岸，一雁初晴下朔风。
为报洛桥游宦侣，扁舟不系与心同。

诗人坐在船中，两岸闪过连绵不绝的青山，夕阳的斜辉映照在奔涌的黄河中，忽明忽暗。想起当年在伊河边，望着岸边孤零零的村落，雨霁初晴，一只孤雁在朔风中向南方飞去。如今自己孤身南下，心情犹如不系之舟，自由自在，不复为功名所累。然而，当舟行经过盱眙时，他仍不免产生了羁旅客愁：

落帆逗淮镇，停舫临孤驿。
浩浩风起波，冥冥日沉夕。
人归山郭暗，雁下芦洲白。
独夜忆秦关，听钟未眠客。

——《夕次盱眙县》

虽然韦应物已经决意不去追求更大的功名，却不能不关心国事。就在他抵达滁州之时，泾原军发生哗变，德宗从京城逃到奉天（今陕西乾县），朱泚在长安称帝。次年春天，韦应物写了一首《京师叛乱寄诸弟》，担忧长安亲人的安危，同时也收到友人李儋、元锡的问候，这更加重了他忧世伤时的心情：

去年花里逢君别，今日花开已一年。
世事茫茫难自料，春愁黯黯独成眠。
身多疾病思田里，邑有流亡愧俸钱。
闻道欲来相问讯，西楼望月几回圆。

——《寄李儋元锡》

纷乱的时局让他感到世事难料，这是那个时代许多士人的切身感受，加上身体多病，于是想到辞官，但身为郡守，看到百姓流离失所，又深感自己未尽职责，拿着朝廷俸禄，心中实在有愧，无法挂冠而去、归隐田园，因而只能盼友人早日来访，一慰忡忡的忧心。“邑有流亡愧俸钱”是诗人的真情流露，表现出中国古代最具代表性的士大夫精神。即使放到现代，也很少有官员具备这样的品格，无怪这句诗会被范仲淹誉为“仁者之言”了。

作为一个从小不识农事的贵公子，韦应物在滁州看到田家劳碌辛苦，深有感触：

微雨众卉新，一雷惊蛰始。
田家几日闲，耕种从此起。
丁壮俱在野，场圃亦就理。
归来景常晏，饮犊西涧水。
饥劬不自苦，膏泽且为喜。
仓廪无宿储，徭役犹未已。
方惭不耕者，禄食出闾里。

——《观田家》

他再一次感到惭愧不安。古代的士大夫都明白，官员的俸禄来自劳动阶层的赋税，他们辛勤耕作，朴实无华，下一点春雨就能让他们充满喜悦，但即使农家食无余粮，官府还要不断加重徭役。

这种对底层社会的同情，我们在杜甫的诗里就已经看到，这不能不说是中国古代诗歌的一大特点。作者往往既是诗人，又是官吏，他们在诗中关怀民生，指陈政事，反映了先秦儒家民本思想对历代正直官吏的深刻影响。盛世不再，韦应物沿袭了王维、孟浩然的田园诗，却没有了盛唐田园诗的那种和谐，而是开启了白居易等人对于农村生活的现实关怀。

滁州四面环山，平畴沃野，城西郊外有一条小河，正是《观田家》中提到的西涧。韦应物在公务之余时常独步此地，清幽的景色给了他心灵的安宁，涧边长满萋萋的青草，树上的黄鹂不时鸣叫，春雨淅沥，野渡无人，只有一条孤舟系在岸边。他被眼前的风景吸引，心中没有期待，没有欲求。

独怜幽草涧边生，上有黄鹂深树鸣。
春潮带雨晚来急，野渡无人舟自横。

——《滁州西涧》

这是一幅幽美的景色，整个世界似乎都退至自然的深处。实际上，在这水涯无人的画面外，还有一个诗人在。能发现这种被忽视的美的人，一定是个热爱生活的人，诗人是真正的主体，自然之美只有在这个主体的静观下才会显现出来。

山水之美首先在于它与农耕生活息息相关。按照钱穆先生的解释，中国文化的地理源头是在称作“汭”的地区，即黄河与几条支流汇合的三角地带，上游沿途是山，山有多高，水就有多高，每一个山谷里的涧水奔流而下，汇聚到更大的河流中。先民最早选择

“汭”地居住，便是看中了这种地形适宜交通、耕种和渔猎。[1]山与水繁衍了先民，也因此成为先民最早的审美对象。在诗经时代的审美意识中，静止的山往往代表着回归，“日之夕矣，羊牛下来”；流动的水往往代表着阻碍，“溯洄从之，道阻且长”。

正是孔子第一个将山水理性化，将它们与人的存在联系起来。“登泰山而小天下”，山象征着空间的广阔；“逝者如斯夫，不舍昼夜”，水象征着时间的流逝。到了王维，又将水涯变成了空间的感觉，“渡头烟火起，处处采菱归”（《山居即事》），水涯被视作一种象征性的返归。王维还只是写空山无人的佛教禅悟，韦应物却开始注意到水边无人的世俗情趣。

韦应物当然也不会放过空山无人的诗境：

> 九日驱驰一日闲，寻君不遇又空还。
>
> 怪来诗思清入骨，门对寒流雪满山。
>
> ——《休暇日访王侍御不遇》

这首诗大概写于韦应物在京畿为官期间。唐时官吏每旬休假一日，诗人造访老友不遇，却从空山无人中获得灵感，游目四顾，老友居处，白雪皑皑，门前小溪清澈，无怪乎友人的诗清高脱俗，原来诗与大自然的关系是紧密结合在一起的。

---

1 钱穆《中国文化史导论》第一章《中国文化之地理背景》，商务印书馆，2005年。

空山无人是一种隐逸之美，在韦应物的诗中反复出现。在滁州寄给友人的诗中，韦应物写道：

今朝郡斋冷，忽念山中客。
涧底束荆薪，归来煮白石。
欲持一瓢酒，远慰风雨夕。
落叶满空山，何处寻行迹。

——《寄全椒山中道士》

郡斋的风雨之夕，诗人难以入眠，突然思念起山中的道士友人，他想象友人远离尘嚣的山居生活，打算携酒探望，但转而想到正是秋叶满山的时节，友人不知在何处打柴，无从寻觅。“煮白石”的典故出自葛洪《神仙传》，传说神仙、方士煮白石为食，此处借喻道士的修炼。诗的结尾让人想起晚唐诗人贾岛那首著名的《寻隐者不遇》。韦应物将山中生活写得自由而空寂，在他笔下，自然山水更加客体化，甚至连隐逸者也消失不见，时间都仿佛停滞不前。

这首诗情韵悠远，就连苏轼也十分推崇，并依韵作了一首《寄邓道士》：“一杯罗浮春，远饷采薇客。遥知独酌罢，醉卧松下石。幽人不可见，清啸闻月夕。聊戏庵中人，空飞本无迹。”不过，纵使苏轼是个不世出的天才，其模仿之作也比不上韦应物此诗的韵味。这样的神韵在于喜悦，这是韦应物的本色，却不是苏轼的本色，因为苏轼要的是禅悟，而韦应物要的是情趣。

看起来，韦应物很喜欢“一瓢酒”的意象，在寄给外甥卢陟的诗中，他再度使用了这个词语。

可怜白雪曲，未遇知音人。
恓惶戎旅下，蹉跎淮海滨。
涧树含朝雨，山鸟哢余春。
我有一瓢酒，可以慰风尘。

——《简卢陟》

卢陟曾从军幕府，因仕途不顺，移居苏州，韦应物任苏州刺史时，曾与卢陟同游永定寺。[1]“我有一瓢酒，可以慰风尘。”看似恬淡潇洒，背后却有一种天涯沦落的情绪。人生的种种况味，似乎全在这十字之中了。我们仿佛看到，诗人一袭白袍，手持酒杯，从远处走来，一直走到我们中间。

普通而平淡的人生写照正是韦应物诗歌的独有魅力。一个人活在世上是件很艰难的事，但这就是生活，还是且尽一瓢酒，抚拭羁旅的风尘，慰藉蹉跎的岁月吧。

1 韦应物《与卢陟同游永定寺北池僧斋》。永定寺在今苏州吴中区西南，现已不存。《吴地记》：“永定寺，梁天监三年苏州刺史吴郡顾彦光舍宅置，陆柬之书额。”

三

说到底，韦应物不是一个思想深邃的诗人，却拥有一个诗人所具备的艺术直觉，能够放空心灵，接纳世界。“万物自生听，太空恒寂寥”（《咏声》），这种具有宏大宇宙意识的诗在韦应物那里并不多见，毕竟在他之前，已经有陶渊明揭示的人生解脱之道，通过对田园山水的诗意欣赏，足以供心灵的片刻休息。

在滁州的日子是韦应物的创作最好时期，政事不多，他过起了闲散的田园生活。秋日的庭草，冬天的闱雪，都屡屡出现在诗中。他笨拙地在园圃种瓜：

> 田家笑枉费，日夕转空虚。
> 信非吾侪事，且读古人书。
>
> ——《种瓜》

悠闲地在庭院种药：

> 悦玩从兹始，日夕绕庭行。
> 州民自寡讼，养闲非政成。
>
> ——《种药》

但是，这样的日子只过了两年。德宗贞元元年（785），韦应物改迁江州刺史，一到任就忙碌起来，需要处理的政务太多。

井邑烟火晚，郊原草树滋。……斯民本乐生，逃逝竟何为。旱岁属荒歉，旧逋积如坻。到郡方逾月，终朝理乱丝。宾朋未及宴，简牍已云疲。昔贤播高风，得守愧无施。岂待干戈戢，且愿抚茕嫠。（《始至郡》）

江州城位于长江南岸，每逢旱涝荒年，都有盗贼横行，逼使百姓成群结队逃逋。几十年后，诗人李涉赴江州看望任江州刺史的弟弟李渤，船经皖口时，遇到强盗打劫。首领曾听闻李涉的诗名，于是请他写诗，李涉提笔写道："暮雨潇潇江上村，绿林豪客夜知闻。他时不用逃名姓，世上于今半是君。"（《井栏砂宿遇夜客》）[1]强盗首领读后大喜，并以厚礼赠之。这个故事反映了当时的混乱世道，同时也可以看出唐代诗人在社会上受到的广泛尊重。

韦应物的诗同样反映了当时农村人口逃难的实情："斯民本乐生，逃逝竟何为。"他希望战乱能早日平息，寡妇弱子能有所养："岂待干戈戢，且愿抚茕嫠。"表现出一个清廉正直官员关怀民瘼的责任伦理。

德宗贞元三年（787），韦应物返京任左司郎中，次年外放苏州

1 见《唐诗纪事》卷四六、《唐才子传》卷五、《云溪友议》。

刺史，这是他三十年地方官生涯的最后一任。在职期间，韦应物与隐居杭州临平山的官员丘丹、吴兴的诗僧皎然等人过从甚密，那首著名的《秋夜寄丘二十二员外》就写于此时。天气已渐渐有了凉意，夜幕下，周遭悄然无声，这是一个只属于自己与友人的夜晚：

怀君属秋夜，散步咏凉天。
空山松子落，幽人应未眠。

经历了八年的安史之乱，大历江南诗人惊魂甫定，仿佛在田园山水中重新发现了陶渊明，而诗僧皎然在《诗式》中对这些诗人表达了不满，认为他们的诗逃避现实，是古代诗道的沦丧。但皎然对韦应物的古体诗评价极高，在《答苏州韦应物郎中》中，皎然写道："诗教殆沦缺，庸音互相倾。忽观风骚韵，会我夙昔情。"在他看来，韦应物的诗继承了风骚的传统，保持了对现实人生的真情实感。

三年秩满，韦应物未获新的任命，因缺乏川资回京候选，只得暂时寓居苏州永定寺，远离喧嚣的人群，过起了一种自食其力的田园生活。

政拙忻罢守，闲居初理生。
家贫何由往，梦想在京城。
野寺霜露月，农兴羁旅情。

聊租二顷田，方课子弟耕。
眼暗文字废，身闲道心精。
即与人群远，岂谓是非婴。

——《寓居永定精舍》

为了谋生，韦应物在当地租了两顷田，并督促家中子弟一起耕作，每天披星戴月，就像旅途中黎明即起的行人，虽然人老眼花，无法再读书写作，却因远离官场名利而感到内心的安稳。

不久后，韦应物病卒于苏州官舍，后归葬长安少陵原。友人丘丹为他写下墓志铭，称其诗有汉魏六朝之风：

原于曹刘，参于鲍谢，加以变态，意凌丹霄，忽造佳境，别开户牖。[1]

的确，读韦应物的诗，我们仿佛越过了初盛唐，一下子穿越到魏晋六朝。或者说，身历开元、天宝年间的兴盛，又目睹了时代的剧变，韦应物那些恢复古调而又平淡旷达的诗正是对盛唐的一种告别。

钱穆先生曾说，中国人在人生的积极方面，是由儒家思想来负责的，而在人生的消极方面，则是由文学来完成的。中国诗歌代替

1 丘丹《唐故尚书左司郎中苏州刺史京兆韦君墓志铭并序》。

了宗教的功能，与西方诗歌站在人生前面的热烈进取相比，中国诗歌给人一种清凉静退的意味，好像站在人生的后面，偏重于对失意人生作一种同情之慰藉。[1]韦应物的诗很好地诠释了这一点。

现代读者喜欢韦应物的淡泊，他的诗都是描写通常的人生，用平凡的词语给平凡的生活赋予一种诗意，既没有强烈的欢欣，也没有巨大的痛苦，读者在精神上感到的是亲近，而不是敬仰。可是，对已走出农耕社会的现代人来说，由于无限制地追求物质生活，越来越成为单向度的人，内心失去了价值感，已经很难再体会到古人那种真正的淡泊了。

1 钱穆《中国文化史导论》第九章《宗教再澄清民族再融和与社会文化之再普及与再深入》。

白居易

（772—846）

大抵心安即是家

白居易对隐逸作了一番新的阐释。他认为大隐隐于朝市，小隐隐于山林，但朝市过于喧嚣，山林过于冷落，他的选择是中隐。白居易以自我保全作为基本价值标准，在个人与官场之间划出了一条清晰的界限，既不违背良知去迎合权贵，也不忤逆权贵而伤害自己。

晚来天欲雪

能饮一杯无

一

唐宪宗元和年间被誉为诗歌史上的“三元”之一，[1]前有玄宗朝的开元，后有北宋的元祐，都是诗歌史上的繁盛时期。

安史之乱结束了“开天盛世”，也打破了长期以来世家大族的统治地位，乡贡进士出身的庶族文人逐渐走上政治文化舞台。这个阶层既倡导儒学复兴，又热爱世俗生活，没有太多超越性的想象，而是更加关注现实人生，中唐贞元、元和年间通俗写实的诗风便是这一时代转变的产物。

元和诗歌的中心人物是白居易，他的诗名当时就已远播海外，在日本拥有很大的影响。公元646年，日本“大化革新”，学习唐朝制度，废除贵族世袭制，以才选官。因此，在古代日本，要做一个

1 陈衍《石遗室诗话》卷一，人民文学出版社，2001年。

正宗的官僚士大夫，白居易就是最佳典范，既有官声，又有文名。唐末张为作《诗人主客图》，以白居易为“广大教化主”，正是揭示了他提倡诗歌教化的主张与实践。

白居易出生于河南新郑一个“世敦儒业”的官僚家庭，由于藩镇连年作乱，他的童年是在不断迁徙中度过的，先是寄居宿州符离，后避难越中。在江南时，他勤勉读书，课赋作诗，那首著名的《赋得古原草送别》是一篇应考习作，大约就作于这一时期。

离离原上草，一岁一枯荣。
野火烧不尽，春风吹又生。
远芳侵古道，晴翠接荒城。
又送王孙去，萋萋满别情。

诗的颔联采用抗拒毁灭的野草意象，写出了生命的顽强。末联出自《楚辞》“王孙游兮不归，春草生兮萋萋”，是唐代诗人喜用的熟典，目的是增添一种贵族风范，同时也很契合“赋得”体诗的要求。

据传白居易十六岁时赴长安，以诗谒见当时的名士顾况。顾况乍听他的名字，戏称：“长安百物贵，居大不易。”及至读到“野火烧不尽，春风吹又生”时，大为赞叹：“有句如此，居天下有甚难，老夫前言戏之耳。”[1]这两句诗因其所包含的哲理，成为千古传诵的名联，但就诗歌的意境言，“远芳侵古道，晴翠接荒城”，似乎更具有盛唐诗的宏阔远韵。

唐代诗人有许多逸事美谈流传下来，大多都是出于后人的编造。比如，白居易直到贞元十六年（800）方入京应试，并一举登第，而顾况于贞元五年贬饶州司户参军，此后再未入京任职，所以白居易不可能与顾况在长安见面。不过，我们也可由此窥见唐人崇尚诗歌的风气。

白居易进士及第时已经二十九岁，属于大器晚成。而早在贞元九年，与他同龄的刘禹锡就已经登进士第，与刘禹锡同榜及第的还有柳宗元，同年元稹明经登第，前一年韩愈进士及第。正是这一群有着强烈政治抱负的新进士人，给贞元、元和诗坛带来了变化。

刚刚进入官僚体系的庶族文人远不如士族子弟那样谙熟行政事务，武宗朝宰相李德裕就曾对皇帝说，朝廷显官宜由公卿子弟担任，因为他们自小就熟知朝廷仪规，而寒士纵有出人之才，却需要慢慢熟习。[2]但是，这些新进文人却有着很强的社会使命感，元稹、白居易等人不满沈、宋诗缺乏寄兴，又认为陈子昂诗虽有真情实感，但仍不够完备。[3]他们从《毛诗序》的美刺与汉乐府的“缘事而

1 王定保《唐摭言》卷七。
2 《旧唐书·武宗纪》会昌四年。
3 元稹《叙事寄乐天书》。

发”寻绎出诗歌的主流传统，远绍杜甫的“即事命篇”，[1]近承元结、顾况等人的诗，创作了大量以新题写时事的新乐府。

唐代的皇帝并不像今人想象的那样拥有绝对权力，不是受士族的掣肘，就是受官僚集团的制衡，后者凭借的就是秦汉建立的谏官制度。按照这一制度设计，谏官名义上可以直言谏诤，言者无罪。宪宗元和三年（808）的制科考试，牛僧儒、李宗闵等人在对策中力诋宦官和权贵，考官和复核官员都认可他们的对策，结果宪宗听信宦官之言，罢黜了考官和复核官员。白居易虽然也参与了复核，但因他时任左拾遗的谏官，宪宗无法治他的罪。到了元和十年，白居易因宰相武元衡被刺杀，又上疏极谏，被贬江州司马，就因他此时任太子左赞善大夫，已不再受谏官制度的保护。

元和三年，白居易刚担任左拾遗，就写下了“天子方从谏，朝廷无忌讳”的诗句。[2]由于士族高门在安史乱后逐渐衰落，谏官的制衡作用变得更加突出，这个变化被白居易敏锐地捕捉到，他提出“文章合为时而著，歌诗合为事而作”的主张，[3]将新乐府当作谏书，以此“补察时政”“泄导人情”。对于儒家来说，诗歌从来都不是表达闲情逸致，而是政道不可或缺的重要内容。不过，尽管《毛诗序》早就说过诗歌具有“正得失”的美刺功能，但唐代诗人有意识地写作政治讽谏诗，是由元、白等人开创的。

---

1 元稹《乐府古题序》。
2 白居易《初授拾遗》。
3 白居易《与元九书》。

白居易的《新乐府》《秦中吟》便属于此类作品，多为批评朝廷政治，甚至将矛头指向皇帝本人。如《卖炭翁》刺宫市之弊，斥责宦官到市上购买货物，名为购买，实为抢劫。这种“和买”政策始于先秦，名义上规定买卖双方协商价格，实际却是强制征收。当时的士大夫都很反对宫市与民争利，而朝廷却拒绝改变这一政策，甚至极力打压为民请命的官员，韩愈就因反对宫市被贬为阳山县令。

《重赋》这首诗可说是中国赋税史上的一条重要史料。唐初的租庸调制建立在均田制的基础上，到了唐中叶，均田制遭到破坏，租庸调制已不适用。宰相杨炎在德宗建中元年（780）推行两税制改革，将各种赋税合并为春秋两税，由原来的依人丁计税改为依财产计税，但实行不到三十年，农民的负担反而加重了。

> 国家定两税，本意在忧人。厥初防其淫，明敕内外臣：税外加一物，皆以枉法论。奈何岁月久，贪吏得因循。浚我以求宠，敛索无冬春。织绢未成匹，缫丝未盈斤。里胥迫我纳，不许暂逡巡。

德宗改行两税制本意是为了减少苛捐杂赋，但随着时间的推移，官府为了搜刮民财，又开始额外增加各种名目的新税，所谓“税外加一物”。结果，农民负担减轻了一段时间后，税负却因循环累进变得更重，这就是明末黄宗羲所说的“积累莫返之害”。[1]当代学者秦晖将这句话总结为“黄宗羲定律”，而这条定律早在唐代就已经被白居易观察到了。

纵观中国历史上的改革，大都由皇权发起，又由皇权毁之，根本原因就在黄宗羲《原君》中所指出的，皇权的实质是“以我之大私为天下之公”[2]。皇朝改革最重要的动力是加强中央集权，即使客观上能减轻民众负担，目的也是为了增加国家财政收入。尽管白居易没有达到黄宗羲的高度，但他仍然看到了朝廷官员只向皇权负责的现象：“号为羡余物，随月献至尊。夺我身上暖，买尔眼前恩。”

《重赋》中这个“至尊”就是被称为中兴之主的宪宗皇帝。事实上，对于白居易的屡次直谏，宪宗皇帝是很欣赏的，虽然后来嫌其不逊，却也没拿他怎么样。这是因为古代士人的国家认知并非只是儒家主张的君臣秩序，还有儒家提倡的天下观。正如白居易在新乐府《二王后》诗中所写：“古人有言天下者，非是一人之天下。”这句话出自《吕氏春秋·贵公》和《六韬·文韬》，唐初魏徵《群书治要·六韬序》就引用过此语。白居易在小序下标明主旨——“明祖宗之意也”，其实就是向皇帝申明唐代的这一立国方略。基于此，士大夫的责任伦理就是维护社会，维护规则，而非维护朝廷。新乐府的创作动机也正出于此。

作为反对世袭罔替的新兴进士，白居易重新提到先秦的这一共

1 黄宗羲《明夷待访录·田制三》。
2 黄宗羲《原君》。

和理念，可以说与韩愈的重倡儒学共同开启了唐宋之变的历史格局。按照这一政治思想，天下之治不是由于皇帝开明，广开言路，而是根本的政治伦理标准从来就不在皇权身上，以民为本才是古来公认的政治伦理。因此我们才会经常看到这样的历史现象：即使某个皇帝行恶，他也不敢公然宣称自己是在行善。

二

白居易在宪宗元和十年（815）被贬江州，罪名同样是因为破坏了责任伦理。事情是这样的：当时白居易任太子左赞善大夫，因越职言事，得罪了当朝权贵，有人便诬称白居易母亲看花时坠井而死，而他却在服丧期间写了《赏花》及《新井》，有伤名教。[1]而士大夫的责任伦理一直是与礼教联系在一起的。白居易一生喜欢咏花，不过今存白集中并没有《新井》篇，此事始终是个谜，但这件逸事却反映了当时恪守名教的门阀士族与风流放荡的进士阶层之间的价值冲突。

与白居易一道创作新乐府的诗人还有张籍、王建、李绅和元稹，他们的共同特点是针砭时事，用语通俗，尤以白居易的影响最大，就连妻儿也责怪他写这些讽喻诗给自己惹来麻烦。在今人看来，白居易的讽喻诗显然过于政治化，缺乏艺术性。事实上，对弱

1 见《旧唐书·白居易传》。又，据高彦休《唐阙史》记载，白母是因患心疾而坠井。

者的关怀从来都是诗人的使命，新乐府的问题不在于社会批判，而在于旨在讽谏，“唯歌生民命，愿得天子知”[1]。这是白居易不如杜甫的地方，其社会批判没有与个人生命发生更深切的联系。

尽管白居易本人更重视自己的讽喻诗，但世人却喜欢他的感伤诗，尤其是《长恨歌》《琵琶行》。如果没有这两首诗，白居易在诗史上的地位也许就是元结、顾况。白居易去世后，宣宗皇帝写诗追念：“童子解吟长恨曲，胡儿能唱琵琶篇。”可见这两首诗传播之广，影响之大。就连白居易本人也很自负地告诉友人元稹，当时各地的乡校、佛寺、旅舍、舟船，都题有他的诗，甚至有长安歌妓因能诵《长恨歌》而身价倍增。

安史之乱是唐代历史的一个大转折。唐朝建立之前，南北分裂了几百年，北方汉族人口大量减少，唐太宗开启农耕民族与游牧民族的二元治理模式，玄宗时更由府兵制改行募兵制，将守卫北方边疆的重任委予游牧民族。北方三镇节度使安禄山及其副手史思明都是粟特族，他们趁杨国忠当权，政治腐败，借机发动战争。但在中唐士人心中，这场内乱却是源于宫廷爱情，这也使战争添了一层浪漫的悲剧色彩。

宪宗元和元年（806），白居易任职盩厔县尉，冬天与友人王质夫、陈鸿游仙游寺。中唐文人在旅次宦游之际，喜欢宵话征异，各尽见闻。当时宫闱秘事都已传至民间，大家知道杨贵妃原是寿王妃

---

1 白居易《寄唐生》。

子，但唐宗室本来在这方面就比较开放，民间也毫不以为异。三人话及前朝逸事，不胜感慨，于是由王质夫提议，白居易作《长恨歌》，陈鸿作《长恨传》。

陈寅恪先生曾称，这种传奇与歌行合题的形式乃当时的一种新文体，由两人合作，诗与传不可分离，诗歌部分表现“诗笔”，传文部分表现“史才”与“议论”。[1]此类诗文结合的传奇最早是元稹的《莺莺传》和李绅的《莺莺歌》，以及陈鸿的《长恨传》和白居易的《长恨歌》。但这种形式实则与当时的佛教俗讲有关，元、白二人都喜欢听俗讲，应当是受到了俗讲形式的影响。

俗讲由正式讲经发展而来。讲经时二僧相向而坐，一人说解，一人唱经，说解者为法师，唱经者为都讲。为了吸引俗众，俗讲在说解外增加了吟词，这些吟词都是七言韵文，在结尾常有“唱将来”字样，以引领都讲继续唱经。如敦煌俗讲经文中“永固金石唱将来”“甚人闻法唱将来”句，[2]便是吟词法师催都讲续唱经文的词文。唱经与吟词、说解皆是重复同一段经文，所以敦煌俗讲文本都有韵散结合的特点。

唐代诗与文结合的单篇传奇，同样是由两人合作，诗歌部分为七言歌行。除上述《莺莺传》与《长恨歌》，白行简的《李娃传》与元稹的《李娃行》、蒋防的《霍小玉传》与李惟的《霍小玉歌》等，都是讲述同一个故事，而与沈亚之的《冯燕传》相配的司空图的

1 陈寅恪《元白诗笺证稿》第一章《长恨歌》，上海古籍出版社，1978年。

2 敦煌卷子原题《长兴四年中兴殿应圣节讲经文》（伯3808）。

《冯燕歌》，更是模仿俗讲经文的吟词“铸作金燕香作堆，焚香酬酒听歌来”。按照传文部分表达议论的观点，陈鸿《长恨传》结尾的“意者不但感其事，亦欲惩尤物，窒乱阶，垂于将来者也”，正是《长恨歌》的主旨。

玄宗与杨贵妃的爱情故事本是中唐诗歌、杂史的主要题材，其中都有总结前朝治乱教训的意思。史载，宣宗曾得一绝色女乐，但顾念“玄宗只一杨妃，天下至今未平，我岂敢忘”，于是将其赐死。[1]尽管司马光认为这条记载不近人情，不可采信，但这个传说至少反映了女色误国是当时人的共识。元稹在《连昌宫词》中回答“太平谁致乱者谁”的问题时，便明白表示“开元之末姚宋死，朝廷渐渐由妃子”，同样将安史之乱的原因归于自古以来的红颜祸水历史观。

《长恨歌》开头写玄宗重色，杨家一荣俱荣。

姊妹弟兄皆列土，可怜光彩生门户。
遂令天下父母心，不重生男重生女。

看起来已经有了“惩尤物，窒乱阶”的意思，但白居易没有像杜甫《丽人行》那样斥责杨家势焰熏天，也没有按照陈鸿《长恨传》的主旨，而是隐瞒了杨贵妃的真实出身，并且很快就转到巨大的

1 《资治通鉴》卷二四九《唐纪》六五宣宗大中十三年引。

感伤：

渔阳鼙鼓动地来，惊破霓裳羽衣曲。

于是，君臣仓皇出逃，马嵬坡赐死贵妃：

六军不发无奈何，宛转蛾眉马前死。

接着写玄宗逃蜀途中的心境：

行宫见月伤心色，夜雨闻铃肠断声。

再写回宫后的绵绵思念：

春风桃李花开日，秋雨梧桐叶落时。

借助临邛道士的神力，孤独衰老的君王终于见到身处缥缈仙山的贵妃，重温当年七月七日长生殿上的誓词：

在天愿作比翼鸟，在地愿为连理枝。
天长地久有时尽，此恨绵绵无绝期。

诗的最后，白居易对李、杨的爱情悲剧倾注了无限同情，这与前面的微讽玄宗重色误国形成巨大反差。白居易的确是一个深谙社会心理的诗人，他把李、杨的关系落在“一篇长恨有风情”上，[1]着重表现李、杨之间天长地久的爱情，这既符合当时进士文人追求风流绮靡的时尚，也符合贩夫走卒乐闻宫闱秘辛的趣味。

美女与战争的故事贯穿了整个中国历史，这些绝代美女似乎成了历代亡国的祸因，但在民间社会，她们从来都是同情的对象，是庶众在诗歌、小说与戏剧中喜闻乐见的悲情主角。所幸，按照诗歌与传文分写的规则，白居易不需要在诗歌中发表议论，他毕竟是一个热爱世俗价值的文人，最终将一段与治乱教训有关的历史演绎成一篇凄美的浪漫传说。正是这种世俗的人文主义，使《长恨歌》超越了政治教训，成为千古传唱的爱情颂歌。

不过，如果白居易的创作初衷是要在政治上进行反思，那么《长恨歌》就是一篇失败之作。作为一个有政治抱负且担任过言官的士大夫，白居易深知历史上后宫与宦官干政的危害。这一危害源于皇位继承方式的不稳定，宫廷内部始终充满权斗，并在唐朝前期不断表现出来，直至引发了安史之乱。白居易最后偏离自己的初衷，是因为他无法回答顶层设计的制度问题。安史之乱后，后宫干政虽没有再度出现，但宦官专权仍贯穿了整个唐朝后期。

1 白居易《编集拙诗成一十五卷因题卷末戏赠元九李二十》。

三

在白居易的感伤诗中，也许更应该提到的是《琵琶行》，因为这是中国历史上文人与女性关系最真实的写照。宪宗元和十一年（816），白居易正在江州司马任上，秋天送客湓浦口，听到邻舟有女子弹琵琶，便邀其演奏。被贬的诗人与昔日的乐伎萍水相逢，这依然是悠久的香草美人的母题，红颜遭弃的命运千百年来总能引起文人的共鸣。

白居易在诗中采用了各种形象的比拟来描写音乐，将听觉转化成视觉，显示出很高的文字驾驭能力。而琵琶女的自述身世，更是弥漫着荣华易逝的悲凉之感。她曾经是京城的名乐伎，十三岁就开始在教坊弹琵琶：

> 曲罢曾教善才服，妆成每被秋娘妒。
> 五陵年少争缠头，一曲红绡不知数。
> 钿头银篦击节碎，血色罗裙翻酒污。
> 今年欢笑复明年，秋月春风等闲度。

当年的欢场生活是多么热闹，公子王孙争相捧场献彩，发饰随着歌舞的节拍碎落地上，红色罗裙上满是泼翻的酒渍，欢乐的日子就这样一天天过去，直到年老色衰，繁华散尽。

弟走从军阿姨死，暮去朝来颜色故。
门前冷落鞍马稀，老大嫁作商人妇。
商人重利轻别离，前月浮梁买茶去。
去来江口守空船，绕船月明江水寒。
夜深忽梦少年事，梦啼妆泪红阑干。

琵琶女的身世让白居易感慨万分，他想到自己的遭遇，不禁喟然长叹：

同是天涯沦落人，相逢何必曾相识。

这种同病相怜的感觉是全诗的转折点，文人与女性的关系被赋予某种人生的普遍性，打动了后世无数的失意文人。明代诗人王穉登有诗道："书生薄命元同妾。"[1]另一位诗人王世贞在和王穉登的诗中写道："妾与书生俱薄命。"[2]都是在以女性自喻，叹息中国历代士人的妾妇式命运。

不过，琵琶女的身世并未让白居易得出繁华易逝的结论，而是产生了天涯沦落的共鸣，这使得诗歌的后半部分没有按照前面的逻辑发展。此时的白居易被贬谪到偏僻的浔阳，住处周围只有黄芦苦竹、鹃啼猿鸣，美妙的音乐给他带来欢乐，也带来伤感，他请琵琶

1 王穉登《答袁相公问病二首》。
2 王世贞《和王百谷怀出妾》。

女再弹一曲。

感我此言良久立，却坐促弦弦转急。
凄凄不似向前声，满座重闻皆掩泣。
座中泣下谁最多？江州司马青衫湿。

也许就是从这一刻起，白居易对士人的进退出处有了新的认识。他的宦途还很长，他依然关心国计民生，但由于不再担任言官，加之仕途受挫，他已经不再有“补察时政”的念头，而是转向洁身自好。在给友人元稹的信中，他称自己“志在兼济，行在独善”，[1]将儒家的“独善”人格与佛教的出世思想结合起来，形成了他知足保和的人生哲学。

宪宗元和十三年（818）白居易任忠州刺史时，就已经完全接受了佛教思想，跟现实达成了妥协。“无论海角与天涯，大抵心安即是家。”（《种桃杏》）这当然是佛教给予他的一种精神安慰，并不意味着他在地方官职位上得过且过，他后来在杭州刺史任上修筑西湖堤防、疏浚六井等政绩，便代表了他“志在兼济”的一面。白居易不是一个具有强烈激情的人，而是一个务实的人，他的前后期思想变化，与唐代的言官制度有关，也体现了皇权制度下一个典型的文人士大夫的人生选择。

---

1 白居易《与元九书》。

贞元、元和以降，诗人们已不再注重兴寄，而是写眼前景，道心中事，多采用赋的手法，甚至不避文笔的繁复。这大概也与写诗主体发生了变化有关，中唐进士出身的士大夫更重写实而非想象。如果说盛唐诗是诗人之诗，那么，中唐诗则是士大夫之诗。在充满盛世情怀的盛唐诗人眼里，诗歌或许不适用于描写日常生活，但在热爱世俗的中唐文人笔下，生活琐事皆可入诗。对白居易来说，写诗就是写日记，以便让后人了解自己。为了留名后世，他晚年还把自编的《白氏文集》藏于洛阳圣善寺和苏州南禅院，后来又将自编的《后集》藏于庐山东林寺。

这其实是一种价值观念的重大转变。中唐士大夫注重的是个人生活的体验，而不是感受世界的普遍性，这需要诗人具有一种更知性的感受力，去发现世俗生活的美。

> 绿蚁新醅酒，红泥小火炉。
> 晚来天欲雪，能饮一杯无？
>
> ——《问刘十九》

刘十九是白居易在江州交往的一个平民朋友。傍晚，下雪，饮酒，话家常，构成了某种闲适的情境。这是一首非典型的元和体诗，由兴寄转向赋比，由情景转向叙事，它虽然不能引起读者思接千载的宏大想象，却有一种日常人生的乐趣。

历代士人每当遇到政治险恶或不满官场时，常常会采取退隐林下的方式。不同于从前的诗人在自然山水中寻求隐逸的情趣，白居易对隐逸作了一番新的阐释。他认为大隐隐于朝市，小隐隐于山林，但朝市过于喧嚣，山林过于冷落，他的选择是中隐。

不如作中隐，隐在留司官。
似出复似处，非忙亦非闲。
不劳心与力，又免饥与寒。
终岁无公事，随月有俸钱。

——《中隐》

白居易以自我保全作为基本价值标准，在个人与官场之间划出了一条清晰的界限，既不违背良知去迎合权贵，也不忤逆权贵而伤害自己。佛老的智慧就在于深谙出处进退的分寸，当白居易发现自己无法改变大的政治环境时，智识上的自我控制就引导他抽身而退，与政治保持距离。对他来说，要做到无灾无难，最好的仕途就是做一个闲官，这样既不会有风险，也不会挨饿受冻。

贱即苦冻馁，贵则多忧患。
唯此中隐士，致身吉且安。

——《中隐》

这是白居易晚年在洛阳任太子宾客时写的诗，他在日常生活的情趣中践行“中隐”，在人工建构的亭园楼阁中绕竹散步，享受着远离政治的快乐。

佐邑意不适，闭门秋草生。
何以娱野性，种竹百余茎。
见此溪上色，忆得山中情。
有时公事暇，尽日绕栏行。
勿言根未固，勿言阴未成。
已觉庭宇内，稍稍有余清。
最爱近窗卧，秋风枝有声。

——《新栽竹》

白居易将目光转向被历代诗人长期遗忘的琐细的日常生活，拓宽了诗的世界。不过，这种更加倾向于私人化的诗有时也会显得过于狭窄，因为它们并不为公共流通所作，而是私人空间里的家常话语，如同白居易与元稹之间的酬唱，大多是日常的小感慨。白居易中年以后的个人生活幸福而安宁，但他的诗也因此缺乏更深刻的人生况味，没有达到他本来也许可以达到的高度。

四

随着年龄渐长，佛教思想越来越成为白居易的精神支柱，他常常在家中炼丹服药，诵经坐禅，打坐功夫甚至练到了能终夜不眠的程度。在越来越激烈的党争中，白居易为了避祸远害，主动外放到杭州、苏州等地。

文宗大和三年（829），五十八岁的白居易终于得以太子宾客分司东都，此时的他早已没有了青年时的济世抱负，在洛阳的履道里购置了私宅，并修建园林楼台，家中还畜养了不少乐伎，终日以诗酒弦歌为乐。

小宴追凉散，平桥步月回。
笙歌归院落，灯火下楼台。
残暑蝉催尽，新秋雁带来。
将何迎睡兴，临卧举残杯。

——《宴散》

这首诗作于文宗大和五年（831），描写一次家庭宴会。正值夏秋之交，曲终人散，诗人送走客人，踏着月色归去，依然兴奋难眠，临睡前又饮下一杯。颔联“笙歌归院落，灯火下楼台”，没有宏大的诗情，却能引发读者的无穷想象。晏殊认为这两句诗“善言富贵”，[1]但这实际上是写出了繁华过后的寂寞与空虚。天下没有不散的宴席，一部《红楼梦》的主旨，这两句诗就已然写尽。

---

1 欧阳修《归田录》。

文宗开成五年（840），白居易患了风疾，这一年他已经六十九岁，他让家妓樊素离开他去嫁人，并写诗感怀："五年三月今朝尽，客散筵空独掩扉。"（《春尽日宴罢感事独吟》）对于白居易来说，这一次"宴散"具有生命的象征意义。这是最后的晚宴，从此他将掩门独居，沉静等待，独自面对自己的大限。

乐天安命是白居易独有的标配，他在诗歌中为自己塑造了一个知足保和、脱屣尘埃的形象。晚年的他信奉慈恩宗，捐资重修洛阳龙门香山寺，自称"弥勒弟子乐天"，[1]发愿往生弥勒净土，脱离生死轮回。除平日诵经念佛外，他还和八位致仕官员结成"九老会"，常在香山饮酒赋诗，自号"香山居士"。这高蹈的心灵背后，实际上是一种无法排遣的生命的虚无感。

> 蜗牛角上争何事，石火光中寄此身。
> 随富随贫且欢乐，不开口笑是痴人。
>
> ——《对酒五首》其二

这就是白居易领悟到的人生底色，他的思想跳不出儒释互补的框架，最终也无法解决生命的终极问题。现在再读《长恨歌》与《琵琶行》，我们或许会有更深一层的体会，它们其实都是在写富贵易逝，繁华一梦。

---

1 白居易《画弥勒上生帧赞》。

白居易的诗歌通俗易懂，文学史上多将他的诗视为浅俗，成就不及盛唐诗人，这其实反映了宋代人的观点，并一直影响到今天。相传白居易每作一诗，都会先读给身边的老妪听，如老妪能懂就定稿，如不懂就再改。[1]他自己在给元稹的书信中也说，士庶、僧徒、孀妇、歌妓都喜欢吟他的诗。[2]如果说盛唐诸家诗主要是意象派，那么元、白诗就是白话派。意象派诗的文字是凝练含蓄的，需要读者去想象；白话派诗的文字是浅显松散的，大众都能读懂。这或许反映了白居易的时代对于诗歌传播的某种新观念，它意味着社会交往层面的扩大，诗歌不再是一种小众艺术。

日本著名学者吉川幸次郎曾指出，自平安朝以来，日本人就对白居易的诗感到亲切，主要原因是通俗平易。正如江户时代的学者室鸠巢在《骏台杂话》中所说："我朝自古以来疏于唐土文辞，能读李杜诸名家诗者甚少。即使读之，亦难通其旨。适有白居易的诗，平和通俗，且合于倭歌之风，平易通顺，为唐诗上等，故只学《长庆集》之风盛行。"对于日本读者来说，意象密度较大的盛唐诗反而难懂。吉川幸次郎还引用了另一位江户学者伊藤仁斋跋《白氏文集》的话："盖诗以俗为善。"[3]对中国读者而言，这是来自"他者"的眼光，给我们提供了一种理解白居易诗歌的新角度。

自文宗大和三年（829）起，白居易寓居洛阳，当了一个闲官，

1 惠洪《冷斋夜话》卷一。
2 白居易《与元九书》。
3 吉川幸次郎《白居易》，见《中国诗史》，复旦大学出版社，2001年。

在那里度过了他生命的最后十八年。他自幼身体多病，却能活到高寿，同时代的诗友都已相继去世，而关于他成仙的故事也在民间广为流传。武宗会昌元年（841），有位商人在海上遇到大风，到了一处瑞云奇花的山上，寺观道长告知商人，此处就是蓬莱山，其中有个“白乐天院”，是为白居易准备的。后来浙东观察使李师稷将这个故事告诉白居易，他听后写诗作答：

吾学空门非学仙，恐君此说是虚传。
海山不是吾归处，归即应归兜率天。

——《答客说》

武宗会昌六年（846），白居易卒于洛阳寓所，享年七十五岁，死后葬于香山寺侧。白居易的晚年生活平静而满足，但他始终是一个能在盛宴中体验到幻灭感的诗人。关于白居易成仙的传说就像是《长恨歌》后半部分的复制，而他的《答客说》则更像是九百多年后《红楼梦》主人公结局的预示。

元稹

（779—831）

取次花丛懒回顾

《行宫》的开放式结尾给人无尽的联想。唐代其他皇帝身后也留下了无数宫女，却都没有享受过此种追忆。沈德潜在《唐诗别裁》中评道："只四语，已抵一篇《长恨歌》矣。"让元稹伤感不已的不仅仅是过眼烟云的荣华富贵，更有春梦无痕的人间情爱。

白头宫女在
闲坐说玄宗

一

继齐梁宫体诗和初唐宫廷诗之后，中晚唐又迎来了一个艳情诗的高峰。只不过诗的作者从宫廷侍奉转到了外廷士大夫，诗的内容从感官想象转到了真情实事。贞元、元和时期的元稹，便是这样一个写情高手。他在宪宗元和七年自编诗集，称自己“有悼亡诗数十首，艳诗百余首”，[1]前者写夫妇之爱，后者写婚外恋情。在中国文学史上，诗人很少有写夫妇之爱的，更不用说写自己的私情，在这方面，元稹大概要算是第一人了。

文变染乎世情，这是文学史上的不易之理。时代上晚于元稹的杜牧在《感怀》诗中回忆道：“至于贞元末，风流恣绮靡。”贞元、

1 见《四库全书总目》卷一五一集部四《元氏长庆集》，引文为馆臣概述元稹《叙事寄乐天书》中文字。

元和时期是一个新旧价值观转折的时代，市民社会对外表的美化前所未有，普通女性也追逐时尚，如当时京城盛行的堕马髻、啼眉妆。[1]与此同时，乡贡进士出身的文人地位至此达于极盛，他们对世俗生活的追求成为这个阶层的重要标志，这一切都意味着个体意识的发展。

元稹是北魏昭成帝拓跋什翼犍的后裔，算是汉化了的鲜卑人，比白居易小七岁。他幼年丧父，家道式微，八岁时随母移居凤翔，依靠舅舅过活。由于舅舅的溺爱，元稹“不以礼数检”，[2]自小就跟随姨兄昼夜游宴，混在一群大人中观看“华奴歌淅淅，媚子舞卿卿”（《答姨兄胡灵之见寄五十韵》）。当元稹十五岁入京应试时，他所交游的仍然是像姨兄这样的浪荡公子，或是杨巨源这样的进士文人，[3]终日过着“醉眠街北庙，闲绕宅南营”（《答姨兄胡灵之见寄五十韵》）的冶游生活。

而先世旧业及慈母的训导，使元稹自小就有志于学，十五岁明经及第后，由于还未通籍入仕，需要继续努力，因此只是止于游宴，未曾出入青楼。他后来对子侄说：“吾生长京师，朋从不少，然而未尝识倡优之门。”[4]其自传性传奇《莺莺传》开头亦云：“内秉

---

1 《新唐书·五行志》：“元和末，妇人为圆鬟椎髻，不设鬓饰，不施朱粉，惟以乌膏注唇，状似悲啼者。”白居易《时世妆》：“乌膏注唇唇似泥，双眉画作八字低。妍媸黑白失本态，妆成尽似含悲啼。”元稹《续会真诗》：“眉黛羞偏聚，唇朱暖更融。”可见莺莺实为一时髦女子。

2 元稹《答姨兄胡灵之见寄五十韵》序。

3 元稹《叙诗寄乐天书》。

4 元稹《诲侄等书》。

坚孤，非礼不可入，以是年二十二，未尝近女色。”说的应是实情。

德宗贞元十六年（800），二十二岁的元稹游蒲州，遇见随母寄居普救寺的莺莺，一下坠入情网，难以自制，在三五明月夜攀树逾墙，最终定情西厢。但不久之后，元稹便赴京应制科考试，与莺莺断了关系。后来元稹写出《莺莺传》，其中的张生就是他本人。传奇文中的《会真诗》详尽描写了二人幽会的情景：

> 更深人悄悄，晨会雨蒙蒙。珠莹光文履，花明隐绣龙。瑶钗行彩凤，罗帔掩丹虹。言自瑶华浦，将朝碧玉宫。因游李城北，偶向宋家东。戏调初微拒，柔情已暗通。……汗流珠点点，发乱绿葱葱。方喜千年会，俄闻五夜穷。留连时有限，缱绻意难终。

陈寅恪先生曾考证“会真”就是遇仙或游仙，唐代文人常将倡伎称作仙子，将流连青楼称作访仙。此外还可以补充的是，《会真诗》中云：“因游李城北，偶向宋家东。”后一个典故出自宋玉的《登徒子好色赋》，在六朝与唐代诗中有着特定的内涵。遍检《全唐诗》，凡是用“宋家东”典故的，无一不是专指歌伎一类社交风流女子。如晚唐崔涯久游维扬，每题诗倡肆，立时传颂。[1]其《杂嘲》云：“二年不到宋家东，阿母深居僻巷中。”便分明是描写倡肆歌伎

1 范摅《云溪友议·辞雍氏》：“崔涯者，吴楚之狂生也，与张祜齐名。每题一诗于倡肆，无不诵之于衢路。誉之，则车马继来；毁之，则杯盘失错。”

之作。

在唐传奇《霍小玉传》中，倡女小玉母亲本为显宦宠婢，主人去世后遣居于外，改姓郑氏，居住在长安胜业坊古寺曲，而莺莺母女也是在主人去世后寄寓蒲州普救寺。细读传文，莺莺母系亦为郑氏，对于崔张的结合，她处处是在故意撮合。这是唐代一个较为普遍的现象，显宦人家的妾媵在主人去世后，常常会被分与资财，遣居在外。莺莺的身份类似小玉，这样的女子仍以嫁人为正途，在社交方面却比贵族少女有更多的自由，于是才有了张、崔这一段情缘。

唐代风气开放，文人与歌伎关系密切，这在唐诗中有很多例证。中唐文人更是以风流韵事自诩，白居易就曾描写过自己在京城的冶游生活：

> 忆昔嬉游伴，多陪欢宴场。寓居同永乐，幽会共平康。……宴余添粉黛，坐久换衣裳。结伴归深院，分头入洞房。（《江南喜逢萧九彻因话长安旧游戏赠五十韵》）

据晚唐孙棨《北里志》记载，京城歌伎主要居住在平康里，举子、进士及未通朝籍的文人寓居京城，经常流连其间，乐不思家。这些歌伎大都能诗书，善谈吐，她们最后的结局多是嫁作官宦妾或商人妇。孙棨在长安应试时，曾在平康里结识了一位歌伎福娘，福娘想要脱籍，于是赠诗孙棨："非同覆水应收得，只问仙郎有意无？”孙棨的回答是举子不宜，并赠诗福娘：“泥中莲子虽无染，移入家园未得无。”后来福娘有了新主，赠诗孙棨：“久赋恩情欲托身，已将心事再三陈。泥莲既没移栽分，今日分离莫恨人。”这表明，唐代士人是可以与歌伎自由来往的，但为了个人前程又绝不会娶她们为正妻。

莺莺的身份当然更类似霍小玉，而不是平康里的歌伎，但孙棨的故事仍然让人联想到传奇结尾处莺莺拒绝与张生见面的情节。唐人重视门第婚姻，元稹后来另娶韦丛，显然是为了联姻官宦而背弃莺莺。然而，即使在元稹的时代，背弃寒女的行径照样会遭到崇尚浪漫的士人阶层的鄙视，就像《霍小玉传》中男主人公李益遭到诅咒的结局。所以元稹才会在小说中把莺莺写得像一位贵族少女，使得张生的“忍情”仿佛是出于对强烈爱情的恐惧。尽管这让作品本身充满了矛盾，却于无意识中表现了男女之间永恒的冲突——爱情实现后的倦怠。

《莺莺传》对后世的影响要比《霍小玉传》大得多，元代王实甫将这个故事改编成杂剧《西厢记》，崔、张之间情感与道德的冲突被转换成二人和老夫人之间自由恋爱与礼教的冲突。大众更愿意接受爱情悲剧的外在原因，而不是内在因素，因为前者更容易让人幻想一个大团圆的结局。问题在于，尽管始乱终弃是古今社会都难以接受的，但张生遵从的又是从古至今多数人的现实选择。元稹从真实生活中传达出某种日常的悲剧性，这个故事的结局似乎无法避免，但它所表达的基本的人性矛盾，又让我们得以体验生活中的某种普遍性。

二

莺莺是中国爱情故事中第一个最真实的女性，她那临时变卦的行为与委婉哀怨的书信，都显露出她试图在男女情感中掌握主动权的用心。她明知结局不会完美，却仍要投入进去，这让读者对她充满同情。相比之下，张生的性格要比莺莺更复杂，他绝不是一个无情之人，其热恋与决绝都符合勒内·吉拉尔对于文学作品中男女冲突的解释，即每个人的欲望都是出于对他人目光的依赖。在传文中，张生面对众人的询问，既要表现自己是一个“真好色”的人，又要表明自己是一个“善补过者”。

元稹对于青年时期的这段感情是真挚的，即使莺莺已经放下这段情感，嫁与他人，元稹却始终无法忘却。元和五年（810），元稹和莺莺分手已经九年，这一年他被贬江陵府士曹参军，到任后写下一首怀念莺莺的《梦游春七十韵》：

> 昔岁梦游春，梦游何所遇。
> 梦入深洞中，果遂平生趣。
> ……
> 结念心所期，返如禅顿悟。
> 觉来八九年，不向花回顾。
> ……

元稹把这首长诗寄给在京城任翰林学士的白居易，诗中透露了他背弃莺莺而娶韦丛的原因：“一梦何足云，良时事婚娶。”

白居易与元稹于德宗贞元十九年（803）同登书判拔萃科，又于宪宗元和元年（806）同登才识兼茂明于体用科，[1]从此成为生死不渝的挚交。显然白居易十分了解元稹青年时期的这段情史，并回了一首更长的《和梦游春一百韵》安慰他：

昔君梦游春，梦游仙山曲。
恍若有所遇，似惬平生欲。
……
欲除忧恼病，当取禅经读。
须悟事皆空，无令念将属。
……

这种长篇酬唱正是元、白开创的元和体。白居易在和诗中附和元稹的想法，即用佛教的禁欲思想来压抑欲念。不过，按照今人的文学观，无论是《梦游春》还是《和梦游春》，都算不上好诗，虽然不似齐梁宫体诗和初唐宫廷诗那样出于臆想，但过于实写幽会的情景，以至于感官的展览多于情感。《莺莺传》中的《续会真诗》也有这样

1 唐代明经、进士等常科及第不能直接授官，还需参加吏部的铨选、科目选，或参加制科考试。书判拔萃科属于吏部的科目选，考经义和律法知识。才识兼茂明于体用科属于制科的吏治类，考治理与辨别能力。

的问题，只有当元稹把对莺莺的思念转移到精神层面时，才写出了一些深情缠绵的诗句，其中就有同样写于元和五年的《离思》：

曾经沧海难为水，除却巫山不是云。
取次花丛懒回顾，半缘修道半缘君。

绝句的凝练形式避免了繁复叙述，转向较为纯粹的思念。“巫山”的典故让人想到男女间美好的遇合，甚至远古时代男女欢会祈雨的神话。那低回缱绻，于千万人中只爱一人的情感表达，浪漫而夸张，足以打动无数读者的心。古罗马诗人贺拉斯在《诗艺》中说：“一首诗仅仅具有美是不够的，还必须有魅力，必须能按作者的愿望左右读者的心灵。”《离思》就属于这种“有魅力”的诗。

因为坦诚，所以真实，那是一种灵与肉相结合的感受，是对男女情爱的一种新认识。直到元和十四年，四十一岁的元稹赴任虢州长史，还写下一首怀念莺莺的《春晓》：

半欲天明半未明，醉闻花气睡闻莺。
狲儿撼起钟声动，二十年前晓寺情。

在文学作品里，男女关系中最重要的永远是情感因素。《离思》和《春晓》这两首七绝描写个人私情，情致的婉约和流丽都透出世俗的情欲，这正是世俗社会才有的生气。“曾经沧海难为水，除却巫山不是云”，已经是宋词的句式和口气，而“猧儿撼起钟声动，二十年前晓寺情”则显得情真意切。在白居易怀念青年时期恋人的《冬至夜怀湘灵》中，同样能看到这种通常人性的真实表现：

艳质无由见，寒衾不可亲。
何堪最长夜，俱作独眠人。

在描写情人相思的心理上，这首诗尽管直白，却细致入微，能触动人心中最柔软的地方。可以说，将盛唐那种空泛的闺怨诗转变成自我的恋情诗，正是元、白的功劳，也是中唐文人主体意识的体现。

此前的文人在表现对女性的幻想时，都会借用他者的眼光，比如采用乐府旧题等，终不免有些为文造情的意味。到了元、白，一切私情都不需要遮掩了，这种情感观念上的狂飙突进，更符合生活的实情。苏轼曾评价元、白的诗“元轻白俗”，正是因为他们的诗更具有人间性。甚至可以怀疑，要是没有元稹的《离思》和《春晓》，中国诗歌中的爱情描写是否算得上完整？

元稹显然是一个用情甚深的人。元和四年（809）春，他奉命出使剑南东川，因在任上劾奏不法官吏，触犯了藩镇集团，被遣东都洛阳御史台。正当他仕途遭挫之时，妻子韦丛又突然去世，他悲痛难遣，写下三首《遣悲怀》。

谢公最小偏怜女，自嫁黔娄百事乖。

顾我无衣搜荩箧，泥他沽酒拔金钗。
野蔬充膳甘长藿，落叶添薪仰古槐。
今日俸钱过十万，与君营奠复营斋。

昔日戏言身后意，今朝都到眼前来。
衣裳已施行看尽，针线犹存未忍开。
尚想旧情怜婢仆，也曾因梦送钱财。
诚知此恨人人有，贫贱夫妻百事哀。

闲坐悲君亦自悲，百年都是几多时。
邓攸无子寻知命，潘岳悼亡犹费词。
同穴窅冥何所望，他生缘会更难期。
惟将终夜长开眼，报答平生未展眉。

这几首诗在诗歌史上是前所未有的。尽管此前也有过潘岳的《悼亡诗》，却没有元诗那样细致写实，贴近生活本身。韦丛是太子少保韦夏卿最小的女儿，德宗贞元十八年（802）嫁于元稹，婚后生活虽贫困，但韦丛十分贤惠，尽心照料家庭，毫无怨言。元稹在诗中回忆夫妻生活的种种琐事：既有妻子的贤惠——“顾我无衣搜荩箧，泥他沽酒拔金钗”；也有生活的困窘——“诚知此恨人人有，贫贱夫妻百事哀”；更有逝后的思念——“惟将终夜长开眼，报答平生未展眉”。唐代文人对于夫妻生活的心态，在元稹身上充分地表现出来。

诗歌采用散文的叙述句式，毫不追求意象的密度，或者说几乎就没有使用意象，而是全部选择直陈其事。意象的作用主要是引起读者的联想，元稹的悼亡诗不是为读者而写，他只是在表达自己的心情。七言律诗采用这种明白如话的白描，而能获得如此动人的效果，原因就在于这情感是纯粹私人性的。比起盛唐诗中抽象、普遍的男女之情，元稹的悼亡诗是对真实生活的呈现。

三

除了这三首《遣悲怀》，元稹还写有几十首悼亡诗，如《空屋题》：

> 朝从空屋里，骑马入空台。
> 尽日推闲事，还归空屋来。
> 月明穿暗隙，灯尽落残灰。
> 更想咸阳道，魂车昨夜回。

此诗作于元和四年韦丛归葬咸阳的次日夜晚。当时元稹在洛阳为职务所系，未及躬往，仅遣家人营葬。斯人已去，独坐空屋，在月下灯前等待亡魂归来，形影相吊，寂寞可知。同年冬，元稹又在洛阳家中写下《除夜》诗：

忆昔岁除夜，见君花烛前。
今宵祝文上，重叠叙新年。
闲处低声哭，空堂背月眠。
伤心小儿女，撩乱火堆边。

昔日花烛容貌，今日空堂月明，不谙大人心事的儿女依旧欢快地在炉边嬉闹，更显出丧妻的悲凄。《空屋题》和《除夜》都采用赋的手法，如同《遣悲怀》，对生活的细节描写同样被运用在五言律诗中。

元和五年（810）三月，元稹因得罪宦官仇士良等人，被贬江陵府士曹参军，在商洛道上的驿馆里梦见韦丛，写下《感梦》一诗：

行吟坐叹知何极，影绝魂销动隔年。
今夜商山馆中梦，分明同在后堂前。

有意味的是，元稹的艳情诗由于隐晦，都写得华美浓艳，但他的悼亡诗却极为朴素，绝少华丽辞藻，毕竟这是真实的可以公开的情感。

此后十余年的贬谪生活中，元稹仍无时无刻不在思念韦丛，仅在元和六年就写有《六年春遣怀八首》诗，其五：

伴客销愁长日饮，偶然乘兴便醺醺。
怪来醒后傍人泣，醉里时时错问君。

他依然独自守护着自己的悲伤，朋友为了安慰他，请他喝酒，他借酒浇愁，喝得大醉，醒来看到旁人在哭泣，原来他醉里一直在喊着妻子的名字。

清人刘熙载《艺概》论及绝句的写法是“取径贵深曲，意盖不可尽，以不尽尽之”。元稹的语言平易浅近，却能把日常生活写得曲折委婉，深情动人。这种自我的、白描的诗歌之所以能引起当时人的共鸣，在于中唐人的欣赏习惯已经改变，接受了写实的诗歌。

直到元和九年（814），元稹赴潭州拜谒湖南观察使张正甫，在途中又写下一首怀念妻子的《梦成之》：

> 烛暗船风独梦惊，梦君频问向南行。
> 觉来不语到明坐，一夜洞庭湖水声。

元稹似乎很喜欢写梦，因为在梦里，一切往事都情真意切又难以寻觅，就像洞庭湖水一样浩渺。

然而，当元稹在元和五年写下思念韦丛的《感梦》时，他还写了怀念莺莺的《离思》和《梦游春》。这说明，元稹的感情并不真的专一，对亡妻的长久思念并不妨碍他对其他女性的感情，并以缠绵之笔写出一往情深的诗。

白居易曾说："江南士女，语才子者，多云元白。"[1]看来，元稹的名字当时排在白居易前面不是偶然的。在元稹所处的那个"风流恣绮靡"的时代，才子的身份往往与多情的性格联系在一起。与白居易相比，元稹更称得上是一个风流才子，他对自己生命中出现的女性的感情是认真的，而且充满了激情。那些仰慕文采风流的女性总是喜欢这样的男人，但也往往会被这样的男人伤害。

不过，元稹在后世人眼中的文学地位不高，倒不是由于他风流成性，而是另有政治上的原因。新旧《唐书》中记载，元稹为了飞黄腾达，在被贬谪后写了许多诗，整理成集，献给地位较高的人，此后又勾结宦官排斥元和中兴名臣裴度。其实，中唐以降，宦官专权，就连裴度、韩愈等人也与宦官有所交结。真正的原因在于，在当时藩镇割据的形势下，与元稹交好的宦官魏弘简、崔潭峻属于主张休兵偃武的一派，而正是崔潭峻将《连昌宫词》推荐给穆宗皇帝，才使元稹得到重用。在这首长诗的结尾，元稹明确表达了休兵偃武的观点：

年年耕种宫前道，今年不遣子孙耕。
老翁此意深望幸，努力庙谟休用兵。

在后世史官眼里，大一统是秦制确立以来最重要的一条政治标

1 白居易《刘白唱和集解》。

准，当时许多名臣如韩愈、柳宗元等都反对藩镇割据，而元稹主张不再用兵，并依附宦官与平定藩镇的大功臣裴度作对，这才是他最大的“历史污点”。据正史记载，当时人认为元稹人品低下、浮薄无行，元稹当宰相时，“朝野无不轻笑之”。[1]这恰恰是中国政治文化的一大特点，即将政治问题道德化。中国历史上对官员的评价，一是清廉与否，一是政治站队，元稹没有贪墨的行径，却因政治站队遭到后世鄙夷，进而影响到他诗集的流传。

《新唐书·艺文志》记载元稹自编《元氏长庆集》一百卷、《小集》十卷，至北宋已亡佚不传，建安刘麟父子在徽宗宣和年间只辑出六十卷。这在文学史上无疑是一个巨大的损失。从现存元、白诗集看，白居易的诗歌成就高于元稹。苏轼“元轻白俗”的评价就是根据完整的白集与不完整的元集而来，这显然会影响到对元稹的全面判断。在讲究节操的宋代士大夫眼里，世俗味尚可欣赏，而轻薄气就是令人鄙视的人格问题了。

某种程度上，元稹与西方近代哲人卢梭可有一比，他们都喜欢在作品中暴露自我的情感经历，一边炫耀一边追悔自己的风流多情。如我们所知，正是卢梭第一个在西方社会建立起浪漫主义的爱情观，他的自恋将激情提升到价值的高度，极大地冲击了传统的道德观念，曾经被社会伦理否定的情欲，从此成为真爱的体现。这种对情爱的赞赏也是中唐文人的新价值观，在他们眼里，玄宗是一位

1 《旧唐书》本传。

情商和才能都很高的帝王。白居易在《长恨歌》后半部分就背离了对历史教训的总结，而对李、杨爱情充满同情。

对于安史之乱的原因，元稹同样认为应当从社会政治角度去看待，《连昌宫词》中这样写道：

开元之末姚宋死，朝廷渐渐由妃子。
禄山宫里养作儿，虢国门前闹如市。
弄权宰相不记名，依稀忆得杨与李。
庙谟颠倒四海摇，五十年来作疮痏。

然而，当元稹从个人情感角度去看待这场事变时，他的内心却充满了感伤：

寥落古行宫，宫花寂寞红。
白头宫女在，闲坐说玄宗。

这首《行宫》的开放式结尾给人无尽的联想，唐代其他皇帝身后也会留下无数宫女，却都没有享受过这种追忆。沈德潜在《唐诗别裁》中指出："只四语，已抵一篇《长恨歌》矣。"让元稹伤感不已的不仅是过眼烟云的荣华富贵，更有春梦无痕的人间情爱。

在元、白眼里，天子也是人，也有普通人的人性，因而也有普通人的爱情与痛苦。他们对情爱的赞赏突破了礼教束缚，但同时也使自我情感面临新的烦恼，从而产生了新的诗歌主题。元稹和白居易毕生结下深厚情谊，相互间有许多酬唱之作，成为文学史上的一个重要现象。当白居易在宪宗元和十年（815）被贬江州时，元稹正在通州任上，听到这一消息后，写下一诗：

残灯无焰影幢幢，此夕闻君谪九江。
垂死病中惊坐起，暗风吹雨入寒窗。

——《闻乐天授江州司马》

而白居易在此后的《与元微之书》中也再三致意，毫不掩饰他们之间过度亲密的关系：

此句他人尚不可闻，况仆心哉！至今每吟，犹恻恻耳……微之微之！此夕我心，君知之乎？

可以说，元、白都是性格复杂的人，又是很真实的人。后人对元稹的人品多有指摘，但他敢于在诗歌中暴露自己的私情，表现出当时新旧价值观的冲突，从而与白居易一道，将中唐诗歌带向了一种更加贴近日常生活和真实人性的境地。

韩愈

（768—824）

试看涵泳几多星

当韩愈不再运用盛唐诗歌的“兴象”思维时，他就为诗歌开辟了另一条道路。这一转折的原因之一是文人角色向士大夫角色的转换。强烈的主体意识导致诗歌观念的改变，人们不再愿意追步盛唐那种对外在世界加以想象的诗歌，而是要从个体生活中去发现人的境遇，诗歌的写实性因此越来越多于抽象性。

致汝无辜由我罪
百年惭痛泪阑干

一

在思想文化的建树上，韩愈是唐代最重要的人物，没有之一。苏轼称赞他“道济天下之溺”“匹夫而为天下师”，[1]就是因为韩愈能在释风盛行的唐代，不顾流俗，排斥佛教，在方法论上突破僵化烦琐的汉唐经学，重新抉发《孟子》的仁义性命和《大学》的修齐治平，以普遍性的师道取代垄断性的家法，将士族社会的礼义伦理普及到平民社会，从而开启了宋代新儒学礼下庶人的进路。

韩愈生于代宗大历三年（768），幼时就失去父母，由兄长韩会抚养成人。代宗大历十二年（777），韩会因受元载牵连遭贬，九岁的韩愈随兄移居韶州。在他十三岁的时候，韩会病逝于任上。韩愈先是随寡嫂郑氏返回河阳原籍安葬兄长，后随郑氏避居江南宣州。

1 苏轼《潮州韩文公庙碑》。

困苦颠沛的早年生活让韩愈自幼便励志苦读，遍览六经百家之书。

有意思的是，按照陈寅恪先生的看法，韶州是禅宗发祥之地，韩愈在《原道》中首倡儒家之道统，指出儒家的精髓是日常人伦，正是从禅宗教外别传和直指人心的教义中得到了启发。

这是一个诞生平民士大夫意识的时代，在大历诗人的隐逸情趣之后，贞元、元和时代的文人普遍产生了一种入世转向与文化反思。他们将安史之乱及其后果视作自古以来夷夏之防的历史重现，并归咎于儒家正统经学的衰微，于是提倡回到先秦，试图从儒家原典中寻求思想文化的出路。韩愈在《原道》中指出："诸侯用夷礼，则夷之；进于中国，则中国之。"表明他似乎已经意识到南北朝以来中原王朝与内亚草原部族互相抗衡、融合的事实，从而暗示了"文化中国"的观念。

除了极力推崇《孟子》《大学》等先秦儒家原典，韩愈的思想也受到汉代董仲舒、扬雄之学的影响，甚至还接受了先秦墨学的某些观念。尽管他在《与孟尚书书》中也曾有排斥墨子的言论，但在《读墨子》一文中，又提出儒墨相通的主张。在《原道》中，他认为"仁"就是"博爱"，这实际上更接近墨子普遍主义的兼爱，而非孔孟基于血缘关系的特殊主义的"仁爱"，韩愈信奉天人感应、相信鬼神，看来也与墨学有关。

柳宗元在《天说》中记载了他与韩愈的对话，韩愈认为天是有意志的，天的阴阳元气变化支配着万物，并通过鬼神的显现来赏善惩恶。"吾意天闻其呼且怨，则有功者受赏必大矣，其祸焉者受罚亦大矣。”这种儒墨融合的观点为强调人伦日用的儒学提供了一条超越性的理路。韩愈对儒学的新阐释表明，人类社会存在着不可磨灭的终极价值，这个价值最终是由超越性的天所决定的。因此，反对韩愈观点的刘禹锡在《天论》中将韩柳的对话视作有关“天人之际”的争论。

经历了几次科考失利，韩愈在德宗贞元八年（792）终于进士及第，但直到贞元十七年（801）才通过吏部铨选，任国子监四门博士，翌年转任监察御史。不过，他很快就因上疏抨击权贵李实谎报关中灾情，被贬到连州任阳山县令。直到宪宗元和元年（806）六月，韩愈才从江陵法曹参军任上奉召返京，官授国子博士。

这是一段比较清闲的时光，韩愈终于有余暇去领略终南山的壮美。此前他曾登过华山，留下“悔狂已咋指”（《答张彻》）的诗句，称自己历险时曾后悔得咬指出血。唐李肇《国史补》载：“韩愈好奇，与客登华山绝峰，度不可返。乃作遗书，发狂恸哭。华阴令百计取之，乃下。”看来，韩愈生性喜欢登山冒险是真的。这次登上巍峨的终南山巅，极目四望，大自然的鬼斧神工再次让他无比震撼，于是写下了脍炙人口的《南山》。结尾处写道：

> 大哉立天地，经纪肖营膝。厥初孰天张，僶俛谁劝侑。创兹朴而巧，戮力忍劳疚。得非施斧斤。无乃假诅咒。鸿荒竟无传，功大莫酬僦。尝闻于祠官，芬苾降歆嗅。斐然作歌诗，惟用赞报酭。

这首诗历来被认为代表了韩愈的诗歌风格。诗人用赋的手法描写终南山各种光怪陆离的自然奇观，尤其是连用十四个叠字和五十一个“或”字句，展示空间的变化，极尽铺张夸饰之能事，具有汉大赋“苞括宇宙”的气势。然而，评论家们很少注意到诗歌结尾对宇宙奥秘的追寻，以及对时间的追问。当韩愈面对终南山的雄奇壮美时，他发出了类似屈原那样的天问：“遂古之初，谁传道之？”他想要知道，洪荒时代，混沌初开，这个世界究竟是谁创造的？又是怎样创造的？

与盛唐诗歌的感性直观相比，《南山》具有更多的理性思辨色彩。韩愈的追问表明，他相信宇宙背后存在着一个超越性的神明。在古代中国，只有南方的神话系统中有造物主的概念，韩愈的观念只能归于他个人对宇宙秩序的理解。这在当时是一个非常重要的问题，就像孟郊、李贺诗中那种充满威胁的现实世界，因为原本井然有序的宇宙秩序已经坍塌，需要重新加以诠释。

韩愈发扬孟子、《大学》的心性之说，同时相信墨子的天志、明鬼，实际上意味着宇宙秩序是由“天”支配的，而这个“天”也是人性的形上根源，因为从“仁”到“博爱”的演化，需要有某种更加普遍和绝对的根据。

在韩愈看来，宇宙秩序依旧是不容置疑的事实，自然的山峰巍然屹立在寰宇，让人类经受考验，唯一正确的态度就是去理解它的存在。韩愈之所以坚决反对佛教，就是因为佛教有碍纲常名教，寺院经济危害到儒家士大夫极为重视的社会秩序。除此之外，佛教的虚无观念更是威胁到韩愈所熟悉的宇宙秩序，这种虚无观念将世界看作一个幻象，认为人因欲望而作恶是由于无知，而不是由于人性本身。

宋代儒学正是在韩愈的启发下构建出天理观念，重新给传统儒学赋予了一个超越性的源头，从而建立起用出世精神做入世事业的新儒学。只不过在韩愈那里，无论天还是鬼神都是有意志的，会给忤天之人带来祸殃；而在孔孟和宋儒那里，天命和鬼神是两回事，对于鬼神信仰始终持怀疑态度。宋儒言天理而罕言鬼神，这也导致董仲舒的“天人感应”学说在新儒学的宇宙观中隐而不彰。换句话说，韩愈的天人关系是准宗教性的，宋儒的天人关系是哲学性的。

二

这是一个重新诠释社会秩序和诗歌惯例的时代。当韩愈出生时，李白已经去世八年，他三岁时，杜甫也与世长辞了。正是韩愈将这两位大诗人提升到崇高的地位：“李杜文章在，光焰万丈长。”（《调张籍》）不过，韩愈是从诗的济世作用来看待诗歌传统的，在他心里，写诗毕竟是文章末事，所谓“余事作诗人”（《和席八十二韵》）。由此，在兴象玲珑的盛唐诗歌之后，韩愈因无法对即景生情的诗歌惯例感到满足，才转而从说理的古文中吸取资源。

《毛诗序》总结的赋、比、兴，代表了中国传统的诗性思维，如果说盛唐诗人多用“兴”的手法，那么中唐诗人则开始更多地运用

“赋”“比”的手法。古人发言为诗，并无现代人那种专业创作的自觉意识，而是见景生情，即所谓“兴”。在修辞上，“比”和“兴”不同，比是比喻，兴是联想，亦即朱熹所谓“先言他物以引起所咏之辞”。[1]今人叶嘉莹则从思维形式上加以分析，认为“比”是人为的，含有理性的思索安排；“兴”是自然的，属于感性的直觉触引。[2]

但如果要进一步追溯，“兴”很有可能是原始神话思维模式的遗存，那时的人还分不清主体与客体的界限，他们的感觉更多是来自物我同一的生命共感。《诗经》首章“关关雎鸠，在河之洲。窈窕淑女，君子好逑”中，喻体置于本体之前，似乎表明先秦人还不能完全清楚地区分事实与比喻，在他们心中，具象的雎鸠双栖就等同于抽象的爱情观念，两者是一回事，而不是有意识的比喻关系。

这种主客体同一的思维形成了“起兴”的诗歌传统，其方式是将外在的自然风景主观化，以便使世界能像自己，所谓“登山则情满于山，观海则意溢于海”（《文心雕龙·神思》）。这种起兴的审美模式完全是感性的，在思维的顺序上往往是景在情先，触景生情，由此形成了情景交融、兴象浑融的盛唐诗风格，即清人施补华所说“光景中隐含感慨”。[3]

---

1 朱熹《诗集传·关雎》注。

2 叶嘉莹《中国古典诗歌中形象与情意之关系例说》，见《迦陵论诗丛稿》，中华书局，1984年。

3 施补华《岘傭说诗》。

自杜甫开始，随着主体意识的增强，诗人不再有强烈的欲求将自己融入外在世界，而是开始突出人事对景物的作用，将情语和景语的关系转变为因情写景。物我的分离标志着理性的成熟，到韩愈那里，对诠释的重视使得诗歌更进一步转变为因意写景，并更多地采用具有理性思维特征的赋、比手法。

还在顺宗永贞元年（805）的时候，韩愈由阳山县令改任江陵府法曹参军，因未能立即调回京城，心中郁闷万分，写下《八月十五夜赠张功曹》一诗：

> 纤云四卷天无河，清风吹空月舒波。沙平水息声影绝，一杯相属君当歌。君歌声酸辞且苦，不能听终泪如雨。洞庭连天九疑高，蛟龙出没猩鼯号。十生九死到官所，幽居默默如藏逃。下床畏蛇食畏药，海气湿蛰熏腥臊。昨者州前槌大鼓，嗣皇继圣登夔皋。赦书一日行万里，罪从大辟皆除死。迁者追回流者还，涤瑕荡垢清朝班。州家申名使家抑，坎轲只得移荆蛮。判司卑官不堪说，未免捶楚尘埃间。同时辈流多上道，天路幽险难追攀。君歌且休听我歌，我歌今与君殊科。一年明月今宵多，人生由命非由他。有酒不饮奈明何。

张功曹即张署，也因极谏宫市之弊而与韩愈同时遭贬，后改任江陵府功曹参军。全诗采用散文笔法，且多用虚字，为了不致显得格弱，韩愈特别注重句法的逆折顿挫和词语的横空盘硬。诗中的洞庭、九疑、蛟龙、猩鼯不是引起诗人感慨的景物，而是衬托诗人感慨仕途坎坷的景物。换言之，诗人首先有了“天路幽险”的牢骚不平，然后才有了“洞庭连天”“蛟龙出没”的比喻。那些惊怖险怪的非人世的意象，不过是韩愈胸中块垒的投射，并使他在诗末得出“人生由命非由他”的结论。我们也许还记得，在天人之际这个大命题中，韩愈是相信天命的。

这种从“兴”到“赋比”，从触景生情到因意写景的转变，不仅受到古文句法的影响，更反映了理性因素的增强。诗歌不再只是情感的抒发，它也可以是理性的思维。对韩愈来说，一切日常事物都是宇宙秩序的安排，都有其存在的价值。这是一种新的感受力，它让韩愈的目光时时投向被诗歌传统遗忘的生活琐事，要从日常事物中寻出诗意或理趣来：

> 新年都未有芳华，二月初惊见草芽。
> 白雪却嫌春色晚，故穿庭树作飞花。
>
> ——《春雪》

> 草树知春不久归，百般红紫斗芳菲。
> 杨花榆荚无才思，惟解漫天作雪飞。
>
> ——《晚春》

前一首诗作于元和十年（815），后一首诗作于元和十一年，当时韩愈在京城任史馆修撰、知制诰，住在城南别墅。前人称此两首绝句“纯从涵泳而出，故诗笔盘旋回绕，一如其文”。[1]这的确是看到了韩愈以文为诗的特征，但更重要的是，这两首诗写出了对于生活的日常性近乎童真的热爱。这种故作天真的想象在中唐诗歌中是很普遍的，诗人们仿佛突然之间第一次发现了日常生活的诗意。

泥盆浅小讵成池，夜半青蛙圣得知。
一听暗来将伴侣，不烦鸣唤斗雄雌。

——《盆池》其四

池光天影共青青，拍岸才添水数瓶。
且待夜深明月去，试看涵泳几多星。

——《盆池》其五

这组绝句同样作于宪宗元和十年（815），描写对象不是高山长河、都城大漠，也不是远处的村墟，而是身边的一小盆水。换言之，审美对象不再仅仅是自然的景物，而是人工的制作。在韩愈眼中，盆池虽小，却犹如一个天然的池塘，有夜半蛙鸣、波声拍岸和繁星倒影。今人钱仲联解释前首诗的“圣”字，引《风俗通》“圣者，声也，通也，言其闻声知情，通于天地，条畅万物也”，认为韩愈正是

1 朱宝莹《诗式》。

用了这个意思。[1]钱先生从诗中解读出“通于天地”的旨意，的确是一种理性的鉴赏。在埋盆汲水而建造的一个人工小池中，韩愈看到了宇宙秩序的缩影。

由于排斥佛教的不落言筌，韩愈的诗并不追求盛唐、大历诗那种韵外之旨，而是着力体现儒家的尽心见性。他一生用世之心甚切，性格木讷刚直，因而在仕途上屡遭挫折，这导致他对诗的性质有着深刻的见解。其诗学承继屈原、司马迁的传统，提出“不平则鸣”的主张，认为诗的特点是：“和平之音淡薄，而愁思之声要妙；欢愉之辞难工，而穷苦之言易好。”[2]优秀的诗不是来自幸福的感受，而是产生于痛苦的情绪，这无疑是对古往今来诗歌本质的一个非常重要的认识，即使置于中外诗歌理论中，也是不刊之论。而《左迁至蓝关示侄孙湘》就是韩愈诗学实践的一首代表作。

三

宪宗元和十四年（819）正月，京城长安发生了一件大事，皇帝专门派使者前往凤翔迎接佛骨，从而在长安城掀起一股佞佛的高潮。韩愈自从元和元年返京，其间除了短暂出任河南县令外，一直在京城为官。因平定淮西有功，此时的韩愈已经做到刑部侍郎，但

1 钱仲联《韩昌黎诗系年集释》卷九，上海古籍出版社，1984年。

2 韩愈《荆潭唱和诗序》。

他始终坚持排佛的主张，毅然上《论佛骨表》极谏，认为朝廷奉佛实属荒唐，要求将佛骨焚毁。此事激怒了宪宗，欲将韩愈处死，后经大臣极力说情，才将韩愈贬为潮州刺史。

贬谪潮州是韩愈生命中的一件大事，值得大书特书。当韩愈行至蓝关时，侄孙韩湘赶来，陪同其南迁。这一年韩愈已年逾五十，家人尚留在京师，瞻望漫漫前程，不禁感慨万端：

> 一封朝奏九重天，夕贬潮阳路八千。
> 欲为圣明除弊事，肯将衰朽惜残年。
> 云横秦岭家何在，雪拥蓝关马不前。
> 知汝远来应有意，好收吾骨瘴江边。
>
> ——《左迁至蓝关示侄孙湘》

诗的首联叙述被贬缘由，写得壮伟之极，颔联直陈为国事不恤个人安危，颇有孟子浩然之气。此前的诗人偶尔也有这种直抒胸臆的表达，但都没有像韩愈这样在近体诗中大量使用直叙和虚字。颈联的名句也是因意写景，其旨不在描写秦岭云、蓝关雪的景色，而在以具体情境烘托内心的凄楚。换作盛唐诗人，大概很少会在一句诗中同时出现景语和情语，因为那不符合近体诗用景语营造意境的惯例。至于尾联，更是以议论收结，显示出中唐诗歌越来越着重思理的特征。

清末吴北江评论此诗："大气盘旋，以文章之法行之，然已开宋诗一派矣。”[1]韩愈的诗主要是七古，七律只有十二首，吴北江指出韩愈七律对宋诗的影响，可以说独具只眼。按照陈寅恪先生的看法，贞元、元和时期正是内藤湖南所说的唐宋因革之开端，即由贵族社会向官僚社会转化，租庸调制衍变为两税法，募兵制完全取代府兵制，科举制成为入仕的主要途径，出身乡间的庶族士人有更多机会进入官僚阶层，这一切都发生于这个时期。韩愈则是这一时代转折点的代表人物。除了在思想观念上开启宋代新儒学外，韩愈“文起八代之衰”的古文还开启了宋文，他的“以文为诗”同样也开启了宋诗。

所谓“以文为诗”，不仅在于使用散文句式，更在于直写心绪。这一转折的原因之一是文人角色向士大夫角色的转换。强烈的主体意识导致诗歌观念的改变，人们不愿再追步盛唐那种对外在世界加以想象的诗歌，而是要从个体生活中去发现人的境遇，诗歌的写实性因此越来越多于抽象性。

韩愈此次被贬潮州是由蓝关入商洛道，途经邓州时，听说郓城的李师道作乱即将被平定，心中又燃起了遇赦回京的希望，于是写下一首七律《次邓州界》：

潮阳南去倍长沙，恋阙那堪又忆家。
心讶愁来惟贮火，眼知别后自添花。

1 高步瀛《唐宋诗举要》引，上海古籍出版社，1959年。

商颜暮雪逢人少，邓鄙春泥见驿赊。

早晚王师收海岳，普将雷雨发萌芽。

诗人内心是那样的忧愁烦乱，像燃烧着一盆火。“贮火”的典故出自《庄子·外物》：“心若悬于天地之间，慰暋沉屯，利害相摩，生火甚多。”如此冷僻的比喻显然是在以才学为诗了。在暮雪中经过人烟稀少的商洛道，好不容易到达邓州边界，远远地望见驿站。路长人困，前路茫茫，唯一欣喜的是，又一处藩镇战事即将平定，宪宗定会像平定淮西后那样赦免逐臣。恋阙与忆家的情感交织在一起，这是杜甫的主题，却是韩愈的写法。

果然，韩愈抵达潮州后上疏陈情，宪宗此时也感到后悔，知道韩愈是个忠直之人，于是在同一年量移他为袁州刺史。毕竟，袁州比潮州离京城近多了。

在袁州，韩愈做了一件功德无量的事，按照当地风俗，平民借贷将子女抵押出去，逾期不能赎回，子女就会被没为奴婢。韩愈到任后，设法赎出了那些沦为奴婢的男女，让他们回到父母身边，同时明令禁止买人为奴。后来柳宗元被贬柳州时，同样将当地的典奴习俗废除。韩愈和柳宗元在永贞革新时政见不同，但在关怀民瘼和文学创作上一直是声气相投的。

宪宗终究还是感念韩愈的忠贞和才能，贬谪南方一年多后，元和十五年九月，韩愈再次奉召回京，任国子祭酒。行至商州层峰驿时，他写下一首诗，题目用了一个超长的句子《去岁自刑部侍郎以罪贬潮州刺史，乘驿赴任。其后家亦谴逐，小女道死，殡之层峰驿旁山下。蒙恩还朝，过其墓，留题驿梁》：

数条藤束木皮棺，草殡荒山白骨寒。
惊恐入心身已病，扶舁沿路众知难。
绕坟不暇号三匝，设祭惟闻饭一盘。
致汝无辜由我罪，百年惭痛泪阑干。

当时韩愈被贬潮州，妻女随后遭逐，行至商州时，幼女因惊恐不已，病卒于层峰驿。整首诗叙写家庭私事。在幼女坟茔前，韩愈想象她当时的病状和卒后简陋殡葬的情景，难抑悲伤之情。颈联翻用春秋季子事，绕坟三匝的典故出于《礼记》。吴国季札出使齐国，归途中长子不幸去世，只好就地葬于嬴博之间，绕坟大哭三声而去。这个典故让诗人的情绪显露无遗，既悲痛自责，又真诚感人。

四

韩愈以古体诗见长，但他的近体诗同样是直叙个人生活情境，这种由杜甫开其端的写法，到了韩愈则更加趋于散文化。也就是说，韩愈的诗已经具有了宋诗的面目，多采用散文句式，如前引《盆池》其五的末二句，如果去掉其中的虚字，改成“夜深明月去，涵泳几多星”，就完全是盛唐诗的模样了。同时，韩愈还大量采用“赋”和“比”的手法，但由于诗歌史所培养的欣赏习惯，平常的比喻很难像“兴”那样引起读者的联想，因而比喻的新奇就显得更加重要。韩愈诗多采用生新险怪的喻象，就是这个道理。

例如，同样采用比喻，杜甫的“飘飘何所似，天地一沙鸥”具有强烈的感染力，因为诗人是在“星垂平野阔，月涌大江流”的背景下来凸现孤独的人生；而韩愈的比喻是“江作青罗带，山如碧玉簪”（《送桂州严大夫同用南字》），或是“晴云如擘絮，新月似磨镰”（《晚寄张十八助教周郎博士》）。韩愈仿佛始终处在景物之外，并借用罗带、玉簪、擘絮、磨镰等人工的物象去比喻自然。换言之，韩愈是在诗歌中创造美，而不是发现美。

诗与思的关系是复杂的，甚至是矛盾的，因为诗属于感性，思属于理性。思想型诗人想要处理好这种关系，就必须兼具感性的能力。显然，过于理性的思维与诗是不相容的。韩愈的一些古今体诗给后来的宋诗创作提供了借鉴，但也有许多诗形同散文，用词怪怪奇奇，终究显得缺乏诗意。

这大概也是由于盛唐诗给读者造成的欣赏习惯所致，我们对诗意的理解就是诗要有意境，所以并不十分欣赏那些思理有余而情韵不足的诗。对于喜爱盛唐诗的现代读者来说，更愿意通过诗歌进入想象的天地，而像《南山》那样采用太多的生僻字，无形中造成了阅读障碍。尽管其铺排和比喻的功夫显出诗人的才力雄大，但由于诗人自我并不想融入自然，所以很难引起读者情感上的共鸣。正如清人彭邦畴所说，读韩愈的诗，“局声调者病其艰涩，蹈空虚者厌其精详。故学诗难，读韩诗亦不易”。[1]作诗终究不是做文章，在写实与“空虚”之间，中国人的诗歌审美更倾向于后者。

韩愈的诗歌创作是一个试验，他面对的是如何处理思理与情韵的关系。穆宗长庆三年（823），也就是韩愈去世前一年，他刚升任吏部侍郎，春天的到来让他心情愉快，兴致盎然，为邀请友人张籍同去郊外游春，特地写了一首诗。

天街小雨润如酥，草色遥看近却无。
最是一年春好处，绝胜烟柳满皇都。

——《早春呈水部张十八员外》

这是韩愈写得最有“诗意”的一首七绝。远看草色一片，近看稀稀朗朗，犹如高明的画家设色，仅此一句，初春的景象就全出来了。尽管如此，我们仍能感到一种散文的意味，它不是想象的诗，而是阐释的诗。

当韩愈不再运用盛唐诗歌的“兴象”思维时，他就为诗歌开辟了另一条道路。直到宋诗出现，思理才最终取代意境，成为诗歌的主流。

1 彭邦畴《朱竹垞何义门批韩诗序》。

柳宗元

（773—819）

欲采蘋花不自由

柳宗元想学陶渊明，放下仕途的“机心”，但他更像是在追寻屈原，那是一个清高贞洁的形象，抒发着内心的孤愤。说到底，柳宗元从来都没有获得超然的自由，因为他的诗中始终有一个“我”在。

一身去国六千里
万死投荒十二年

一

如果不是仅仅活到47岁就病卒于柳州贬所，柳宗元的诗歌不会只呈现出一种面目。他的同时代友人刘禹锡、韩愈、白居易、元稹都曾遭到放逐，但后来都活到时来运转，成为显宦，其创作生涯也都明显地分为前后两个阶段。柳宗元的遭际有点儿像苏轼，都是终生被贬，命运刚出现转机就与世长辞了。

长期的流放消磨了柳宗元的生命，也成就了他的诗歌。他的重要作品都是在贬黜南方后完成的。韩愈在《柳子厚墓志铭》中说他颇有政治才能，如果能自持其身，就不会被贬，被贬后如朝中有人，他也能复出，致身显贵。但韩愈又说："然子厚斥不久，穷不极，虽有出于人，其文学辞章，必不能自力以致必传于后如今，无疑也。"这样的解释已经接近现代的浪漫主义诗学观，即把诗歌的成就与诗人的颠沛联系在一起，相信柳宗元的作品能流传后世。这是从屈原到贾谊、陈子昂、李白、杜甫等人的共同命运所证实了的一条规律。他们或遭放逐或自我流亡到远离京城的南方，由此在中国历史上形成了一个流亡文学的传统。

唐顺宗永贞元年（805），柳宗元因参与王叔文集团的政治改革遭到贬谪，左迁永州司马，这是他人生道路上的一次大挫败。21岁就进士及第，26岁通过博学宏词科，31岁任监察御史里行，年轻气盛的柳宗元本以为可以大展宏图，没想到却遭受如此沉重的打击，从此远离了京城政治中心。

史称“二王八司马”的这次集体贬黜是很严重的处罚，所有参与者都“纵逢恩赦，不在量移之列”，[1]断绝了东山再起的可能。不久，王叔文被赐死，王伾、凌准先后病卒。从柳宗元在诗文中自称“缧囚”“僇人”看，他被放逐后的处境仍十分险恶，人身自由受到某种限制。

唐时的永州还是一个边远落后之地，湿热瘴疠，荒鄙少人。柳宗元由京城携家眷跋山涉水，迁居至此，加上他又是个生性忧郁的人，自然会将自己的命运与屈原联系起来。“投迹山水地，放情咏离骚。”（《游南亭夜还叙志七十韵》）闲居无事的时候，柳宗元除了读书写字，常常孤身一人或与二三亲友出行，寻访寺院，游览山水。但欣赏自然风景需要闲适的心情，这又是柳宗元难以做到的，

---

1 《旧唐书·顺宗纪》。

起初他还抱有北归的希望，但很快就准备终身成为永州居民了。

柳宗元在永州发现了许多无人赏识的幽美山水，写下了著名的“永州八记”，其中的《小石潭记》结尾写道：“以其境过清，不可久居，乃记之而去。”这正是他面对自然山水时的真实心情。而他的诗也是如此。在被遗忘的自然之美中，柳宗元最终发现的是被流放的自己。

秋气集南涧，独游亭午时。
回风一萧瑟，林影久参差。
始至若有得，稍深遂忘疲。
羁禽响幽谷，寒藻舞沦漪。
去国魂已游，怀人泪空垂。
孤生易为感，失路少所宜。
索寞竟何事，徘徊只自知。
谁为后来者，当与此心期。

——《南涧中题》

在柳宗元的五言古诗中，这一首的用语算是比较简明的。虽是记游，却是景语少而情语多。清人刘熙载评价此诗：“‘回风一萧瑟，林影久参差’是骚人语。”（《艺概》卷二《诗概》）独独拈出这两句写景的诗句，表明前人论诗常常遵循以景写情的诗歌规范，但如果没有后面对于去国魂游的直抒胸臆，也就显不出这两句的骚人之情，那是“孤生易为感，失路少所宜”的索寞，是无法预知前程的彷徨。

自屈原放逐以来，流放就是正直的士大夫所无法避免的命运。每当仕途遇挫，像屈原那样在后世留下名声便成为士人普遍的愿望。早在柳宗元之前，李白不就说过“屈平辞赋悬日月，楚王台榭空山丘”吗？何况在屈原游于江潭的浪漫行吟之后，还有陶渊明、王绩、孟浩然、王维、韦应物做榜样，他们都把悠游山水视作一种更加良好的生活。柳宗元显然明白这一点，他想用高士的生活来安慰自己。

久为簪组累，幸此南夷谪。
闲依农圃邻，偶似山林客。
晓耕翻露草，夜榜响溪石。
来往不逢人，长歌楚天碧。

——《溪居》

新沐换轻帻，晓池风露清。
自谐尘外意，况与幽人行。
霞散众山迥，天高数雁鸣。
机心付当路，聊适羲皇情。

——《旦携谢山人至愚池》

仿佛进入仕途并非柳宗元的本愿，贬谪南夷反倒成了一件幸事。面对流放生涯，诗人采用了陶渊明的隐居宣示，要做一个“忘机客”，以纵情山水来表现与社会的格格不入。但如果细细品味，这两首诗却不像是一个高士的心境。

第一首诗中，在“久为簪组累，幸此南夷谪”里，我们看不到陶渊明“久在樊笼里，复得返自然”的欢愉，而在“来往不逢人，长歌楚天碧”中，我们也看不到王绩“相顾无相识，长歌怀采薇”的高蹈。在第二首诗中，“天高数雁鸣”的凄清与“自谐尘外意”的陶然之间显然是不连贯的接续与不协调的意境。因此，柳宗元在结尾说到“聊适羲皇情”时，与孟浩然“自谓羲皇人”的心境就是截然不同的。回头再看诗的首句，“新沐”一词更有可能让人想到那位“新沐者必弹冠，新浴者必振衣”的古代贤人。

柳宗元一心想学陶渊明，放下仕途的“机心”，但他其实更像是在追寻屈原，那是一个清高贞洁的形象，在抒发着内心的孤愤。

二

相传永州是舜南巡崩殂的苍梧之野。舜死后葬于九疑山，他的妻子娥皇、女英千里寻夫，听到舜的死讯，抱竹痛哭，泪尽而亡。这个悠久的故事在民间广为流传，至今永州还有很多关于舜的遗迹。柳宗元显然知晓这个故事，但依他的见识，有关舜的神话终究是虚无缥缈的，“苍梧”带给他的主要是流放的感觉。

平野春草绿，晓莺啼远林。
日晴潇湘渚，云断岣嵝岑。
仙驾不可望，世途非所任。
凝情空景慕，万里苍梧阴。

——《零陵春望》

永州春天的原野是翠绿的，晓莺在远处的树林中啼鸣，这是一幅平远的景色，诗人用一个“断”字描写云与山的关系，将视野隔断，山区清晨的寂静加深了诗人内心的彷徨，不知此生如何安放。结尾由议论回到写景，使人产生自由的想象。通过望断苍梧之云，隐晦地表露出对国事的忧虑与个人境遇的苦闷。

说到底，柳宗元并非因厌倦官场而主动退出，他这个隐士始终当得非常勉强，没有一点儿悠游山水的闲适与平静。

觉闻繁露坠，开户临西园。
寒月上东岭，泠泠疏竹根。
石泉远逾响，山鸟时一喧。
倚楹遂至旦，寂寞将何言。

——《中夜起望西园值月上》

在中国的诗歌中，“户”是一个十分重要的意象，象征着独占的私人空间。户内是诗书相伴，户外是林泉高致，这个意象往往用来表现个人与社会的疏离。颈联“石泉远逾响，山鸟时一喧”，以动写静，类似王维的“月出惊山鸟，时鸣春涧中”。所不同的是，柳宗元没有在王维结束的地方停下来，他遵循着更远的魏晋传统，将胸臆直抒出来。月夜的静谧空旷，都是为了衬托诗人的寂寞。写静而又无法入静，亲近山水而又无乐趣可言。

从寂静恬淡中透出郁悒苦闷，这正是柳诗中常见的感受。《旧唐书》本传称他：“即罹窜逐，涉履蛮瘴，崎岖堙厄，蕴骚人之郁悼，写情叙事，动必以文。为骚文十数篇，览之者为之凄恻。”说的虽是他的散文，却又何尝不是指他的诗歌。

唐人的山水诗，历来以王、孟、韦、柳并称，但读来令人凄恻是柳宗元山水诗的独特之处，他给山水赋予了自己的人格特色。事实上，隐逸的趣味对柳宗元来说不过是一种无奈的选择。在他的时代，士大夫已不可能再有屈原那种贵族气质，甚至不可能像陶渊明那样归隐田园，因为“进乏廊庙器，退非乡曲豪”（《游南亭夜还叙志七十韵》）。即使晚年再贬柳州，对仕途已彻底绝望，他却仍然深感不由自主。“皇恩若许归田去，晚岁当为邻舍翁。”（《重别梦得》）作为一个进士出身的官僚，柳宗元的生计全靠国家俸禄，无论进退，都不可能彻底摆脱皇权体制的束缚，挂冠而去。

此时唯一能抚慰他的就是佛教的自我解脱。柳宗元自幼好佛，南迁后更是精研佛理，以致女儿生病，竟允其削发为尼，取名“佛婢”，这些都见于他在女儿病卒后所写下的《下殇女子墓砖记》。在唐代士大夫中，柳宗元的佛学修养可以说是很深的一个，对于当时各个佛教宗派都有所体认。

初至永州时，因为官职卑微，柳宗元不能住在官舍，只好借寓天台宗的龙兴寺。直到五年后才在龙兴寺对岸的西小丘买下一块地，修建了一处住宅。柳宗元本来就是一个具有很强的理性思维的人，因而特别重视思辨性较强的天台教义，在《岳州圣安寺无姓和尚碑铭》中，他写道："佛道逾远，异端竞起，唯天台大师为得其说。"对天台宗的创立者智𫖮大师大为赞赏。天台宗主张由定生慧，强调"一念三千"，如智𫖮《摩诃止观》卷五云："如鸟飞空，终不住空。虽不住空，迹不可寻。虽空而度，虽度而空。"便是喻义不执着于空或有的天台中道观。

柳宗元寓居龙兴寺时，与寺内高僧重巽结为知交，写下《巽公院五咏》，其《禅堂》诗云：

发地结青茅，团团抱虚白。
山花落幽户，中有忘机客。
涉有本非取，照空不待析。
万籁俱缘生，窅然喧中寂。
心境本同如，鸟飞无遗迹。

周围的青山团团围住澄澈的禅室，忘机客端坐室中，看山花飘落，一片禅机。后四句由写景转到阐发佛理，有是假有，空不须析，正是天台宗的中道观。结尾的"心境本同如，鸟飞无遗迹"，显然取自《摩诃止观》中“如鸟飞空”的譬喻。

不过，诗毕竟是形象的艺术。前人对以禅入诗的体会是诗宜参禅味，不宜作禅语，柳宗元的名篇《江雪》便完全是一种形象的呈现。

千山鸟飞绝，万径人踪灭。
孤舟蓑笠翁，独钓寒江雪。

这首诗得到宋人的高度赞赏，诗评家王直方甚至认为，与《江雪》相比，晚唐诗人郑谷的《雪中偶题》（“江上晚来堪画处，渔人披得一蓑归”）不过是“村学堂中语”。[1]换句话说，柳宗元的诗不仅是在客观地描写外在景物，而且有着更为丰富的思想内蕴。

从《江雪》一诗的字面意思看，其描写的是一个孤独静默的老人，但若以禅意视之，在飞鸟度空的无垠天地间，独坐江边的渔翁更像是一个禅定的高僧，正在静观因缘所生的万象。如此解释或许并不算太牵强，毕竟在漫天飞雪的江边钓鱼，是件很奇怪的事，它显然只是诗人内心制造出来的一个情景。不过，如果说这是一首饶有禅意的诗，那也是一首很特别的禅诗，因为所有的禅诗最后都指向解脱，而这首诗却止于寂灭，这反而突显出一个流放者的清高与孤独。

---

1 王直方《归叟诗话》。

为了做个对比，我们不妨来看看柳宗元另一首写渔翁的诗：

渔翁夜傍西岩宿，晓汲清湘燃楚竹。
烟销日出不见人，欸乃一声山水绿。
回看天际下中流，岩上无心云相逐。

——《渔翁》

清晨来临，渔翁在江边汲水做饭，山水交接处升起了炊烟。这本是很平常的俗世生活，但在诗人眼里却充满了诗情画意。这个烟是炊烟，还是晨雾？其实两者都可以。朝阳出来，渔船缓缓离开江边，向下游驶去。此时诗人将镜头从近景拉到远景，已经看不到船上的渔翁，远远的棹歌声中现出一片青山绿水。

诗的结尾运用了视觉上的蒙太奇手法，与大历诗人钱起的名句“曲终人不见，江上数峰青”有异曲同工之妙。苏轼认为柳宗元此诗有“奇趣”，但末二句“虽不必亦可”。[1]苏轼喜欢以禅喻诗，讲求意在言外的趣味，要止于所当止，故有此一说。而柳宗元是要表达另外的意思，自从庄子在《天地》中幻想“乘彼白云，至于帝乡”，飘浮的白云便成为人间自由的象征。此刻的渔翁就是柳宗元自己，他化用陶渊明的“云无心以出岫”，又比陶渊明多了一个“回看”的动作，那是一种对自由的顿悟。

---

1 惠洪《冷斋夜话》引。

三

其实，柳宗元从来都没有做到超然的自由，他的诗中始终有一个“我”在。如果说佛教的解脱之道是对尘世的蔑视以及对自我的忘却，那么柳宗元的践行就是不及格的。他在认识论上信奉佛教，在存在论上却遵循儒家。虽然他游心佛学，用世之心却始终未灭，仍念念不忘年轻时匡世济时、“利安元元”的理想，这让他的郁愤难以化解，诗中始终有一种内在的紧张，时时会想到自己的流放境遇。

宪宗元和七年（812），柳宗元被贬黜已有七年，一次随永州刺史赴黄溪黄龙祠祈雨时，写下一首《入黄溪闻猿》：

溪路千里曲，哀猿何处鸣。
孤臣泪已尽，虚作断肠声。

语言直白质朴，却是孤臣泪尽之作。柳宗元作于永州的诗中，有许多都是陪上司出行，作为一个曾经的台阁之臣，心中不免感慨万端。

经历了十年流放生涯，宪宗元和十年（815）一月，柳宗元接到回京诏书，立即启程北归，心中又燃起了希望。舟行途中经过汨罗时，他再度想到屈原的遭遇，不禁有些意气风发，以为可以重获朝廷重用，实现政治抱负：

南来不作楚臣悲，重入修门自有期。
为报春风汨罗道，莫将波浪枉明时。

——《汨罗遇风》

柳宗元的乐观情绪委实来得太早了，他的流放生活还远远没有结束。抵京后不到一个月，因执政者的梗阻，他又被外放到柳州任刺史。

从司马到刺史，官职是升了，去任职的地方却更加偏远。当他知道挚友刘禹锡外放播州任刺史时，想到那里比柳州还要艰苦，而刘禹锡还要带着八旬老母赴任，便上书朝廷，愿与刘禹锡互换。在患难与共中，柳宗元展现出崇高的人品，后来刘禹锡改任连州，他才动身前往柳州。

动身的时间是初夏，正是江南草长的季节，柳宗元与刘禹锡从长安出发，两人一路拖家带口，结伴同行，到了衡阳才不得不挥手作别。柳宗元写诗赠别刘禹锡：

十年憔悴到秦京，谁料翻为岭外行。
伏波故道风烟在，翁仲遗墟草树平。
直以慵疏招物议，休将文字占时名。
今朝不用临河别，垂泪千行便濯缨。

——《衡阳与梦得分路赠别》

末句引用《楚辞·渔父》中《沧浪歌》的典故，以清水濯缨喻友人，且自喻。刘禹锡也有诗回赠：

去国十年同赴召，渡湘千里又分歧。
重临事异黄丞相，三黜名惭柳士师。
归目并随回雁尽，愁肠正遇断猿时。
桂江东过连山下，相望长吟有所思。

——《再授连州至衡阳酬柳柳州赠别》

他们都没有想到，此次分手，竟是永诀。

柳宗元在京城官场的人缘似乎不是很好，性格也有些孤僻，但他却是一个值得深交的仁人君子，后人对他的人品充满了敬仰。此次再度南下湘水，他即便不想做屈原也不可能了。到达柳州后，他登上高高的城楼，面对满目南荒，遥念四位被贬的同仁——韩泰、韩晔、陈谏和刘禹锡：

城上高楼接大荒，海天愁思正茫茫。
惊风乱飐芙蓉水，密雨斜侵薜荔墙。
岭树重遮千里目，江流曲似九回肠。
共来百越文身地，犹自音书滞一乡。

——《登柳州城楼寄漳汀封连四州》

起句境界阔大，愁思如茫茫云海，弥漫而至。颔联是赋景，也是比兴，采用屈原的香草美人手法，芙蓉、薜荔象征高雅贞洁，惊风、密雨象征奸佞小人，一如屈原的遭际。接着，诗人的目光转向远处，极目岭树重遮，江流曲回，望友人而不见。虽然同是来到这百越文身之地，却彼此音书隔绝，天各一方。

柳宗元的情绪是沉重而愤懑的，他看不到任何前途，岁月奄忽，北归无望。此前，他的老母、妻子和女儿相继弃世，而跟随他来到柳州的从弟宗直不久也病亡，另一从弟宗一又准备前往江陵安家，分别在即，他不禁黯然神伤：

零落残魂倍黯然，双垂别泪越江边。
一身去国六千里，万死投荒十二年。
桂岭瘴来云似墨，洞庭春尽水如天。
欲知此后相思梦，长在荆门郢树烟。

——《别舍弟宗一》

桂岭与洞庭隔着重重山水，此后亲人相见恐怕只能在梦中了。“一身去国六千里，万死投荒十二年”，这就是柳宗元一生的命运。

与永州相比，柳州更加落后荒凉，居民多为少数民族，还保留着许多刀耕火种的旧习。尽管柳宗元在任上做了不少移风易俗之事，如禁止巫医害人，兴办学堂，动员百姓开荒打井、植树造林，并想方设法使那些欠债者赎回被典为奴婢的子女，但那都是出于一个正直官员的责任伦理，他的心情始终是郁郁寡欢的。

在柳州期间，柳宗元只写了一篇《柳州山水近治可游者记》，这篇散文远不如他的永州八记有名。恶劣的环境使他的身体和心情变得越来越糟，因此，当收到一位熟悉的朝官的寄赠时，他立即回诗一首：

破额山前碧玉流，骚人遥驻木兰舟。
春风无限潇湘意，欲采蘋花不自由。

——《酬曹侍御过象县见寄》

这位曹侍御大概是从京城出差经过象县，想起了柳宗元这个老朋友。象县虽然离柳州不远，但柳宗元未能前往相会。清人黄生《唐诗摘抄》称："言己为职事所系，不得自由，特托采蘋寓兴，言欲涉潇湘采蘋，而不得往，此意空与湘水俱深也。《离骚》以香草比君子，此盖祖之。"历来诸多注解中，这个解释恐怕最为得当。不过，柳宗元的感慨并非仅仅由于职事所系。采蘋是表达相思的成语，出自古诗"涉江采芙蓉"，但直说"不自由"却大有深意。

写这首诗时，柳宗元的内心一定是波澜起伏的，并由象县这个地名联想到曾伯祖柳奭的遭遇。唐人重门第，韩愈在为柳宗元写的墓志铭中就特别提到他的这位曾祖辈。柳奭在高宗朝任过宰相，因卷入宫廷斗争被贬黜到象州任刺史，后又遭人诬陷谋逆，敕令就地处死。

显然，正是由于与曾伯祖命运相似的联想，才使得柳宗元产生了身不由己的悲愤。遭到贬黜的柳宗元，其行动是受到限制的。前辈诗人张九龄、王昌龄、王维，同时代诗人韩愈、白居易、刘禹锡等都曾写过贬黜的诗，而将贬黜与行动上的不自由联系在一起，柳宗元是第一人。作为一个被流放的诗人，他写出了流放的诗歌。

中国文化的“自由”概念自来有两义：一是内在的精神自由，二是外在的行为自由。前者如庄禅忘我的超然，后者如郑玄的“去止不敢自由”。[1]柳宗元此诗即用此意。严复曾引柳宗元此诗阐明自由的意涵，认为此处的“自由”是“自主而无罣碍”，类同西方的liberty。[2]中文“自由”一词最早即指自主，如《古诗为焦仲卿妻作》：“吾意久怀忿，汝岂得自由。”唐刘商《胡笳十八拍》：“寸步东西岂自由，偷生乞死非情愿。”[3]但古代士人追求的“自由”往往是内心的超然，如宋项安世《别周季隐东湖隐居》：“人生如此复何求，把酒吟诗得自由。”柳宗元的诗则表现了中国文化中这两种自由的矛盾：谈论佛理关涉内在自由，指向自我欲求的放弃；抒发悲愤关涉外在自由，指向自我欲求的实现，二者是相反的意义范畴，同时又有联系。对柳宗元来说，因为政治上的欲求不能实现，于是就想放弃，但放弃又做不到，结果便产生更大的痛苦。

---

1 《礼记》卷三五“请见不请退”下郑玄注。

2 严复《群己权界论》译凡例。

3 中唐民间也出现“自由”一词，指言说不受干涉，如唐德宗贞元二年至宣宗大中二年间(786—848)敦煌遗书《请处分写孝经判官安和子状》(斯·5818)：“我有口言说自由，干你别人何事？”至于精神自由，古代文人则更多用“逍遥”一词。

换言之，柳宗元是一个有着强烈自我意识的人，这使他无法完全通过放弃自我欲求而获得超然的自由。一般而言，西方文化强调外在自由（自主），诗歌表现的是孤独；东方文化强调内在自由（自然或自在），诗歌表现的是寂寞。陶渊明、王维、白居易的诗都是寂寞，庄子、曹雪芹更是大寂寞，而屈原、柳宗元的诗却是孤独。后人论柳诗，或说似陶渊明，或说似屈原，实则似陶是表象，似屈才是实质。

在含蓄蕴藉的中国诗学主流之外，还有一条湍急的水流，那就是屈原、司马迁的“发愤”诗学，柳宗元便属于这个传统。中国士人不是没有自由意识，但这种意识并没有见于反抗的姿态——就像十九世纪流放西伯利亚的俄罗斯知识人那样，而是见于流放边陲蛮荒之地的痛苦与绝望。在皇权至高无上的时代，中国文化终究没能从自我欲求的实现中发展出自由意志的观念，没能从天人之际的思考中产生出自然权利[1]的思想，进而找到一种更符合人性的社会制度。因而士人对于自由的意识，就只能是在山水中宣泄自己的孤愤。

---

1 自然权利属于人的外在自由，源自古希腊的自然法理论，认为每个人都拥有某些基本的权利即自然权利。十八世纪西方在神/人关系的思考中发展出自然神论，进一步论证了自然权利。在英国哲学家洛克的《政府论》中，自然权利指人的生命权、自由权和财产权；在美国《独立宣言》中，自然权利指人的生命权、自由权和追求幸福的权利。

刘禹锡

（772—842）

芳林新叶催陈叶

刘禹锡对天人关系的看法与司马迁接近，意义追求和价值期许都在人道之内，个体生命的圆满是通过群体生命的存在和延续实现的。这就是他屡遭政治打击却从不沮丧，反而更加积极对待人生的原因。

人世几回伤往事
山形依旧枕寒流

一

唐顺宗永贞元年（805）八月，唐王朝宫中发生了一件大事，即位仅八个月的顺宗皇帝李诵被迫禅位于太子李纯，短暂的永贞革新遭遇失败，涉事官员皆贬往南荒之地，其中柳宗元任永州司马，刘禹锡任朗州司马。

京城历来是“衣冠所聚”“身名所出”的政治文化中心，[1]京官升迁较外郡为易，加之唐王朝前期实行关中本位政策，形成官场重京官、轻外任的风气。安史乱后，这种情形虽有所改变，但对于朝廷来说，官员外放州郡仍是一项重要的贬谪措施。柳宗元最终病卒于柳州任上，刘禹锡则长期在州郡任外官，他们的政治抱负再也没能实现。

1 张九龄《上封事书》。

自古以来，士大夫的历史就是一部被流放的历史，逐臣往往会自比屈原，这成为一个悠久的文学传统。然而，同样的仕途境遇，柳宗元“长于哀怨，得骚之余意”，[1]刘禹锡却罕作悲语，被时人称为“诗豪”。中国诗歌的特征在于抒发个人情志，诗风往往取决于诗人的个性，因而特别契合“风格即人”的诗学观。刘、柳二人同年登第，友情甚笃，都是年少而才大，位卑而志高，思想都极其深刻，遭际也十分相似，但二人的诗歌风格完全相异。

刘禹锡最初的贬谪地是朗州。那里本属五溪蛮之地，偏远荒凉，土风僻陋，仍保留着原始的民间祭神舞曲。刘禹锡在此间所作《秋词》写道：

自古逢秋悲寂寥，我言秋日胜春朝。
晴空一鹤排云上，便引诗情到碧霄。

在如此荒僻之地，引起诗人注意的却是空中飞翔的白鹤，看不到一点儿秋天的衰飒。说起秋天与“诗情”的关系，当然是宋玉开的头，“悲哉，秋之为气也！萧瑟兮草木摇落而变衰”。自宋玉以后，悲秋即成为士人吟咏秋天的基调。刘禹锡却不然，尽管遭遇流放，身处僻乡，此诗的基调反而显得昂扬乐观。

这完全是出于个人才性。刘禹锡的性格是豪爽的，心理是逆反

1 沈德潜《唐诗别裁》。

的。我们来看他的这些诗句：

请君莫奏前朝曲，听唱新翻杨柳枝。（《杨柳枝词》其一）

莫道谗言如浪深，莫言迁客似沙沉。（《杂曲歌辞·浪淘沙》）

莫言堆案无余地，认得诗人在此间。（《秋日题窦员外崇德里新居》）

莫怪老郎呈滥吹，宦途虽别旧情亲。（《途次华州陪钱大夫登城北楼春望》）

游人莫笑白头醉，老醉花间有几人。（《杏园花下酬乐天见赠》）

就知道他是一定要显得多么与众不同了，偏偏都要从反面说开去。

宪宗元和十年（815），刘、柳等人奉召还京，但很快又被贬往远州。据史料记载，刘禹锡再度遭贬，原因之一是他写了一首在长安玄都观看桃花的诗，语带讥刺：

紫陌红尘拂面来，无人不道看花回。
玄都观里桃千树，尽是刘郎去后栽。

——《元和十年自朗州承召至京戏赠看花诸君子》

经历了十年放逐都未能消磨他的性格，依然得意扬扬地赋诗示威，一副不服气的样子，这实在是为官的一大忌讳。尽管宪宗皇帝号称中兴之主，在其统治期间曾一度解决了藩镇割据的问题，但宪宗登基毕竟是依靠反对永贞革新的宦官阁臣，刘禹锡的矛头看似指向当朝权贵，触犯的却是宪宗本人。刘禹锡先是被贬往西南边陲的播州，幸有裴度、柳宗元等人帮助，改为连州刺史，过了几年荒居的日子。

行尽潇湘万里余，少逢知己忆吾庐。
数间茅屋闲临水，一盏秋灯夜读书。

——《送曹璩归越中旧隐诗》

此后，刘禹锡又先后任夔州刺史、和州刺史，直到敬宗宝历二年（826）秋，从和州奉调回洛阳，任职于东都尚书省，才结束了长达二十三年的外放生涯。

巧的是，宝历二年秋，白居易也从苏州刺史任上返回洛阳。二人在扬州相遇，结伴同游数日。白居易在一次筵席上作诗相赠，感慨刘禹锡仕途多舛："亦知合被才名折，二十三年折太多。"怀才不遇是中国文人最常见的牢骚，何况这仕途还总为才名所误。有才气的人大都有政治抱负，不愿做一个规规矩矩的小官僚，所以更容易遭受挫折，这几乎是帝制时代对于仕途坎坷最为合理的解释了。刘禹锡读了白居易的诗后，写下《酬乐天扬州初逢席上见赠》作答：

巴山楚水凄凉地，二十三年弃置身。
怀旧空吟闻笛赋，到乡翻似烂柯人。

沉舟侧畔千帆过，病树前头万木春。

今日听君歌一曲，暂凭杯酒长精神。

对刘禹锡来说，命运即将改变，回想多年放逐外郡，如今人事全非，不禁感慨万分。颔联用了两个典故：魏时向秀经过嵇康旧居，听到邻人吹笛，于是作《思旧赋》，怀念故友；晋人王质入山砍柴，遇见两童弈棋，待到棋局终了，手中斧头已经朽烂，回到家乡，同代人都已亡故多年。上句喻故友长逝，下句喻岁月奄忽。

此时此刻，刘禹锡或许还会忆起故友柳宗元。宪宗元和十四年（819）冬，刘禹锡的母亲在连州病逝，他扶柩北归，在衡阳得到了柳宗元病逝柳州的消息，四年前他俩二度被贬，就是从京城结伴至衡阳分手的。此后，刘禹锡用尽毕生心血完成挚友的临终嘱托，不但将柳宗元的文集整理付梓，还把柳宗元的儿子养大成人。

这首诗的颈联已成千古名句，沉舟、病树比喻自己老病沉沦，千帆、万木比喻新生代不断成长。自然规律乃是永恒的延续，虽然自伤，却不悲观。刘禹锡的情绪没有局限于自身的遭遇，而是转向周围年轻人的喧闹，他欣喜于自己能在这里饮酒，能与新生代一起活在这个尘世上，庆祝生命的短暂而悠长。

近人俞陛云称："造物非厚于千帆万木，而薄于沉舟病树，盖行所不得不行，止所不得不止，造物亦无如之何，深合蒙庄齐物之理矣。”[1]这种相对论的阐释未必是刘禹锡的本意。事实上，正是认识到造物的新陈代谢、生生不已，才使得刘禹锡有了一种旷达的人生观，始终对不可知的未来怀抱希望。

二

中国历史上，士大夫的命运与皇权统治是难以分割的，这使得今人很难将他们的诗与政治截然分开，或者说，政治构成了士大夫文学的重要特征。刘禹锡虽然也能写出“水底远山云似雪，桥边平岸草如烟”（《和牛相公游南庄醉后寓言戏赠乐天兼见示》）那样观察入微的山水，以及“遥望洞庭山水翠，白银盘里一青螺”（《望洞庭》）那样比喻奇特的景致，甚至是“东边日出西边雨，道是无晴却有晴”（《竹枝词》）那样新颖鲜活的民歌，但他最重要的诗还是那些怀古诗。

怀古诗往往都与政治变迁相关，这是中国诗歌的一种特殊类型。中国的历史太悠久，也太丰富，有足够多的历史故事供士人抒发自己的情绪，寄托自己的际遇，而刘禹锡的感慨又比其他诗人更多了一层人生哲理和政治情怀。他之所以喜欢写怀古诗，就是要从历史的变迁中寻找对当下的解释。

不待说，刘禹锡和韩愈、柳宗元一样，都是思想型诗人，他们

1 俞陛云《诗境浅说》，上海书店，1984年。

都在儒学复兴的元和时期再次思考天人之际的古老哲学问题。韩愈主张天人感应，认为天是有意志的，掌握着人世间的惩恶赏善。柳宗元、刘禹锡都反对韩愈的观点。柳宗元的《天说》主张天人相分，认为天是没有意志的物质实体，天道与人事互不相关。刘禹锡的《天论》更是主张天人相胜的观点，认为天之道在生殖，其规则在强弱；人之道在法治，其规则在是非。

在《史记·伯夷列传》中，司马迁论及自己对天人关系的看法，他引用老子的话"天道无亲，常与善人"，认为伯夷、叔齐虽是善人，却饿死首阳山，孔子的弟子颜回同样命途多舛，贫穷早夭，而盗跖滥杀无辜，暴戾恣睢，却能活到长寿。纵观历史，那些毫无德行的人，往往能终身享乐，子孙富贵，而那些公正善良的人，反而屡遭命运打击，殃及子孙。这样的事实在是太多了，司马迁不禁怀疑，天道究竟存不存在："余甚惑焉，傥所谓天道，是邪非邪？"

自有人类以来，相信上天可以惩恶奖善就是安顿人间道德秩序的核心观念，但人们在现实中看到的往往是德行并不许诺现世幸福。这一约伯式的质疑曾经是各个轴心文明的重要命题。基督教对这个问题的解答是恩典，佛教的解答是来世，而司马迁的解答是历史。面对命运的不公，司马迁引孔子"君子疾没世而名不称焉"的话作为伯夷、叔齐的价值理想，也表露出他自己撰写《史记》的真正用意。

在儒家眼中，现实功业与终极关怀是密切相关的。人道就是天道，名声就是福报。后世的声誉为中国士人的生命提供了终极意义。只要一个人在世间活出卓越的生命，像伯夷、叔齐那样德昭后世，就是获得了不朽。

刘禹锡对天人关系的看法与司马迁接近，意义追求和价值期许都在人道之内，个体生命的圆满是通过群体生命的存在和延续实现的。他相信人是自己命运的主宰，人的德行可以制服不可测的命运。这就是他屡遭政治打击却从不沮丧，反而更加积极对待人生的原因。一个人的宇宙观是很重要的，它不仅决定了一个人的人生观，也决定了一个人对于外部世界的认识。对刘禹锡来说，自然的天道不足恃，人事的作用才最重要。因此，每当他游览名胜古迹之时，看到的常常是朝代的存亡兴废。

> 汉寿城边野草春，荒祠古墓对荆榛。
> 田中牧竖烧刍狗，陌上行人看石麟。
> 华表半空经霹雳，碑文才见满埃尘。
> 不知何日东瀛变，此地还成要路津。
>
> ——《汉寿城春望》

这首诗作于刘禹锡在朗州期间。汉寿城始建于东汉，取汉王朝万寿无疆之意。到了唐代，这座古城早已衰落废弃，荒祠古墓前长满荆榛，田里的牧童焚烧着草扎的祭品，路上的行人观看着墓前的石麟。经历岁月的风霜，华表早已半圮，碑文也漫漶难辨，昭示着这世上没有一个王朝能万世一系。诗人最后笔锋一转，想象人事代谢的法则，古城未来还会恢复繁华景象。诗中毫无被放逐的悲戚与吊古的感伤，诗人坚信时间的评判，人世的一切都随时间的变迁而流转，没有永久的繁盛，也没有永久的衰落。

刘禹锡从来都不相信天命，他只相信人事的是非法则对于朝代兴废的重要性。当他在夔州任上登临白帝城时，蜀汉往事在他心中激起层层波澜：

天下英雄气，千秋尚凛然。
势分三足鼎，业复五铢钱。
得相能开国，生儿不象贤。
凄凉蜀故妓，来舞魏宫前。

——《蜀先主庙》

这首五言律诗之所以成为名作，在于全篇都是精辟的史论，却不给人以任何抽象说教之感。在此之前，杜甫也曾登临白帝城，留下“三分割据纡筹策，万古云霄一羽毛”的千古名句。相比之下，杜甫更像一个纯粹的诗人，他感叹的是“运移汉祚终难复”。当一个朝代的灭亡是由于无法避免的气数，往往就会产生一种令人低回不已的悲剧诗意。刘禹锡则是一个实际的政治家，在他看来，刘备固然能在诸葛亮的辅助下三分天下，但继承皇位的后主不像其父那样贤明，是一个亲小人、远贤臣的昏君，最终导致了亡国。在追寻朝代兴亡的原因上，刘禹锡肯定的是人事，而不是天命。

很难说刘禹锡这首诗是否有针砭时政的意思，毕竟宪宗皇帝算不上是一个昏君，在其统治期间，甚至还一度收复了河北三镇，让四分五裂的唐王朝总算喘了口气。但是，到了穆宗长庆元年（821），河北三镇又恢复了割据局面。长庆四年（824），刘禹锡由夔州调任和州刺史，沿江东下，经过古战场西塞山，想到当下的时局，不禁触景生情，写下《西塞山怀古》。似乎是说完了蜀国的灭亡，还要说到吴国的灭亡。

王濬楼船下益州，金陵王气黯然收。
千寻铁锁沉江底，一片降幡出石头。
人世几回伤往事，山形依旧枕寒流。
今逢四海为家日，故垒萧萧芦荻秋。

当年魏国灭了蜀国，不久魏国又被晋取代，晋武帝命王濬率领浩浩荡荡的水军，顺江而下，征伐东吴。尽管东吴凭借长江天险，用铁链横锁江面，依然挡不住西晋的高大战船。朝代的覆灭，地利是没用的，“王气”也是没用的。如果了解当时藩镇割据的背景，就能读出诗中隐晦的讽刺。此时的王朝仍属四海一家，但即使是一统天下的西晋以及后来偏安的东晋南朝，而今又安在哉？各个王朝的“故垒”不全都湮没在荒草野蔓之中，让一代代的后来者登临送目，怀思古之幽情吗？

潮满冶城渚，日斜征虏亭。
蔡洲新草绿，幕府旧烟青。
兴废由人事，山川空地形。
后庭花一曲，幽怨不堪听。

——《金陵怀古》

作为六朝古都的金陵，曾目睹几个朝代的更替，留下无数古迹。这里有东吴的冶铸地、东晋谢安驻足的征虏亭、王导屯兵的幕府山，但山川险要并不能阻挡六朝各个朝代的相继覆灭。“兴废由人事，山川空地形”，历史是人的活动，也是这些活动的结果。

台城六代竞豪华，结绮临春事最奢。
万户千门成野草，只缘一曲后庭花。

——《台城》

当南朝最后一个皇帝陈后主谱写出《玉树后庭花》，并陶醉在宫中的曼妙舞曲中时，王朝的结局就已经注定了。这样的胸襟与见识，使刘禹锡的怀古诗不同于以往。面对山川古迹，李白慨叹：“只今惟有西江月，曾照吴王宫里人。”孟浩然慨叹：“人事有代谢，往来成古今。”都是着眼于时光不居的感受，是对生命短暂的低回哀伤。而刘禹锡将历代兴废与当下联系在一起，产生了一种上下千年的历史感。

三

在后世读者心里，唐代诗人的生命感受显然比他们的历史感受更能引起共鸣。不过，在杜甫那里，生命意识就已经开始转向历史意识。如果说盛唐诗歌是时间性的，代表诗人是李白和杜甫；大历诗歌是空间性的，代表诗人是继承王维的韦应物和刘长卿；那么，元和以降，诗歌又回到了时间性的特征，代表诗人正是刘禹锡。

在刘禹锡的意识深处，个体生命不过是一个自然过程，纠结于生命的短暂是无用的，也是肤浅的，他关心的是现实的政治危机——如果唐王朝不修人事，会不会也无法避免朝代兴废的命运？

山围故国周遭在，潮打空城寂寞回。
淮水东边旧时月，夜深还过女墙来。

——《石头城》

朱雀桥边野草花，乌衣巷口夕阳斜。
旧时王谢堂前燕，飞入寻常百姓家。

——《乌衣巷》

这是对历史的凭吊。八百年后的孔尚任显然熟悉这两首诗，他在《桃花扇》中借一个老艺人之口唱道：“俺曾见，金陵玉殿莺声晓，秦淮水榭花开早，谁知道容易冰消！眼看他起朱楼，眼看他宴宾客，眼看他楼塌了。”再一次道出富贵荣华转瞬即逝的真谛。实际上，刘禹锡对此并不显得过于悲伤，因为他知道盛极必衰的道理，他只是有一些挽留不住时间逝去的惆怅。任何朝代，有开始，就有结束，在这块广袤悠久的土地上，多少王朝“其兴也勃焉，其亡也忽焉”。短的是富贵荣华，长的是寻常生活。

历史这个概念在中国文化中最为重要，它是儒家士大夫的终极信仰，是生命意义的形上根源。这个发现不属于刘禹锡，却被他淋漓尽致地发挥了一通。一个人来到世上，免不了会遭到命运的打击，能做的只是尽其所能，完成人间的事功。这种先秦“三不朽”的观念在宋代士人那里得到进一步的发展，欲将个体生命融入繁衍不绝的群体生命中。钱穆曾说，宋代理学的精神就是寻证一个“大我”。[1]直到胡适的《不朽》一文，仍是建立在这一观念上。

刘禹锡在敬宗宝历二年（826）结束和州刺史的职务后，动身前往东都洛阳，沿途游历了金陵、扬州，当路经楚州（今淮安）时，他照样没放过寻访古迹的机会，又去游览了韩信庙。这一次，他的感慨再度突破了怀古诗的惯有主旨。

将略兵机命世雄，苍黄钟室叹良弓。
遂令后代登坛者，每一寻思怕立功。

——《韩信庙》

1 钱穆《国学概论》，商务印书馆，1997年。

尽管历代士人都知道“飞鸟尽，良弓藏”的历史铁律，却仍然不断重复着韩信的悲剧。如果不是这样，历朝历代的皇帝或许就真的找不到想要当官的人了。建立人间事功是中国士人的最高理想，这让他们难以摆脱仕途的桎梏。无论宠辱进退，他们都对这个历史铁律保持集体沉默，并始终存有一种侥幸。这大概要算是中国历史上最大的官场秘密了。这个秘密被刘禹锡最先大胆地说了出来。但或许也不是因为他大胆，而是唐王朝的宽容，尚能容忍这样的牢骚，让他继续做官。

不过，我们也不要太相信诗人的这些话。每当经历一次挫折，人们都会说自己对人生又有了新的认识，但实际上很快又会遗忘，重新投入到人生的再次拼搏中。在洛阳，刘禹锡游览了古城墙：

> 粉落椒飞知几春，风吹雨洒旋成尘。
> 莫言一片危基在，犹过无穷来往人。
>
> ——《故洛城古墙》

面对倾圮的石基，甚至连怀古的情绪都没有了。诗人看到，无穷无尽的时代，走过了无穷无尽的游人。但是，就像沉舟侧畔的“千帆”与病树前头的“万木”，只有这些欣欣向荣的景物和无穷无尽的生命才是他诗歌的重点所在。

刘禹锡第一次返京时，曾写了一首在玄都观看桃花的诗，那首诗当时给他惹了祸。文宗大和二年（828），刘禹锡由洛阳返京任主客郎中的职务，但他似乎旧习难改，再一次跑到玄都观，结果看到满园桃枝已然无存，触目唯有兔葵燕麦，于是忍不住写下《重游玄都观》：

百亩庭中半是苔，桃花净尽菜花开。
种桃道士归何处，前度刘郎今又来。

仍然是着眼于长时段的变与不变，仍然是一副毫不屈服的姿态。他当然知道“人生不合出京城”（《曹刚》）的唐代官场之路，但那又如何？在贬谪外官的二十三年间，刘禹锡经历了顺宗、宪宗、穆宗、敬宗四个皇帝。对他来说，二十多年的时间并不算长，只要乐观等待，总会有时来运转的一天，何况当年打击他的那些权贵有的已不知所终，而他依然活得好好的。时间终于解决了一切。

是的，无穷的时间才是刘禹锡诗中的主角，这构成了他那些杰出的怀古诗的总体特征。他总是能从时间的流逝中看到事物新生的一面，而不是消亡的一面，从而始终保持着高昂的情绪。

左迁凡二纪，重见帝城春。
老大归朝客，平安出岭人。
每行经旧处，却想似前身。
不改南山色，其余事事新。

——《初至长安》

刘禹锡不是没有感伤，但如果一个人不相信天命，便不会对往昔过多地流连。过去不会再来，未来正等在前面。对于逝去的人事，他宁愿“莫言”，宁愿坦然看待“事事新”的尘世变化。当他听到当年德宗朝宫中乐人的歌曲时，不由得想到贞元朝士大多花果飘零，那种年轻气盛充满希望的日子已经一去不返。

曾随织女渡天河，记得云间第一歌。

休唱贞元供奉曲，当时朝士已无多。

——《听旧宫中乐人穆氏唱歌》

人事有代谢，这是人所共知的自然规律，只是大多数人都喜欢回避这一点，或者觉得停留在个人身世的伤今怀古才更有诗意。而刘禹锡不是这样——往事不必再提，过去的就让它过去。所以读刘禹锡的诗，总让人有精神为之一振的感觉。

此后，刘禹锡又历官苏州、汝州、同州刺史，最后以太子宾客分司东都。晚年，他闲居洛阳，与白居易、裴度、令狐楚等交游酬唱，杯酒联句，心情更加趋于平和。

刘禹锡活到了七十一岁，文集中也越来越多地出现了追悼故人之诗。这是长寿者落寞无偶的悲哀，却不是他自己生命的悲哀。在给白居易的一首赠答诗《乐天见示伤微之、敦诗、晦叔三君子，皆有深分，因成是诗以寄》中，他写道：

吟君叹逝双绝句，使我伤怀奏短歌。
世上空惊故人少，集中惟觉祭文多。
芳林新叶催陈叶，流水前波让后波。
万古到今同此恨，闻琴泪尽欲如何。

这依旧是我们熟悉的那个刘禹锡，虽然伤感，但也健朗。面对生死，他仍然选择从永恒的时间流转去看待。万物生生不息，不会彻底消亡，放眼望去，永远是新叶绽绿、后浪涌现的世界，因此完全不必为旧叶与前浪悲伤不已。这是一种哲学认知上的冷静。中国历史上，除了陶渊明和苏轼，恐怕也只有刘禹锡能用如此通达的态度去面对人生的终极关怀了。

当一个人对生命的认识达到这样的程度，他是不会为自身的荣辱得失甚至生老病死而郁郁寡欢的。对刘禹锡来说，他的个体生命既已融入迁延不绝的群体生命之中，那就不妨时时作豪迈的放歌。

李贺

（790—816）

恨血千年土中碧

李贺这位短命的天才诗人，就像流星一样划过璀璨的唐诗星空，让读者目眩神迷，又使我们超越了日常生活的平凡感觉，意识到生命的终极脆弱与无助。这样的诗人不可太多，也不可缺少。

遥望齐州九点烟
一泓海水杯中泻

一

在唐代诗人中，李贺的命最薄，诗的际遇也最坎坷。宪宗元和十一年（816），27岁的李贺病逝，据传闻，其友人李藩将他的诗稿交于李贺表兄，结果却被其扔于溷中。[1]另一种记载显然更真实：李贺临终前将部分手稿托付给友人沈述师，后来沈述师为生计奔走四方，以为手稿已经丢失，有一天，他在其兄沈传师的宣州官邸整理箧帙时，发现李贺的诗稿还在，于是半夜去找友人杜牧，请求他为李贺诗集作序，此时距李贺去世已经十五年了。

这段记载出自杜牧为李贺诗集所作序文。当时杜牧正在沈传师幕府当幕僚，他最初的反应是吃惊，先是极力拒绝，后来还是勉强写了这篇序，并使用了一长串景物来形容李贺诗歌给他的印象，诸

1 张固《幽闲鼓吹》。

如云烟绵联、水之迢迢、春之盎盎、秋之明洁、风樯阵马、瓦棺篆鼎、时花美女、荒国陊殿、鲸呿鳌掷等等，因为这是一种杜牧从未见过的“虚荒诞幻”的诗：

> 盖骚之苗裔，理虽不及，辞或过之。骚有感怨刺怼，言及君臣理乱，时有以激发人意。乃贺所为，无得有是！……世皆曰：“使贺且未死，少加以理，奴仆命骚可也。”[1]

这里的“理”指诗的意识内容，也指诗的内在逻辑。显然，杜牧对李贺的评价并不是很高，所谓“理虽不及，辞或过之”，意思是说他的诗既无兴发寄托，亦无情思脉络，只是语言的奇特诡异。在杜牧看来，尽管李贺很有才华，曾得到韩愈的赞赏，而且他的乐府歌行继承了屈原诗歌的神话和幻想元素，诡丽多姿，令人目眩，但屈原的诗具有强烈的政治关怀，能激发人们的政治情感，而李贺的诗中看不到这些。他的写法还打破了诗歌的常规，缺乏思维和语言逻辑上的一致性。

或许是由于杜牧的名声太大，李贺诗集一经传播就在诗坛产生了影响，许多诗人开始模仿他。此后，另一位晚唐大诗人李商隐读到杜牧的序后，对李贺也产生了极大兴趣，试图了解其短短一生的创作过程，甚至访问李贺还健在的姐姐，为这位早逝的天才诗人写

1 杜牧《李长吉歌诗叙》。

了一篇传记。根据李商隐的描写，李贺的长相是“细瘦，通眉，长指爪”。这个精心选择的细节暗示了李贺的一生。按照通常民间相术的说法，通眉之人往往心胸不甚宽广，命运都较坎坷。

李贺出身于唐代宗室的远支，但家族早已败落。他自幼家境贫寒，体弱多病，而又聪明过人，本来他可以通过科举进入仕途，重振家声，但唐代社会非常注重家讳，李贺父名晋肃，由于“晋”与“进”犯了嫌名，有人就认为他不应该参加进士科考试，韩愈为此还特地写了一篇《讳辩》，为李贺辩护。但李贺最终还是没有考进士，这成为他一生的隐痛。

李商隐在传记中述及李贺的创作状况，他发现这位生前不受重视的诗人，其实并不太在乎诗坛的名声，而是完全沉浸在个人的创作中：

> 所与游者，王参元、杨敬之、权璩、崔植辈为密，每旦日出与诸公游，未尝得题然后为诗，如他人思量牵合以及程限为意。恒从小奚奴，骑距驴，背一古破锦囊，遇有所得，即书投囊中。及暮归。太夫人使婢受囊出之，见所书多，辄曰：“是儿要当呕出心乃已尔。”上灯与食。长吉从婢取书，研墨叠纸足成之，投他囊中。非大醉及吊丧日率如此，过亦不复省。王、杨辈时复来探取写去。长吉往往独骑往还京、洛，所至或时有著，随弃之，故沈子明家所余四卷而已。

这段记载其实有点含糊，述及李贺的交游是他在长安入仕期间，而述及他作诗的情形则是在故里昌谷。昌谷在今河南宜阳三乡东，昌谷水在此流入洛河，唐时是洛阳至长安的重要驿站。平日里，李贺时常独自骑驴出行。驴子似乎是古代诗人特别喜欢的坐骑，可以慢悠悠地在驿道上行走，李白、杜甫、贾岛、郑綮都有骑驴赋诗的故事。[1]所不同的是，李贺骑驴出行时，常背着一个破旧的锦囊，后面跟着一个书童，偶然得到一句好诗，就投到囊中，晚间归家再缀联定稿，然后就不再感兴趣了。李贺把写诗看作生命，却又不在意作品的传世，常常随手扔掉，或者任由友人拿去。

在重视诗歌的汉语文化传统中，李贺是一位古今罕见的诗人。中国诗歌自来有两大主要源流：一是《诗经》的“诗言志”，一是楚辞的“发愤以抒情”。在李贺生活的贞元、元和年间，白居易提倡的是前者，韩愈提倡的是后者。但在杜牧和李商隐眼里，李贺却不在这两个传统之内，超出了通常人们对诗歌创作的理解。惊讶之余，杜牧对其诗歌只好采用含糊的形象比喻，而李商隐更是诉诸唐代流行的对诗歌天才的神奇传说，很认真地转述李贺姐姐的话，称李贺临终前见到天帝派人来，召他去为天庭琼楼写记，接着，屋里升起了氤氲烟气，空中传来了车乐之声。

杜牧与李商隐毕竟是精通诗歌的大诗人，他们都在李贺的创作态度和诗歌世界里察觉到一种新的美学范式。在韩愈、白居易的时

---

1 钱锺书《宋诗选注》，陆游《剑门道中遇微雨》注二，人民文学出版社，1994年。

代，诗要求有现实的情感和明晰的理路，因此李贺的诗不会受到重视。而到了杜牧、李商隐的时代，诗歌美学标准开始出现了一些新的变化。李贺不是屈原式的忧愤诗人，不是韩愈式的险怪诗人，也不是孟郊、贾岛式的苦吟诗人，他的诗远离实际人生，只追求奇异幻觉，其中的现实隐喻往往难以索解。

用今天的文学概念来看，这是一种唯美主义的诗歌观。此前的大历诗歌给人带来形式上的美感，更加圆熟光滑，但同时也造成某种审美疲劳，于是就有了俄国批评家什克洛夫斯基所说的“陌生化”需求，诗人和读者都希望诗歌能有违背常理的惊奇的发现。同时，自盛唐起，开始产生了“诗格”一类的诗歌理论，诗人们更加讲究独特的风格，这与唐代诗人越来越具有自我意识是分不开的。正是在这样的文化背景下，年轻的李贺像明星一样出现在诗坛上。

二

李贺的诗想象奇特，辞句华美生新，常出乎读者意料，给人强烈的感官刺激。元和三年（808），李贺到洛阳参加河南府试，曾带着诗稿拜谒当时的文坛盟主韩愈，韩愈读了他的《雁门太守行》后大为赞赏。[1]

1 张固《幽闲鼓吹》。

黑云压城城欲摧，甲光向日金鳞开。

角声满天秋色里，塞上燕脂凝夜紫。

半卷红旗临易水，霜重鼓寒声不起。

报君黄金台上意，提携玉龙为君死。

浓黑的云层像一块巨大的固体压在城头，城楼摇摇欲坠，画面充满魔力，令人心悸，就像文艺复兴时期西班牙画家格列柯的《托莱多风景》，有一种沉重压抑的气氛。偶尔从云隙中透出一缕日光，映照在士兵的铠甲上。激烈的战斗从白昼持续到夜晚，塞上遍地都是凝结的血迹。红旗半卷，鼓声消歇，意味着战斗失利。最后时刻，将士们决心拼死一搏。诗末的“死”字是全篇的结穴，血腥的战争升华为一种壮美。

现代学者总是试图寻找诗歌的具体背景，认为这首诗反映的是当时朝廷与藩镇之间的战争。[1]知人论世是中国诗论的传统，但对于李贺则未必适用，因为他很少关注现实，乐府的题目本身就能引起他的创作兴趣，激发他用华美的语词去重新构造一个奇特的世界。不待说，少年时的李贺是怀有满腔抱负的，当赴长安应试受阻后，他的雄心壮志遭到沉重打击，《致酒行》正是其时心绪的写照：

1 钱仲联《李长吉年谱会笺》，见《梦苕庵专著二种》，中国社会科学出版社，1984年。

零落栖迟一杯酒，主人奉觞客长寿。
主父西游困不归，家人折断门前柳。
吾闻马周昔作新丰客，天荒地老无人识。
空将笺上两行书，直犯龙颜请恩泽。
我有迷魂招不得，雄鸡一声天下白。
少年心事当拏云，谁念幽寒坐呜呃。

汉代的主父偃、唐初的马周都是靠献策获取功名，这种不同寻常的仕途成为无法参加科试的李贺的梦想。不知道李贺是否曾有过上书求仕的事迹，只知道他最后靠恩荫做了个从九品的奉礼郎。诗中想象雄鸡啼晓，驱散黑夜，呼唤魂兮归来，“少年心事当拏云”，确实写出了每个人年轻时不可阻挡的意气。

纵观唐代诗人，李贺与李白都善于写旧题乐府，他们的旧体诗都情思宏大，辞藻瑰丽，富于浪漫的想象。李白基本上都是摹写自然的物象，李贺却喜欢写超自然的事物。中晚唐士人为了求仕，奔走四方，喜欢在旅途的驿馆把酒夜谈，征奇话异，著有许多博物志怪之书，如薛用弱《集异记》、沈亚之《异梦录》、段成式《酉阳杂俎》、牛僧孺《玄怪录》、李复言《续玄怪录》等，尽管他们在正式的诗文中从来不写这些。

这是中晚唐的文人风尚，李贺少年时大概曾受此影响，他的诗也可以说是博物志怪之诗，远古的神话人物是他诗中的重要元素，如女娲、羲和、嫦娥、玉皇、湘君、王母、彭祖、巫咸、后羿等，都是他诗中经常出现的意象。如他在京城期间写的《李凭箜篌引》：

吴丝蜀桐张高秋，空山凝云颓不流。
江娥啼竹素女愁，李凭中国弹箜篌。
昆山玉碎凤凰叫，芙蓉泣露香兰笑。
十二门前融冷光，二十三丝动紫皇。
女娲炼石补天处，石破天惊逗秋雨。
梦入神山教神妪，老鱼跳波瘦蛟舞。
吴质不眠倚桂树，露脚斜飞湿寒兔。

一般来说，用文字摹写音乐大多采用物象比喻的方法，如白居易的“间关莺语花底滑，幽咽泉流冰下难”（《琵琶行》），韩愈的“浮云柳絮无根蒂，天地阔远随飞扬”（《听颖师弹琴》），都是摹写音乐的名句；而李贺用了更加抽象的意象，“女娲炼石补天处，石破天惊逗秋雨”“吴质不眠倚桂树，露脚斜飞湿寒兔”，这已经不是对音乐的描绘，而是对音乐的内心感受，给人一种天地开辟之初的联想。

诗中的“吴质”就是吴刚，据段成式《酉阳杂俎·天咫》记载，仙人吴刚犯了天条，被天帝谪令在月中伐树，当他每次举起斧头时，树的创口就立即愈合，于是吴刚只能永远砍树不止。一般而言，任何古老文明的神话都蕴含着人类的基本命运，因此，不同国家的神话母题都有很多相似之处。吴刚神话与希腊神话中的西西弗斯相似，加缪由此体验到存在的荒诞与希望，而李贺只是用来比喻音乐的魅力，对他来说，美妙的音乐往往是通神的。

在有关月宫的故事中，李贺很少写到嫦娥，唯一的一句“七星贯断姮娥死”（《章和二年中》），还是用来比喻寿考，用意同于汉乐府的“山无陵，江水为竭”。李贺的诗其实没有那么多的现实含义，说李贺效法屈原，是杜牧遵循儒家诗学的过度阐释。儒家诗学是现实功利主义的，而李贺却醉心于意象的奇特。可以说，李贺是唐代最没有现实意识的一个诗人，他甚至不像李商隐，能由孤寂的嫦娥体会到人世生活的美好，他只是沉浸在神话意象所指涉的美感中。

说到底，李贺缺乏对于正常人情的感觉，而充满对超自然存在的想象。他似乎有着异于众人的第二视觉，在别人看见现实景物的地方，他看见的却是幻觉和幽灵，别人认为不存在的东西，在他眼里却是真实的存在。他喜欢清冷的月宫蟾桂，在诗中寻绎古代神话中的超自然世界。他想象巫山的神话：

碧丛丛，高插天，大江翻澜神曳烟。
楚魂寻梦风飔然，晓风飞雨生苔钱。
瑶姬一去一千年，丁香筇竹啼老猿。
古祠近月蟾桂寒，椒花坠红湿云间。

——《巫山高》

想象天上的情形：

> 老兔寒蟾泣天色，云楼半开壁斜白。
> 玉轮轧露湿团光，鸾珮相逢桂香陌。
> 黄尘清水三山下，更变千年如走马。
> 遥望齐州九点烟，一泓海水杯中泻。
>
> ——《梦天》

这依然是神话中的宇宙意识，表达的是对无限空间的想象，面对天道的循环、宇宙的浩瀚，只有平静的憧憬与瞻望。李贺喜欢从九天之上的高度，从千年的时间尺度遥看尘世，“瑶姬一去一千年”“一泓海水杯中泻”，每一句都是颇有冲击力的想象。

李贺向往永恒，却不希冀长生，他似乎有一种生命的紧迫感，要赶快完成世上之事，这使得他的情思总是片段的，意象常是堆砌的。李商隐说他“未尝得题然后为诗，如他人思量牵合以及程限为意”，就是说他的诗从来都不是一气呵成，而是随时在构想，想到一个奇特的句子就先写下来，最后再拼合成一首完整的诗。

所以李贺的诗在整体上常常缺乏层次的递进和转折，在遣词造句上却又喜欢运用钱锺书所说的曲喻与通感，如“银浦流云学水声”（《天上谣》）、“羲和敲日玻璃声”（《秦王饮酒》）。前者由云的流动想到流水，再由流水想到水声；后者由日光想到玻璃光，再由玻璃声想到敲日发出声音。本体和喻体的关系是间接的，中途拐了一个弯，而曲喻的构成往往又是依靠视觉、听觉、嗅觉、触觉等各种感官的互通。[1]

实际上，这种修辞在唐诗中很常见，但像李贺那样想象奇特的却不多，他的感觉仿佛是通灵的。这种通灵之感还体现在李贺对颜色的敏感上，他喜欢用金、银、红、碧、青、黑等各种绚丽的颜色词，构成一个文字斑斓的色彩世界。

三

宪宗元和八年（813），李贺结束了三年的京官生涯，告病还乡，瘦弱的身躯在京、洛官道旁的槐荫下缓缓移动，唯有当年的金铜仙人与他相伴：

茂陵刘郎秋风客，夜闻马嘶晓无迹。
画栏桂树悬秋香，三十六宫土花碧。
魏官牵车指千里，东关酸风射眸子。
空将汉月出宫门，忆君清泪如铅水。
衰兰送客咸阳道，天若有情天亦老。

1 钱锺书《谈艺录》释“银浦”句：“云可比水，皆流动故，此外无似处；而一入长吉笔下，则云如水流，亦如水之流而有声矣。”释“羲和”句：“日比琉璃，皆光明故；而来长吉笔端，则日似玻璃光，亦必具玻璃声矣。”中华书局，1998年。

携盘独出月荒凉，渭城已远波声小。

——《金铜仙人辞汉歌》[1]

相传魏明帝欲将汉武帝所造铜人承露盘从长安移往洛阳，“盘拆，声闻数十里，金狄（即铜人）或泣，因留于霸城”。[2]在李贺心里，铜人泪别汉宫，乃是对天运的悲伤，无关朝代的兴亡。他对生命有一种独特的感受，时间概念对他来说只是一个假象，这使他的感官可以脱离时空的限制，听到汉武墓前的马嘶，看到携盘独出的铜人。这样的诗已不是通常的吊古伤今，而是在呈现一个非人间的悲愁世界，超越了历史的兴衰。此后，他便旦夕在家写诗，诗中充满鬼、魂、血、死等意象。

意象是心灵的反映。多数诗人的意象是相似的，李贺的心灵意象却与众不同。他对于非现实的世界似乎有一种特殊的迷恋，他有李白的浪漫遐思，却没有李白的高旷超迈，即便同是写《将进酒》，也与李白迥异：

琉璃钟，琥珀浓，小槽酒滴真珠红。烹龙炮凤玉脂泣，罗帏绣幕围香风。吹龙笛，击鼍鼓。皓齿歌，细腰舞。况是青春

1 钱仲联《李长吉年谱会笺》认为此诗作于贞元二十一年，伤王叔文诸人遭遇。钱谱常以政治史实解释贺诗，往往失之牵强。朱自清《李贺年谱》系此诗于元和八年贺辞官归乡之时，良是。

2 《三国志·魏书·明帝纪》裴松之注引《汉晋春秋》。

日将暮，桃花乱落如红雨。劝君终日酩酊醉，酒不到刘伶坟上土。

美酒佳肴，欢歌曼舞，这不正是李白的“人生得意须尽欢，莫使金樽空对月”吗？但李贺在诗末笔锋一转，狂欢的幸福突然被命运剥夺，眼前的盛宴瞬间化成刘伶坟上的黄土，引起读者无可名状的恐惧。李白的饮酒是要忘却人生的烦恼，给人慰藉；李贺的饮酒是要直面生命的惨淡结局，令人心悸。这不是及时行乐，这是在用死的悲伤诉说生的无趣。在他笔下，生命的无常变得无限广阔。

一个还很年轻的诗人却喜欢衰老、死亡的意象，诗中全是泣、血、老、鬼、病、死等可怕的字眼，这确是一件非常奇异的事。但我们且莫忘记，李贺是一个病人，他的体弱多病给了他病态的敏感，对于死亡，始终有一种深深的恐惧。不过，李贺没有像李白那样采取回避的态度，既然感到自己将不久于人世，不如索性去面对死后的世界。这就是李贺诗歌的秘密，当一个人从死魂的角度去看世界，他看到的一定是一幅颠倒的人世图景。

无论是京城长安的巫祀、杭州西陵的坟茔，还是家乡南山的荒畦，李贺一眼看过去全是精怪在世上行走，那是一个阴森森的鬼魅世界：

西山日没东山昏，旋风吹马马踏云。

画弦素管声浅繁，花裙綷縩步秋尘。

桂叶刷风桂坠子，青狸哭血寒狐死。

古壁彩虬金帖尾，雨工骑入秋潭水。

百年老鸮成木魅，笑声碧火巢中起。

——《神弦曲》

秋野明，秋风白，塘水漻漻虫啧啧。

云根苔藓山上石，冷红泣露娇啼色。

荒畦九月稻叉牙，蛰萤低飞陇径斜。

石脉水流泉滴沙，鬼灯如漆点松花。

——《南山田中行》

这是中国式的超自然世界，它与人世生活紧密结合在一起，离我们并不遥远。先秦两汉的祭祀诗往往是玄想上天或冥府，表达对永恒的向往，但到了唐代，怪力乱神已成为文人的谈资，而李贺相信逝者还在世上漂泊，这构成了他那些最有理致的鬼诗。后世称李贺为鬼才、诗鬼，主要就是指他的这类诗。

一般人平时都忌讳去墓地，而李贺能在夜深人静时看到鬼魂爬出坟墓，四处游荡。虽然他抱病独处，却能时时与荒郊野魂相遇。对死亡的想象使他失去了时间概念，也失去了现实世界。其他诗人写南齐名妓苏小小，不外风情二字，李贺看到的却是一个游荡的女鬼。

幽兰露，如啼眼。
无物结同心，烟花不堪剪。
草如茵，松如盖。
风为裳，水为珮。
油壁车，夕相待。
冷翠烛，劳光彩。
西陵下，风吹雨。

——《苏小小墓》

这样的情景对于他人是阴森可怖的，对于李贺却是亲切如故。不知是李贺脱离了真实世界，还是世人看到的世界并不真实？他的遣词造句常道人所不能道，哭既惨然，笑亦瘆人。当秋风穿过梧桐，发出惊心的声响，诗人正在昏黄的暮灯下写书，听到屋外纺织娘的鸣叫，他的感觉发生了错乱：

桐风惊心壮士苦，衰灯络纬啼寒素。
谁看青简一编书，不遣花虫粉空蠹。
思牵今夜肠应直，雨冷香魂吊书客。
秋坟鬼唱鲍家诗，恨血千年土中碧。

——《秋来》

即使在桐风衰灯的夜晚，也会有前代诗人的魂灵来与自己作伴，诗人耳中分明听见远处的乱坟岗里，鬼魂在悲伤地吟唱着鲍照的诗，逝者的血早已凝结成泥土中千年不消的碧玉。

四库馆臣称：“因鲍照有《蒿里吟》而生鬼唱，因鬼唱而生秋坟，非真有唱诗事也。”[1]这其实是李贺的通感在起作用。钱锺书引杜牧评李贺诗，称其云烟绵联、水之迢迢、春之盎盎、秋之明洁等语，皆属“徒事排比，非复实录”，但风樯阵马、时色美女、牛鬼蛇神之喻，却是“贴切无溢美之词”，并指出李贺诗的风格与鲍照相近。[2]不过，李贺的通灵感觉绝非鲍照所有。像“土中碧”这种千古尚存的颜色，是世上任何诗人都难以想象出来的，对于李贺却是其灵魂的底色。

蒿里位于泰山之南，汉代人认为那是人死后魂魄所去的地下世界，而统治这个地下世界的就是鬼伯。汉乐府《蒿里》云：“鬼伯一何相催促，人命不得少踟蹰。”《蒿里行》的诗题也因此成为汉晋以来的挽歌。当一个人去世后，他的亲友们会长歌当哭，将死者送往墓地。鲍照的《蒿里行》写道：“结我幽山驾，去此满堂亲。”就是在悲叹亲人阴阳永隔的情景，而李贺却看到鬼魂从阴间爬出来，到世上游荡。四库馆臣强调并非真有鬼唱诗之事，未免有些迂阔。

因为诗歌自有诗歌的特性，何况李贺的通感迥异常人，他有大多数诗人所缺乏的特殊视觉，能看到别人看不到的事物。倒是明代高棅的《唐诗品汇》在此诗末二句下引刘云“非长吉自挽耶？”道出

1 《四库全书总目》卷一百五十。

2 钱锺书《谈艺录》，中华书局，1998年。

了诗人特殊感觉的灵验。果然，回到昌谷三年后，李贺便病卒于故里。

《列子》中有一句话："察见渊鱼者不祥。"我们不能不佩服古人对于事物的神秘感知，这个说法其实有着现代心理学的根据。李贺比任何人都更相信魂魄的存在，死亡一直是李贺诗歌的核心所在，他借死亡主题来表现自我，仿佛行走在另一个世界。对于李贺的早逝，我们只能说他的诗歌太过阴冷。一个人若长久地凝视黑暗，就会被黑暗吞噬。这种天才诗人常患的忧郁症给他带来无与伦比的灵感，但无疑也会严重损害他的身体，所以他不可能活得太长。

李贺的这种极端体验在中国诗史上是很罕见的现象，宋代刘克庄称其诗"意新语险，自有苍生以来所绝无者"。[1]李贺的诗仿佛来自黑暗世界的中心，但由于他对死的想象并没有转变成对生的思考，结果反而削减了死的意义。因此，对于普通人来说，李贺的诗具有一种病态的毒素，它不能唤起生命的意志，反而使人消沉。

这位短命的天才诗人就像流星一样划过璀璨的唐诗星空，让人目眩神迷，同时又使我们超越了日常生活的平凡感觉，意识到生命的终极脆弱与无助。这样的诗人不可太多，但也不可缺少。

1　刘克庄《后村诗话新集》卷六。

杜牧

（803—852）

乐游原上望昭陵

今天我们读杜牧的怀古诗，常常会感到主题上的重复。这也是唐代怀古诗的共同特点，总是在不断感叹朝代的兴亡，但终究不能在对传统政治文化的反思上有所突破，看清历史循环的规律。这当然不是他们的问题，而是时代的问题。

看取汉家何事业
五陵无树起秋风

一

当杜牧在唐文宗大和二年（828）进士及第，而同年又考中贤良方正直言极谏科，被授弘文馆校书郎、试左武卫兵曹参军时，他绝对不会想到，现代学者会将大和年间视为晚唐诗的开始。[1]元和、长庆时期的著名诗人白居易、刘禹锡、李绅仍在创作，但已经没有了早年的激情，而像杜牧这样的一批年轻诗人开始崭露头角，他们面对的是一个更加不确定的时代，诗坛弥漫着一种疲惫与回瞻的情绪。他们也有政治理想，但理想是渺茫的；他们也寻欢作乐，但快乐是颓废的。

杜牧出身京兆杜氏，世居位于长安南边的自家庄园朱坡，庄园前有樊川流过，樊川于是成为杜牧的号。这是京城一个繁衍数百年

1 袁行霈主编《中国文学史》第二卷第十章，高等教育出版社，1999年。

的高门大族，世业儒学，家风谨严，祖父更是德宗、宪宗朝的名相杜佑。生于这样的家庭，杜牧自小就继承了祖父经世致用之志，深通“治乱兴亡之迹，财富兵甲之事，地形之险易远近，古人之长短得失”。[1]

杜佑去世后，由于杜牧父亲官做得小，且死得早，这一房开始衰落，杜牧幼时颇过了一段孤贫的日子。他的父亲、伯父和从兄都以门荫入仕，从兄杜悰甚至成为驸马都尉，官至宰相，而杜牧与其弟杜𫖯却是通过个人努力进士及第，在当时传为美谈。

经历了短暂的宪宗元和中兴，继位的穆宗、敬宗都是耽于声色的皇帝，而唐代后期藩镇割据、宦官专权这两大痼疾也愈演愈烈。在杜佑的后人中，杜牧是唯一继承了祖父经略之学的人。他在二十三岁时就写出名文《阿房宫赋》，讥刺敬宗大起宫室，希望唐王朝接受秦朝灭亡的教训，并在二十五岁时写出长篇五言古诗《感怀诗》，痛陈藩镇跋扈之祸。武宗会昌年间，杜牧曾献策平定回鹘和藩镇，被宰相李德裕采用，在军事上获得成功。他晚年的《上周相公书》称“长庆兵起，自始至终，庙堂之上，指踪非其人，不可一二悉数”，指出当时朝廷上不能运筹帷幄的大臣数不胜数，可谓洞察时代症结，难怪司马光撰写《资治通鉴》，还摘要采录了他的《罪言》等四篇政论文。

我们看看杜牧这首《昔事文皇帝三十二韵》，就可以了解他过人

---

1 杜牧《上李中丞书》。

的政治见识了。那是在文宗大和九年（835）初，杜牧从扬州奉调入京任监察御史，此时郑注、李训大权在握，专断朝政，杜牧的好友李甘、李中敏不是被贬就是隐退，他敏锐地察觉到朝廷官员惶恐不安、道路以目的处境：

每虑号无告，长忧骇不存。
随行唯跼蹐，出语但寒暄。

于是，杜牧很快就以身体有病为由，要求被派遣到东都洛阳任职。就在这一年的十一月，京城发生甘露事变，许多官员被宦官所杀，朝政从此尽归阉竖，官员每日入朝都要向家人诀别，不知晚上能否平安归来。杜牧虽躲过一劫，内心却难以平静，对于士大夫在政治事件中的无能深有体会。当他在洛阳游访衰败的汉时宫宛时，不禁感慨万端：

一片宫墙当道危，行人为尔去迟迟。
筚圭苑里秋风后，平乐馆前斜日时。
锢党岂能留汉鼎，清谈空解识胡儿。
千烧万战坤灵死，惨惨终年鸟雀悲。

——《故洛阳城有感》

东汉的李膺、西晋的王衍都曾洞悉奸人当道，时事危艰，但他们也只是限于高谈阔论，却毫无作为。自古以来，士大夫们的清谈从来都无力挽回国运，使生民免受兵燹，只余下鸟雀年年在宫苑的废墟上悲鸣。这样的认识，比起顾炎武在明亡之后批评魏晋士大夫清谈误国，早了八个世纪。

不过，尽管杜牧颇有政治军事才能，却没能得到李德裕的重用。杜、李两家本是世交，李德裕很器重杜觊，却不喜欢杜牧，大概是由于杜牧和李德裕的政敌牛僧孺私交甚好，而杜牧的风流成性更是严守士族礼法的李德裕所憎恶的。

杜牧的风流不检是早就出了名的，他是一个贵族子弟，却缺乏贵族门风，行为举止更像是放荡的庶族进士，这似乎也昭示着士族阶层在中唐之后的衰落。杜牧考进士前，名士吴武陵向主考官崔郾推荐他，出示的行卷就是《阿房宫赋》，按照吴武陵的意思，是希望将杜牧取为状元，但崔郾已经将头名许给了别人，最后给了杜牧一个第五名。即使如此，在座仍有人提出，杜牧不拘细行，不应录取，但崔郾同样喜欢这篇赋，更不能驳了吴武陵的面子，便回答说：杜牧即使是一个屠夫或商人，我也要取他。

任校书郎不久，杜牧便到江西观察使府做沈传师的幕僚去了。沈、杜两家既是亲戚，又是世交，两年后，杜牧又随沈传师去了宣州。直到文宗大和七年（833）四月，沈传师入京任吏部侍郎，杜牧才转赴扬州，任淮南节度使牛僧孺的幕僚。在洪州、扬州担任幕僚的四年半时间，杜牧除了处理公文，就是参加府主和同僚的游赏宴饮。唐时官员聚宴，都会召官妓来弹唱助兴，乐籍中有个十三岁的张好好，歌唱得特别好，与杜牧十分相熟。

在扬州的两年，杜牧更是终日出入青楼酒馆，纵情声色。安史之乱后，北方一直处于藩镇割据的状态，唐王朝的经济重心进一步南移，扬州、益州成为最繁华富庶的两个都市，元和时期编撰的《元和郡县图志》中就有“扬一益二”之称。杜牧在扬州，可说是如鱼得水。

运河两岸杨柳依依，沿街的商铺酒店鳞次栉比，当年隋炀帝的迷楼尚留有遗迹，并成为秦楼楚馆的代称。夜夜笙歌燕舞，处处明眸皓齿，杜牧完全迷醉了。他在《扬州三首》中写道：

炀帝雷塘土，迷藏有旧楼。
谁家唱水调，明月满扬州。
骏马宜闲出，千金好暗游。
喧阗醉年少，半脱紫茸裘。

秋风放萤苑，春草斗鸡台。
金络擎雕去，鸾环拾翠来。
蜀船红锦重，越橐水沉堆。
处处皆华表，淮王奈却回。

街垂千步柳，霞映两重城。
天碧台阁丽，风凉歌管清。

纤腰间长袖，玉佩杂繁缨。
拖轴诚为壮，豪华不可名。
自是荒淫罪，何妨作帝京。

诗人热爱醇酒美人，用浓墨重彩去描绘都市的绝世风貌。“喧阗醉年少，半脱紫茸裘”，这不正是杜牧这个豪奢放荡的贵公子形象吗？“纤腰间长袖，玉佩杂繁缨”，这不正是青楼女子轻歌曼舞的情景吗？诗的最后提到隋炀帝的事迹，却已经没有《阿房宫赋》那种道德谴责的意味，而是透着一种沉迷繁华的情绪。这样的艳诗令人想起六朝、初唐的宫体诗，只不过故事的发生地不是宫廷，而是民间。

时代的审美趣味转移了，在从前王、孟、韦、柳等诗人的笔下，寂静的乡村镶嵌在自然山水之中，如今都市诗人杜牧用他秾丽的笔墨，绘出一幅灯红酒绿的城市景观。

二

据说，杜牧在扬州时常常独自夜出，冶游寻欢，牛僧孺不好劝阻，又担心他出事，就派兵卒换上便服，暗中保护。当杜牧奉调入京时，牛僧孺为他饯行，宴席上委婉地劝他注意身体，杜牧开始还想矢口否认，牛僧孺笑而不答，命丫鬟拿来兵卒的密报，上面详细记录了他每晚的行踪，杜牧既惭愧又感激。这件轶事未必属实，但杜牧一定很乐意自己拥有风流的名声，这是中晚唐士人提升名望的一个重要条件。所以，当杜牧于大和九年（835）赴京任监察御史时，还依依不舍地写下两首《赠别》诗：

娉娉袅袅十三余，豆蔻梢头二月初。
春风十里扬州路，卷上珠帘总不如。

多情却似总无情，唯觉樽前笑不成。
蜡烛有心还惜别，替人垂泪到天明。

这两首诗大概是写给某个妙龄歌女的。这位女子正值豆蔻年华，在她的花容月貌面前，十里长街的佳丽粉黛全都减却了颜色。诗歌流露出名士风流的气质，却没有丝毫狎亵的味道。这其实是那个时代文人的正常情感，杜牧对歌女的态度是平等的，不仅能欣赏她们的丰韵体态，更能体会她们的缠绵多情。离开扬州后，他仍不忘江南的山清水秀。

青山隐隐水迢迢，秋尽江南草未凋。
二十四桥明月夜，玉人何处教吹箫。

——《寄扬州韩绰判官》

如此一往情深，简直快要将风流格调唱得响遏行云了。这是多么幽美的意境，秋天皎洁的月光下，一位美人立在桥边吹箫，恍惚天上人间。杜牧自然知道天宝时期的艺人李龟年曾流落江南，他现在要将这音乐的魅力奉送给歌女，礼赞她们，礼赞江南。

扬州的两年生活一定给杜牧留下了最美好的回忆，以至于十年后的黄州任上，他追忆往事，仍然充满惆怅。

落魄江湖载酒行，楚腰纤细掌中轻。
十年一觉扬州梦，赢得青楼薄幸名。

——《遣怀》

诗中感慨自己一事无成，有自嘲，也有怀念。这是一种颓废到极致的美，而颓废恰恰是没落贵族的品味，它是灯红酒绿后的疲惫，是醉眼蒙眬中的不屑，需要有深厚的文化做底子。杜牧具有这样的底子，他的诗就像明末清初八大山人的画，狂放而悲切，“墨点无多泪点多”。[1]

古代士人逃避人生的路，一是山林，一是青楼，尤其在一个王朝的末期，沉醉于温柔乡正是许多文人的梦想。杜牧一生放浪形骸，但男女情爱从来都是美好的，假如我们知道他对歌女的态度，就能明白这首诗并不轻佻，而是自责。此时此刻，杜牧或许想到了那位豆蔻年华的歌女？想到了张好好的命运可能就是她的命运？

1 郑燮《题屈翁山诗札、石涛石溪八大山人山水》。

张好好后来嫁与沈传师的弟弟沈述师为妾，两人从此再未见面。当杜牧在大和九年调任东都洛阳时，在那里又意外见到了流落此地当垆卖酒的张好好。此时的她已被沈述师抛弃，变得又穷又老，杜牧于是写了一首《张好好诗》相赠，追忆当年她的轻盈曼妙，而此刻的张好好只注意到他胡须已白，并一再询问当年那些熟人的近况：

怪我苦何事，少年垂白须。
朋游今在否，落拓更能无。

从古至今，歌女的命运都是不幸的，往往是文人多有负于她们。她们虽身处底层，却有着底层人的善良，让那些具有人道精神的文人总是感喟不已。实际上，杜牧此前的《杜秋娘诗》就已经表现出对女性的深切同情。

京江水清滑，生女白如脂。
其间杜秋者，不劳朱粉施。
老濞即山铸，后庭千双眉。
秋持玉斝醉，与唱金缕衣。

那是在大和七年春，杜牧由宣州出使淮南，途经润州（今镇江），从朋友处听到了杜秋的故事。杜秋出身歌女，原是镇海节度使李锜的侍妾，能唱流行的《金缕衣》曲："劝君莫惜金缕衣，劝君须惜少年时。花开堪折直须折，莫待无花空折枝。"元和二年，李锜谋反被诛，杜秋被籍没入宫，受到宪宗的宠幸，后成为穆宗皇子的傅姆，皇子被废后，杜秋被遣回故乡，变得穷困潦倒。杜牧听了她的身世，想起历史上无数男女的命运，不禁发出"女子固不定，士林亦难期"的感慨。

此前白居易的《琵琶行》就曾发出过同样的感叹，在命途多舛方面，士人与商女最容易产生共鸣。《杜秋娘诗》在当时十分有名，李商隐、张祜等都非常赞赏。李商隐写道："杜牧司勋字牧之，清秋一首杜秋诗。"（《赠司勋杜十三员外》）张祜写道："年少多情杜牧之，风流仍作杜秋诗。"（《读池州杜员外杜秋娘诗》）自古所谓文人的风流多情、怜香惜玉，其实也包含着对女性的平等态度。

政治与女人是杜牧诗歌的两个重要主题，他写个人的情感生活没有元稹、白居易多，更不及同时代的李商隐，但他很喜欢写歌女题材。他写欲望的满足，也写欲望的空虚，这种倾向甚至影响到他的怀古咏史诗——借男女之情，写兴亡之感。与其他许多文人不同，杜牧从来不把历朝历代的亡国之因归罪于红颜祸水，而是归于达官贵人的荒淫无度。相较于他自己的生活，这是一种并不矛盾的态度。

当杜牧经过六朝古都金陵，到城南的秦淮河畔游玩时，他写下了那首有名的《泊秦淮》：

烟笼寒水月笼沙，夜泊秦淮近酒家。

商女不知亡国恨，隔江犹唱后庭花。

秦淮河畔历来是市井繁华之地，处处青楼林立，灯红酒绿，就连空中都散发着浓郁的脂粉香气。杜牧泊舟秦淮，像普通游人那样乘画舫赏歌，而不入青楼寻欢，所以能有一种冷静的审视。他坐在舟中，秦淮河上笼罩着轻盈的薄雾，歌声远远地从岸上飘来，隐约可闻。那是青楼歌女在轻歌曼唱陈后主的《玉树后庭花》。当年隋兵陈师江北，陈后主依然在宫中醉生梦死，最后落得个亡国的下场。此时的杜牧想到国势日衰，当权者昏庸荒淫，不由预感到唐王朝的国运已不可挽回。

中国的历史仿佛总是从声色犬马中显现出来。在洛阳，杜牧遍访古迹，除写了忧时伤世的《洛阳长句二首》《故洛阳城有感》等诗外，《金谷园》也是写于这一时期。金谷园位于洛阳附近，原是西晋卫尉石崇的私家花园。石崇的生活极尽奢华，家中妻妾成群，其中有一位爱妾绿珠能歌善舞，权臣孙秀向石崇索求绿珠遭到拒绝，于是撺掇司马伦捕杀石崇。临行前，石崇对绿珠说："我今为尔得罪。"绿珠泣道："当效死于官前。"然后坠楼而亡。绿珠是一个普通女子，却因这一举动成为历史人物，她的遭遇让杜牧充满同情：

繁华事散逐香尘，流水无情草自春。

日暮东风怨啼鸟，落花犹似坠楼人。

红颜薄命从来都是繁华易逝的象征，她们的美丽衬托着一个时代的升平，她们的消逝又印证着一个时代的结束。

三

在一个男人中心的社会，女性不喜欢关心政治，但政治从来不会放过她们。文宗开成二年（837），在扬州的杜顗眼病加重，杜牧很关心这个弟弟，告假赴扬州照看，因逾假而不得不离职。为了生计，他带上杜顗，赴宣州去做宣歙观察使崔郸的团练判官。开成四年，杜牧迁左补阙、史馆修撰，他先将弟弟送往在江州任刺史的堂兄杜慥那里，然后赴京任职，三年后又由比部员外郎外放黄州刺史。

黄州是一个比较穷僻的小州，杜牧公务不忙，有了更多时间游览古迹，如当地的桃花夫人庙。

> 细腰宫里露桃新，脉脉无言几度春。
> 至竟息亡缘底事？可怜金谷坠楼人。
>
> ——《题桃花夫人庙》

春秋时楚文王迷恋息国国君夫人息妫的美貌，于是发兵灭掉息国，强纳息妫，后来息妫虽为楚文王生下两个儿子，却始终不发一言。作为一个弱女子，其个人命运竟与国家覆亡紧密相关，这究竟是一个女子的幸还是不幸？

黄州更是传闻中赤壁之战的遗址之一，那场战争在传说中也与两个女性有关。

折戟沉沙铁未销，自将磨洗认前朝。

东风不与周郎便，铜雀春深锁二乔。

——《赤壁》

当年曹操在邺城建铜雀台，在那里宴请宾客。杜牧深通历史，他当然知道曹操建铜雀台不是为了东吴二乔，也不是看不起周瑜的军事才能，认为东吴军队在赤壁之战中只是侥幸取胜，他是想点出这一战对东吴的重要性。在诗中，杜牧坚持自己一贯的史观：东吴倘若灭亡，二乔必然被俘，因为历史上女性的命运与国家的兴亡总是联系在一起。而当杜牧作为一个后来者重游此地时，他看到的却是一个老者的隐逸形象。

可怜赤壁争雄渡，唯有蓑翁坐钓鱼。(《齐安郡晚秋》)

此后，杜牧又量移池州、睦州刺史，直到宣宗大中二年（848）才内升为司勋员外郎、史馆修撰，他曾三度在朝做官，只有开成年间和这一次时间较长。在长安时，他写有《过华清宫绝句三首》，依然是历史的回望，依然是女性做主角。

长安回望绣成堆，山顶千门次第开。
一骑红尘妃子笑，无人知是荔枝来。

新丰绿树起黄埃，数骑渔阳探使回。
霓裳一曲千峰上，舞破中原始下来。

万国笙歌醉太平，倚天楼殿月分明。
云中乱拍禄山舞，风过重峦下笑声。

当年玄宗和杨贵妃在华清宫歌舞升平，终致安史之乱。诗人摄取传说中的宫廷生活细节，以表现宏大的历史事件。透过历史的烟尘，似乎仍能看到驿道上的飞骑传递，骊山上的霓裳起舞，还有杨妃那银铃般的笑声。与白居易《长恨歌》的铺陈直白相比，这三首诗含蓄而凝练。

安史之乱已经过去近百年，但历史的阴影仍然笼罩在唐代士人心头，成为他们反复吟咏的题材，何况此刻的京城正如同天宝年间的长安，危机已然四伏，朝廷仍旧耽于淫乐，权贵依然竞为豪奢。对杜牧来说，眼前的一切都像是一个颓废的迷梦，耳边只听到那些不知灾难将至的笙歌笑语。他避开热闹，独自登上长安城东北的乐游原。

长空澹澹孤鸟没，万古销沉向此中。

看取汉家何事业，五陵无树起秋风。

——《登乐游原》

如果说杜牧的许多怀古诗都带有讽喻的味道，这首则完全是孤寂悲凉之声了。沈德潜《唐诗别裁》评道："树树起秋风，已不堪回首，况于无树耶？"昔日士族聚居的五陵如今已变成一片荒田野草，人事的盛衰终将在时间中归于寂灭。

杜牧对仕途是彻底失望了，况且京官俸禄微薄，不敷开支，他还要赡养患病住在扬州的弟弟，于是，他三次上书宰相，请求外放湖州刺史。宣宗大中四年（850）秋，临行前，他再一次登上乐游原。

清时有味是无能，闲爱孤云静爱僧。

欲把一麾江海去，乐游原上望昭陵。

——《将赴吴兴登乐游原一绝》

他自嘲无能，只想过闲情逸致的日子，所有的失意都体现在回望昭陵那一瞬间。这是历史的一刻，唐代士人从来都是重京官而轻外放，但如今京官已不像从前那样吸引人了。

作为一个北方人，杜牧喜欢秀丽的江南。尽管他反对佛教，遣责梁武帝“舍身为僧奴，至国灭饿死不闻悟”，[1]并且赞成唐武宗禁佛毁寺的政策，但在他的历史回瞻中，正是梁武帝的佞佛留下了江南的形胜：

千里莺啼绿映红，水村山郭酒旗风。
南朝四百八十寺，多少楼台烟雨中。

——《江南春》

在唐代文人眼中，六朝从来都是一个亡国教训；但对杜牧来说，六朝还是一个值得追忆的迷梦，有种他迷恋的颓废之美。这种颓废之美来自朝代的覆灭，来自是非成败的虚无，来自人事的转瞬即逝。

实际上，早在文宗开成三年（838）杜牧在宣州游开元寺时，他就曾写下一首七律：

六朝文物草连空，天淡云闲今古同。
鸟去鸟来山色里，人歌人哭水声中。
深秋帘幕千家雨，落日楼台一笛风。
惆怅无日见范蠡，参差烟树五湖东。

——《题宣州开元寺水阁》

1 杜牧《杭州新造南亭子记》。

在另一首七律中，杜牧再次提到“范蠡”，这位功成身退的历史人物即使彪炳千古，不也在悠远的时间与浩茫的空间中归于灰尘了吗？

> 上吞巴汉控潇湘，怒似连山静镜光。
> 魏帝缝囊真戏剧，苻坚投棰更荒唐。
> 千秋钓舸歌明月，万里沙鸥弄夕阳。
> 范蠡清尘何寂寞，好风唯属往来商。
>
> ——《西江怀古》

这两首诗采用的都是《齐安郡晚秋》结尾的同样句法，先唤起历史上的杰出人物，又立即用眼前的平凡将其功绩颠覆。诗中有历史的苍凉，有对生命意义的困惑，同时保持了拗峭俊爽的风格。

四

杜牧的五古、七律都写得极好，但他最有风调的诗歌形式还是七绝。他尤其擅长组织四字句，构成优美的意境。读他的诗，人们难以忘记的是千里莺啼、春风十里、秋尽江南、日暮东风、烟笼寒水、铜雀春深、雨暗残灯、参差烟树、深秋帘幕、落日楼台这些语词。这是语言的升华，语言的享受，诗人最终在诗的语言中找到了自己的精神家园。

宣宗大中五年（851）秋，杜牧再度返长安任职，翌年拜中书舍人。在京城期间，杜牧用湖州的俸禄修缮故宅樊川别墅，常与亲友游赏其间，以参禅品茗来消磨时光。

觥船一棹百分空，十岁青春不负公。
今日鬓丝禅榻畔，茶烟轻飏落花风。
——《题僧院》

这是杜牧晚年的一首诗，回想青春时落拓不羁，以酒为伴，一生就像东晋的毕卓一样浮酒船上，如今年老体衰，不能多饮，只好以茶代酒。诗人斜卧在僧院的禅床上，看茶烟在风中缭绕，感觉生命像落花一般飘零。

大中六年，杜牧病卒于长安安仁坊。他一生深通政治军事，撰有《孙子注》一书，却始终未能施展抱负。他在此书的自序中论用兵之法如盘中走丸，应审时度势，灵活应对，但同时必须清楚大势上的限制："丸之走盘，横斜圆直，计于临时，不可尽知，其必可知者，是知丸不能出于盘也。"[1]

余英时先生曾借用这段话来说明中国文化的变革，指出这个"盘"就是中国源远流长的传统格局，历代有思想的士人都很难突破这个格局。[2]实际上，杜牧的怀古诗就如盘中走"丸"，虽说其历

---

1 《樊川文集》卷十。
2 余英时《朱熹的历史世界》总序，生活·读书·新知三联书店，2004年。

史观时有发人深省之处，但最终还是没能走出这个“盘”。所以今天我们读杜牧的怀古诗，常会感到主题上的重复。这也是唐代怀古诗的共同特点，总是在不断感叹朝代的兴亡，但终究不能在对传统政治文化的反思上有所突破，看清历史循环的规律。这当然不是他们的问题，而是时代的问题。

何况，在一个出身于没落世家的诗人眼里，颓废从来都有一种无法抗拒的美。

李商隐

（812 —858）

庄生晓梦迷蝴蝶

李商隐渴望爱情，可又对爱的结局感到恐惧，他宁肯设想各种障碍，让女性永远像缥缈的女神一样神秘，而不愿跨过男女间的最后界限。李商隐将传统的艳情诗改造成爱情诗，完成了诗歌史上的一次飞跃。这些情诗无疑不属于传统的游子思妇，而是道出了男女情爱的本质：爱在终极意义上的不可实现性。

春心莫共花争发
一寸相思一寸灰

一

倘若没有北宋真宗朝阁臣杨亿的热诚努力，李商隐在唐诗中的地位不会那么重要，他在我们眼里可能就是一个施肩吾或曹唐，至多也就是一个温庭筠。[1]在晚唐五代甚至宋初的诗坛上，李商隐并不是最有名的诗人，他生前流传的小集只收录了一些情诗，迎合了晚唐人的阅读品味，因此他去世后曾被时人李涪讥为“无一言经国，无纤意奖善，惟逞章句”。[2]

尽管杨亿等人的西昆体是对李商隐不成功的模仿，但正是由于杨亿对李商隐的喜爱，并多方搜求、整理其诗集，由百余首扩展到四百余首，直至传世的六百余首，才使得宋以后的诗评家们能一窥

---

1 皮日休《松陵集序》：“近代称温飞卿、李义山为之最。”

2 李涪《刊误·释怪》。

李商隐的全貌，并按照儒家的诗教阐释系统去解读李商隐那些朦胧艳丽的情诗，从而将这位晚唐诗人重塑成一个杜甫的后继者。

然而，即使在今天，人们对于李商隐的这类情诗仍然众说纷纭，最后不得不认同金代诗人元好问“诗家总爱西昆好，独恨无人作郑笺”的感叹，感叹无人能准确而详赡地注释李商隐的诗，就像东汉经学大师郑玄注释儒家经典那样，让读者能真正懂得李诗。

李商隐诗的最大特点是隐晦，他的许多诗中暗示的男女情爱意味太浓，将其解释成政治隐喻实在太过牵强，好像唐代诗人从来没在诗中直接批评过政治似的。在这方面，今人的阐释未必比李涪的直观感受更好，毕竟李涪生活在晚唐，熟悉当时的社会风尚，那是一个道教兴旺发达的时代。

终唐之世，道教一直占有重要地位，李唐皇朝将老子李耳视为皇族祖先，崇道教，设道举。与佛教相比，道教只有此岸世界，更适合中国传统的文化心理，长生不老的欲望促成了唐朝诗人求仙访道的游仙诗。[1]唐朝后期，皇家追求道教长生术的风气更盛，文人士大夫的道教信仰从外丹转向内丹，信奉上清派的存思术。在观念上，道教没有多少思辨的理论，初盛唐的游仙诗大多与求仙访道、服食金丹有关，中晚唐诗人则倾向于描写游仙故事与人神相通。在唐朝，历朝都有公主和宫女入道，李白和玉真公主的交往是尽人皆知的故事，至于普通女冠与文人交往甚至发生恋情的绯闻就更多

---

1 如王绩《游仙》写隐居，王昌龄《就道士问周易参同契》写访道，李白《草创大还赠柳官迪》阐释《参同契》丹道理论，吴筠《游仙》表达对王母的信奉等。

了，她们的缥缈幽杳与风流妖冶很容易引起文人对于仙女的臆想。

李商隐一生深受道教徒生活影响，文宗大和九年（835）前后，他曾在玉阳山、王屋山的道观学道，及第入幕后，也是“虽从幕府，常在道场”。[1]与同时代的大多数文人一样，李商隐并不真相信服丹长生的说法，而是受到存思术的影响。存思术讲究入静，其实就是起到催眠的作用，这显然是形成游仙诗的一种心理因素。李商隐似乎也不相信道教那一套理论，他喜欢的是道经里的那些浪漫故事和人物，加上他与女道士宋华阳姊妹的关系，读者很容易把他的情诗与晚唐盛行的游仙诗联系起来。这些游仙诗的对象往往是女冠或歌伎，多用蓬莱、青鸟、嫦娥、桂树、桑海、宓妃、紫姑、刘郎一类仙话意象，营造出一个空灵缥缈的神仙世界，令人不能不联想起道观深处的花房和女冠。

如果将晚唐诗人施肩吾的“世间风景那堪恋，长笑刘郎漫忆家”（《赠女道士郑玉华》）、曹唐的“晓露风灯零落尽，此生无处访刘郎”（《仙子洞中有怀刘阮》），或司空图的“刘郎相约事难谐，雨散云飞自此乖”（《游仙》）等诗句，与李商隐的“刘郎已恨蓬山远，更隔蓬山一万重”（《无题》）相比较，那么，可以说李商隐的这首《无题》与前三者的游仙主题并无多大区别，这似乎也暗示了他的一生与一位或几位女冠的隐秘关系。只不过，当李商隐采用流行的游仙诗来表达这种关系时，情感更加朦胧而隐晦。

---

1 李商隐《上河东公第二启》。

李商隐生命中所爱的女性，比较确定的有三位。文宗大和八年（834）[1]，李商隐在洛阳认识了一个商人的女儿柳枝。他在《柳枝五首》序中写道，柳枝是一位美丽活泼的少女，当她听到李商隐的堂弟让山朗读李的《燕台》诗时，立即拉断长带作结，托让山约李商隐相会。第二天，俩人相见后定情，并相约三日后在家里等待，可是很不巧，一位友人故意跟李商隐开玩笑，把他的行装从会馆带走，使他无法留下来践约。后来让山告诉李商隐，柳枝已被一位官员娶去，这场恋爱就这样结束了。

李商隐在《柳枝》诗中感叹："同时不同类，那复更相思？"看来所谓友人的玩笑只是李商隐的一个托词，他虽然对柳枝产生了爱情，但当爱情真的到来时他自己竟退缩了。他与女道士宋华阳姊妹的交往也是如此。她们姊妹姓宋，在长安华阳观修道，大概是李商隐在玉阳山学道时的相识。

偷桃窃药事难兼，十二城中锁彩蟾。
应共三英同夜赏，玉楼仍是水精帘。

——《月夜重寄宋华阳姊妹》

诗中用东方朔偷桃自喻，用嫦娥窃药比喻宋氏姊妹修道，对方已登

1 此诗作年有分歧，本文采用吴调公的说法。见吴调公《李商隐研究》，上海古籍出版社，1982年。

仙籍，自己仍是凡人，仙凡相隔，只能夜夜孤眠。

以嫦娥指称女道士在唐诗中是很常见的，如玄宗朝包何的“纵令奔月成仙去，且作行云入梦来”（《同阎伯均宿道士观有述》），晚唐施肩吾的“有时频夜看明月，心在嫦娥几案边”（《赠女仙姑》）。因此，如果说李商隐赠宋华阳姊妹的这首诗是写自己对女冠可欲不可求的情愫，那么，他那首著名的《嫦娥》也就有了更合理的解释，他是在表达对某个女冠的爱怜，同时表现出比包何或施肩吾更为严肃的情感。

> 云母屏风烛影深，长河渐落晓星沉。
> 嫦娥应悔偷灵药，碧海青天夜夜心。

女冠的处境不同于歌伎，她们的身份是自由的，但又有道规的约束，因此只有女冠才会有这种“碧海青天夜夜心”的长夜孤独，这种永恒的孤寂暗示了李商隐对于他所爱女性处境的基本体验。

唐代诗人炫耀自己的恋情并不让人奇怪，奇怪的是李商隐喜欢女性，却又始终像是止于暗恋。因此，要理解他的诗歌的内涵和意义，还必须从他的身世和性格中寻找答案。

二

在唐代的著名诗人中，李商隐的出身大概是最低微的，尽管他声称自己先世显赫，那也只是唐人重视家世门第的风气使然。他自幼丧父，随母亲从江南回到家乡荥阳，无依无靠，度日艰难，为了维持生计，他在读书之余甚至还“佣书贩舂”（替别人抄书，舂谷贩卖），以补贴家用。

上天似乎从来没有眷顾过李商隐，两个姐姐和小侄女都相继早逝。武宗会昌二年（842），他通过吏部的书判甄拔试，授秘书省正字，正当他感到可以大有作为时，母亲又不幸病故，不得不辞职回家服丧。这期间，他耗尽积蓄，将逝去的众亲人营葬一处，“重具棺衾，再立封树”。[1]由于天性多愁善感，加之仕途不顺，众亲人的先后去世给他带来的打击远远甚于常人。在他心里，营葬亲人不啻为完成了平生一件大事。

李商隐一直都想进入仕途，重振家声。起初，他得到天平节度使令狐楚的赏识与提携。令狐楚指导他写骈体文，让他与其子令狐绹等交游，那是一段感恩的时光。在众多的饮宴嘉宾中，只有他一人是个身份低微的布衣，“将军樽旁，一人衣白”。[2]这与其说是孤傲，不如说是自伤。最后，在令狐绹的延誉下，李商隐于文宗开成二年（837）考中进士。但当令狐楚去世后，他随即又到令狐楚的政敌泾原节度使王茂元幕府任职，并娶了他的女儿。

按照历来的普遍看法，李商隐终身沉沦下僚，是由于他依违牛

---

1 李商隐《祭裴氏姊文》：“今则南望显考，东望严君。伯姊在前，犹女在后。……五服之内，更无流寓之魂；一门之中，悉共归全之地。”

2 李商隐《奠相国令狐公文》。

李两党之间，结果为双方所不齿。[1]事实上，像李商隐这样地位低微的人，在牛李党争中毫不重要，他也从不关心两党之争，因此，双方既不会特别重用他，也用不着特别排挤他。

李商隐一生似乎没有什么至交，他与温庭筠同时，但仅仅限于诗歌往来；他写诗赞誉过杜牧，但没有得到任何回应；他虽然写过许多评论时政的诗，但却不能像杜牧那样思考解决社会问题的方略；也许只有早逝的李贺才是他喜欢的诗人，二人也有着相似的性格。[2]

李商隐的性格过于内向、敏感、柔弱，在男权社会中，他显然属于弱势一方，不懂得如何应对讲究尊卑的官场。[3]可他偏偏又很在意别人的眼光，总觉得周围的人都不把自己当回事，这种不自信促使他渐渐把情感转移到女性身上，并试图以他的柔弱多情来吸引自己所喜欢的女性，获取她们的同情，但又很害怕男女之情会产生结果。他害怕孤独，又恐惧亲密，在这种情况下，最适宜的情感对象就是那些美貌的女冠了。

---

1 《旧唐书》本传称李商隐："俱无持操，恃才诡激，为当涂者所薄。名宦不进，坎壈终身。"

2 李商隐写过一篇《李贺小传》，甚赞其诗作。

3 李商隐《上李尚书状》："窃观古昔之事，遐听上下之交，有合自一言，奖因片善，不以齿序，不以位骄，想见其人，可与为友。近古以降，斯风顿微，处贵有隔品之严，于道绝忘形之契……时之不可，人以为悲。愚虽甚微，颇向斯义。自顷升名贡籍，厕足人流，未尝辄慕权豪，切求绍介。用胁肩谄笑，以竞媚取容。"此外，江南大学黄晓丹副教授对李商隐柔弱性格的分析给了我很大启发。

碧城十二曲阑干，犀辟尘埃玉辟寒。
阆苑有书多附鹤，女床无树不栖鸾。
星沉海底当窗见，雨过河源隔座看。
若是晓珠明又定，一生长对水晶盘。

——《碧城》其一

对影闻声已可怜，玉池荷叶正田田。
不逢萧史休回首，莫见洪崖又拍肩。
紫凤放娇衔楚佩，赤鳞狂舞拨湘弦。
鄂君怅望舟中夜，绣被焚香独自眠。

——《碧城》其二

七夕来时先有期，洞房帘箔至今垂。
玉轮顾兔初生魄，铁网珊瑚未有枝。
检与神方教驻景，收将凤纸写相思。
武皇内传分明在，莫道人间总不知。

——《碧城》其三

这组诗显然是在写爱情，对象是女冠。碧城是道教神仙所居之地，诗中典故也多与求仙遇合有关，碧城、犀玉、阆苑、鹤信、女床、萧史、洪崖、紫凤、赤鳞、鄂君、凤纸等用语全是来自道经或仙话。每一句都含义不清、指涉不明，那些互不相关的成分、不合逻辑的联缀以及各种性爱的象征，仿佛都是在指向某次佳期幽会。

第一首诗颈联“星沉海底当窗见，雨过河源隔座看”描绘了一幅令人错愕的图景。上句“星沉海底”或是受到曹操“星汉灿烂，若出其里”（《观沧海》）的启发，或是出自李白的“明月不归沉碧海”（《哭晁卿衡》）；下句“雨过河源”则可能来自宗懔《荆楚岁时记》的记载。[1]汉代张骞为寻找黄河源头，曾乘木筏直达天河，遇到织女和牵牛，那是中国古人所能想象到的最永恒的爱情场景。而“当窗见”“隔座看”的并置更是让人目眩神迷，仿佛诗人是在透过潜望镜和望远镜观看永恒，随即又将镜头从永恒拉回到当下。

这种梦幻般的视觉跳跃所构成的美丽世界，远离了直接经验的明晰性，读者只能得出矛盾和多义的解释。不知道思念者是不是李商隐自己，因为要从中寻出他本人是很困难的，或许这仅仅是他的真实自我的一部分。他的自我怀疑在这里充分表现出来，“莫道人间总不知”，他想表达某种相思，却又怕泄露了内心的秘密。

李商隐明显写女冠的诗还有关于圣女祠的三首。圣女祠位于陈仓与大散关之间，文宗开成三年（838），李商隐赴泾原时路过此地，写下一首五言排律《圣女祠》。据清人张采田的注释，宣宗大中十年（856），李商隐自蜀返京时重过圣女祠，又写下一首七律《重过圣女祠》：

---

1 周密《癸辛杂识》引。

白石岩扉碧藓滋，上清沦谪得归迟。
一春梦雨常飘瓦，尽日灵风不满旗。
萼绿华来无定所，杜兰香去未移时。
玉郎会此通仙籍，忆向天阶问紫芝。

萼绿华和杜兰香都是道经或仙话中的神女。有现代学者认为，这首诗是在怀念宋华阳姊妹。[1]从诗的字面意思看，显然是在表达一种可望而不可即的男女之情，让人不由得联想到《诗经·蒹葭》中的“所谓伊人，在水一方”，同时却更加缥缈幽冥。“一春梦雨常飘瓦，尽日灵风不满旗”，道教话语中的艳情暗示在这里表现得美丽而寂寞，神灵而凄清。李商隐写男女之情总是停留在精神层面，仿佛是在写人神相恋，这使得他的诗与其他诗人的游仙诗相比，成了真正的爱情诗，而不再是冶游艳遇之作。

我们看到，李商隐往往从道教神话和直接经验中获取形象资源，他的性格太脆弱，也太敏感，常常觉得自己没有能力像其他人一样融入社会，只能选择退回内心世界，关注自己的情感，当然还有自己的梦。

昨夜星辰昨夜风，画楼西畔桂堂东。
身无彩凤双飞翼，心有灵犀一点通。

1 朱偰《李商隐诗新诠》，见朱偰等《李商隐和他的诗》，学生书局，1982年。

隔座送钩春酒暖，分曹射覆蜡灯红。

嗟余听鼓应官去，走马兰台类转蓬。

这首《无题》诗的结尾透露出它是一首与诗人自己有关的作品，时间大约在李商隐任秘书省校书郎的开成四年（839）后。诗人对宴席上的一位女性产生了恋慕之情。当时的官员举行家宴，往往会有女冠参加，当然，这也可能是一位家伎。总之，李商隐在公开场合暗自爱上一个女子，并且觉得对方也爱上了他，但最终他还是选择了逃避。他以公事在身作为借口，是很缺乏说服力的。

实际上，李商隐无法承受爱情的重负，他渴望爱情，又对爱情的最终结局感到恐惧。于是，他宁肯设想各种障碍，让女性永远像缥缈的女神一样神秘，而不愿跨过男女间的最后界限。

我们不知道李商隐到底有过多少情人，或许那仅仅只是对爱情的想象。但他给了我们一种很深的印象，与他那些诗题标明是宴席间酬赠的情诗不同，凡是可能涉及他个人的真实情感时，他几乎都采用《无题》的形式。这种没有题目的诗遮蔽了内容的确指，让人觉得是在描写某种隐秘的爱情。李商隐将自己秘密的经验世界与可以公开的想象世界混在一起，仿佛不断在告诉读者——这是我，这不是我。这种写法颠覆了诗的固有逻辑，也改变了诗的传统观念。李商隐具有一种将自我情感升华的能力，能把个人体验转变成一种普遍性的情感。而爱情的悖论在于，爱的过程总是能引起人们的同情或共鸣，而爱一旦有了结果就失去了美感，变成毫无诗意的日常人生，这也是李商隐那些《无题》诗中慨叹不能实现的爱情诗句得以千古传诵的原因：

春蚕到死丝方尽，蜡炬成灰泪始干。
春心莫共花争发，一寸相思一寸灰。
曾是寂寥金烬暗，断无消息石榴红。
直道相思了无益，未妨惆怅是清狂。
来是空言去绝踪，月斜楼上五更钟。

这些诗句一往情深，没有任何轻佻的意味。套用英国作家贝克特评价乔伊斯的话，李商隐的写作不是关于爱情的，他的写作本身就是爱情。就这样，李商隐将传统的艳情诗改造成爱情诗，完成了诗歌史上的一次飞跃。当其他诗人还在描写社会主题时，李商隐却在其杰出的政治诗外，专注于个人的情感经验，这些情诗无疑不属于传统的游子思妇，而是道出了男女情爱的本质：爱在终极意义上的不可实现性。

三

李商隐生活中最重要的女性是他的妻子王氏，夫妻感情甚笃，她以显宦女儿的身份下嫁李商隐，多年来举案齐眉，聚少离多，甘于过着“纻衣缟带”“荆钗布裙”的生活。[1]李商隐婚后应试落选，她为他感到不平，并捎信安慰他。李商隐给妻子写的几首诗都称得上是爱情诗中的佳构。宣宗大中元年（847），李商隐接受桂管观察使郑亚的邀请，到桂州任掌书记，翌年冬返回洛阳。大概就在桂州期间，李商隐写下了一首怀念妻子的诗《端居》：

远书归梦两悠悠，只有空床敌素秋。

阶下青苔与红树，雨中寥落月中愁。

诗人独自滞留异乡，在秋风秋雨之夜，更加思念妻子。一个“敌”字，写出孤枕难眠的凄清，似乎室外的青苔与红树都染上了愁绪。

而李商隐那首更有名的《夜雨寄北》同样采用了较为直接的情感表达。这首诗的作年一直有争议，清代学者认为，李商隐在宣宗大中二年返回洛阳家中时，曾游过巴东一带。更多现代学者则认为，这首诗写于大中五年李商隐赴蜀之后，此时他的妻子已经去世。但是，从地理上看，李商隐赴蜀任职的东川幕府治所在梓州，与巴山相距甚远，因此《夜雨寄北》应当是诗人于大中二年（848）秋末在巴东时寄给妻子的诗。

君问归期未有期，巴山夜雨涨秋池。

---

1 李商隐《重寄外舅司徒公文》。

何当共剪西窗烛，却话巴山夜雨时。

造成这首诗深情缠绵效果的不是秾丽朦胧的意象，而是特别的时间结构。诗人从当下想象未来，又从未来回到当下，表现出一种时间上高度浓缩的内心经验，即如海德格尔所说，诗人此刻超越了日常此在的“当前化”。在蜿蜒耸峙的巴山深处，在一个秋雨绵绵的夜晚，诗人收到妻子的音信，他盼望能早日回到家中，并在夜阑时向妻子讲述自己收到来信时的心情，将此刻的忧愁化为未来回忆忧愁时的快乐。时间消磨了一切，又决定了一切。

李商隐很快就回到了长安，此后几年，他辗转于京畿和徐州幕府担任低级职务。宣宗大中五年（851），王氏去世，这对于他是一个沉重的打击。同年秋，他再次离开京城，赴东川节度使柳仲郢的幕府任职。在梓州的四年间，李商隐对佛教产生了兴趣，捐钱在石壁上刊印《法华经》，甚至一度想要出家为僧，并以早岁就已“志在玄门”以及怀念亡妻、抚养子女为由，婉拒了柳仲郢为他物色侍妾的好意：

悼伤以来，光阴未几。梧桐半死，方有述哀；灵光独存，且兼多病。眷言息胤，不暇提携……至于南国妖姬，丛台妙妓，虽有涉于篇什，实不接于风流。[1]

---

1 李商隐《上河东公启》。

可见当时人已将李商隐流传在外的一些情诗看作在描写他自己，而李商隐明确声称，他那些宅宴应景的情诗都与自己无关。但这也证明，在他心里，这些情诗的确无关政治讽喻。李商隐为自己做出辩护，表明他一生追求的始终是精神的恋爱，是内心的情感，而不是肉体的欢愉。

宣宗大中十年（856），李商隐罢职回到洛阳，冬日的一天，他来到岳父的旧居崇让宅。这座深宅大院已经许久没人居住，当年新婚宴尔时，他和妻子就住在这里，如今独自院中徘徊，人去楼空，眼前只剩一片荒凉：

密锁重关掩绿苔，廊深阁迥此徘徊。
先知风起月含晕，尚自露寒花未开。
蝙拂帘旌终展转，鼠翻窗网小惊猜。
背灯独共余香语，不觉犹歌起夜来。

——《正月崇让宅》

这首诗又回到李商隐七律诗那种意象稠密的风格，但悼亡的主题显而易见。夜深人静，诗人背灯独坐，恍惚间正在与妻子共语，就像《夜雨寄北》中想象共话西窗的情景一样，诗人不觉忘情地吟起离别相思之歌，[1]但这一次却是永诀。

1 《乐府诗集》中有《起夜来》杂曲，施肩吾《起夜来》："香销连理带，尘覆合欢杯。懒卧相思枕，愁吟《起夜来》。"

四

李商隐的诗是诗歌史上意旨最不明确的，或者说，不确定性构成了李商隐诗歌的主要特点。这种不确定性赋予他的诗歌某种象征意味，让读者极力想要知道诗歌背后所代表和意味着的东西。在他晚年写的《锦瑟》中，象征的意味尤为显著，这首诗多被旧编李集置于他的诗集之首，仿佛代表了他全部诗歌的风格。

锦瑟无端五十弦，一弦一柱思华年。
庄生晓梦迷蝴蝶，望帝春心托杜鹃。
沧海月明珠有泪，蓝田日暖玉生烟。
此情可待成追忆，只是当时已惘然。

历来的诗评家和读者都认为这首诗是李商隐对自己一生的回忆，全诗缺乏整体脉络，似连似断，难以解读。“庄生晓梦”意思还算清晰，也许是为了表达人生的虚妄；“望帝春心”却令人费解，为什么要用望帝与其臣妻偷情的故事，难道只是为了表达爱的追求？沧海珠泪象征什么？蓝田生烟又象征什么？二者之间又有什么关系？是否仅仅因为前者给人清冷透明，而后者给人温暖迷蒙的感觉？这首诗引起了后人许多矛盾的解释，它可以理解为政治寄托，可以理解为自述生平，可以理解为悼亡，还可以理解为失恋，或者竟是包括了仕途、爱情、悼亡在内的自伤身世。

我们唯一知道的是，诗中的意象都很幽美，诗人将这些缺乏逻辑关联的意象并置于对句中，最终引出尾联较为明确的意旨：一种欢乐与忧伤交织的惘然感。这种惘然的情绪也是我们阅读此诗的整体感受，它打破了世人的审美习惯，它的美恰恰是因为缺乏具体所指而产生的不确定印象，试图从每个典故中寻绎确切的内蕴是无意义的，因为意象的所指与典故是分离的。

的确，这首诗就像是在描写一个梦，而梦境是片段的，跳跃的，没有逻辑的，完全不符合语言表达应当具有的自明性。李商隐似乎并不在乎意象的确指和关联，而是被每一种意象本身的美所吸引。这或许正是李商隐的追求，他第一个发现了汉语意象组合的秘密，非逻辑的意象并置可以构成诗歌主题的多重可能性，指向没有结果的缺憾。

世间所有美好的事物都是有缺憾的，这就是《锦瑟》的主调，也是李商隐全部诗歌的主调。个性中的矛盾与人生中的缺憾构成了李商隐诗歌的美。古今批评家们常常在他的诗中看到杜甫的影响，如果用一个不很恰当的中西对比，可以说，在情感的广度上，杜甫像托尔斯泰，李商隐则更像卡夫卡。

当李商隐还在京城任职时，某一天黄昏曾独自登上长安城东南的乐游原。那里是京城地势最高的地方，可以俯瞰整个长安城，汉宣帝曾在此修建乐游庙，历来都是游人览胜之处。

向晚意不适，驱车登古原。

夕阳无限好，只是近黄昏。

——《乐游园》

心情极度郁闷的李商隐之所以要登临此地，因为这里是可以一览无余的“古原”，脚下是有着千年历史的长安城，夕晖下展现出无边无际的恢宏景象。这不是普通的登临赏景，而是对时间的俯瞰。在美好夕阳的缓缓下沉中，李商隐似乎感觉到了生命的迟暮，它正在发出最后的余晖。

有意思的是，十八世纪的德国文豪歌德也曾抒发过对夕阳的感受。歌德当时已经七十五岁，他相信人类精神是不朽的，就像太阳永远不停地照耀。有一次，他与朋友爱克曼散步林中，在转回魏玛的路上，他们突然看到了落日，歌德沉思片刻，朗诵了一句五世纪希腊诗人侬努斯的诗：

西沉的永远是这同一个太阳。[1]

同样是面对夕阳，李商隐感受到的是当下时间的短暂，歌德感受到的是超越时间的永恒。这似乎代表了中西文化在生命意识上的某种差异。中国士人总是处在人生范围内的积极与消极之间，而他

1 爱克曼辑录《歌德谈话录》，朱光潜译，人民文学出版社，1978年。

们接受的佛道思想最终又使他们倾向于人世的无常。李商隐看到了自然生命的最深处，因而他的感受只能是绝望。

宣宗大中十二年（858），李商隐从京城盐铁推官的职位上罢职，回到郑州家居，不久便在凄凉寂寞中去世。他一生都在追求不完整的爱情，并将这种遗憾提升到某种普遍意义的层面，正如他那首可能写于晚年在蜀地访禅寺的《北青萝》：

> 世界微尘里，吾宁爱与憎。[1]

既然世界都不过是一粒微尘，又何必念念不忘卑微生命里的种种情感呢？然而，李商隐的一生恰恰又深陷于人世的情网之中，无法解脱。

这就是李商隐，他一生的情感充满矛盾，但正是这矛盾让他写出了那些不朽的诗篇，成为一个超越了自己所处时代而愈益显出生命的深刻性的诗人。

---

1 《法华经》："譬如有经卷书写三千大千世界事，全在一微尘中。"《金刚经》："以三千大千世界，碎为微尘。"李商隐早年也曾接触过佛教徒，但真正研读佛经，并捐钱刊印《法华经》，是在梓州时期，故此诗应作于其入蜀之后。

温庭筠

（约812—约866）

雁声远过潇湘去

在温庭筠眼里，不但历史上那些追逐功名的文人到头来都成了一堆坟包，就连帝王的荣华富贵也如草木一般荣枯无常。当一个人在情感上开始与王朝政治保持距离，历史的正统叙事也就遭到了颠覆。

词客有灵应识我

霸才无主始怜君

一

这大概是晚唐才会出现的科举考试丑闻。宣宗大中九年（855），漏泄赋题，有举子找枪手事先写好文章并中选，事情败露后，甚至闹到宣宗皇帝那里，涉事官员均受到处分。这位代笔的高明枪手就是温庭筠。

当时的省试诗采用六韵或八韵，对声韵的要求极为苛细，中晚唐常有因失韵而落第的举子。逸史称温庭筠文思敏捷，精于声韵，每次入场考试，“凡八叉手而八韵成”，[1]因此得了个“温八叉”的绰号。事后温庭筠没有受到更重的惩罚，这可能与唐代科考本来就是半公开的形式有关，对科场捉刀看得还不那么严重，而宋代以后这就是不可想象的事了。有意思的是，温庭筠自己在举场多年，却

1 孙光宪《北梦琐言》。“叉手”即两手交叉齐胸，俯首到手，犹如作揖，又称抄手。

屡试不中，显然他的放浪浮薄连考官都是知道的，最终还是影响到了他的前程。

科举制度给下层士子提供了一个入仕的机会，由于及第后还能免除税赋，因此竞争十分激烈。尤其进士科为时所尚，每年入京应试的乡贡考生少至六七百人，多至千余人，而录取人数只有三十人左右，因而常有屡试不第的现象。这种情况下，通关节，走后门，相互援引，拉帮结派的弊端自然时有发生。那些依靠礼教立身的士族始终瞧不起乡贡进士出身的庶族，认为他们只会辞藻，浮薄无行。靠门荫入仕的士族李德裕甚至认为，朝廷显官须是公卿子弟，因为他们自小便熟悉朝廷的行政运作。始于宪宗朝的牛李党争便是这两个阶层斗争的反映，持续近四十年，直到宣宗朝才结束。

从历史的演进看，庶族的兴起代表了进步，而坚守礼教的士族代表了保守，这是理解唐宋之变的关键。有意思的是，代表庶族官僚的牛僧孺、令狐绹党更喜欢权争，政治上却碌碌无能；倒是士族出身的李德裕颇有治国才干，当政时平定回鹘，抑制宦官，并试图改革科举制度，成为一代名相。两党之争削弱了唐王朝，导致藩镇势力坐大，最后将官僚和宦官集团一举消灭。唐朝的制度危机虽然解决了，但近三百年的王朝也同时落下了帷幕，那已经是在温庭筠去世四十多年后。

温庭筠当然不会知道自己正身处唐朝末期，他一生的主要时间正值代表庶族进士的牛党执政。虽说温庭筠是唐初宰相温彦博的裔孙，但富贵不过三代的确是千古不易的道理，到了他这一代，家族早已衰微，要想重振家声，只有靠科举入仕。可是温庭筠偏偏又恃才不羁，在京城与权贵无赖子弟裴諴、令狐缟相与狎昵，又喜欢讥刺权贵，多犯忌讳。

科场案过了一两年，温庭筠被贬为随县尉，之后前往襄阳，在节度使徐商幕中做巡官。徐商内迁后，温庭筠客居江陵，在经过扬州时仍不改倨傲放浪，不去谒见时任淮南节度使的令狐绹，而是终日在花街柳巷寻欢，被巡夜的虞侯打落牙齿，结果令狐绹判虞侯无罪。此事传遍了京城，温庭筠不得不赴长安为自己辩冤。

这些都是正史的记载，但由于唐武宗后实录就已中断，宣宗、懿宗、僖宗、昭宗朝都缺乏官方史料，新旧《唐书》只得采用杂史笔记。如据《北梦琐言》等书，宣宗爱唱《菩萨蛮》词，令狐绹让温庭筠制作后献给皇帝，并要他保密，可温庭筠到处对人说，让令狐绹非常恼怒。不过，这些杂史记载毕竟难资证信。

温庭筠曾写《觱篥歌》诗赞扬过李德裕，这首诗原注谓："李相伎人吹"，借乐府旧题咏李德裕乐伎吹觱篥的事迹。

黑头丞相九天归，夜听飞琼吹朔管。

李德裕曾在武宗朝任宰相，一度励精图治，但武宗病逝后，牛党上台执政，李德裕被贬至崖州，并于宣宗大中三年（850）去世。显然，与李商隐一样，温庭筠在政治上是同情李德裕的，他意识到武宗朝的会昌中兴太短，难挽王朝颓势，使人联想到几百年前陈朝的命运。

> 景阳宫女正愁绝，莫使此声催断魂。

这可能才是令狐绹排斥温庭筠的主要原因，毕竟在中晚唐，温庭筠的德行并不比其他进士文人更为不端。

我们不知道温庭筠的传记中有多少是轶闻，只知道他终身未第，任过县尉，做过国子监助教。他的放荡名声给他增添了不少逸事，甚至盖过了他的诗名，让人误以为他的诗全是绮艳柔靡之作。实际上，温庭筠是关怀时事的，上面这首赞扬李德裕功绩的《觱篥歌》就是例证。

不过，温庭筠对时事的关心是有限的，他更关心诗歌本身的艺术效果。在作于早年的一首边塞诗《回中作》中，温庭筠写道：

> 苍莽寒空远色愁，呜呜戍角上高楼。
> 吴姬怨思吹双管，燕客悲歌别五侯。
> 千里关山边草暮，一星烽火朔云秋。
> 夜来霜重西风起，陇水无声冻不流。

“回中道”是一条驿道，南起陕西陇县，北至宁夏固原，为当年汉武帝巡幸时所建。这首诗不像通常的边塞诗所应当表现的伤今主题，颔联借荆轲事描写壮士一去不还，引喻失当说明诗人的兴趣全在诗的形式，对于战争本身没有什么价值评判，只是客观地描绘情景。这是一幅壮美的边塞图：边城上角声响起，烽火在草原上点燃，北方的河水已经冻结。

对于当时的读者来说，只要对边塞的描写能引起遐思，令人想象那遥远的冬天的陇水，就是一首佳作。

二

像中晚唐的许多诗人一样，温庭筠也写有不少怀古诗。这毕竟是一个士人的政治抱负越来越难以实现的时代，对他们来说，从古至今都不乏生不逢时的事例，可以成为自己怀才不遇的镜像。历史从来都是中国人的最高价值标准，历朝历代都建有纪念历史人物的场所，包括那些遭受过前朝不公正待遇的官员，这既代表了官方的立场，也反映了民间的态度，它在某种程度上是为社会树立起伦理标杆。当温庭筠宦游各地，经过这些名胜时，无疑会对古人的际遇发出一番感慨。

苏武魂销汉使前，古祠高树两茫然。
云边雁断胡天月，陇上羊归塞草烟。
回日楼台非甲帐，去时冠剑是丁年。
茂陵不见封侯印，空向秋波哭逝川。

——《苏武庙》

曾于青史见遗文，今日飘蓬过此坟。
词客有灵应识我，霸才无主始怜君。
石麟埋没藏春草，铜雀荒凉对暮云。
莫怪临风倍惆怅，欲将书剑学从军。

——《过陈琳墓》

温庭筠在苏武的遭遇中看到命运的乖戾，又在陈琳的遭遇中发现异代的同调。《苏武庙》中间两联的属对向读者展示了律诗的锤炼范式。五、六句是时间的倒置，类同李商隐“此日六军同驻马”一联的句法，在时间上高度压缩和跳跃。诗人立足于此刻，从过去的某一时刻回溯到更远的过去，下一联又回到过去的某一时刻。故事发生的真实时间是二十年，而这个故事离此刻的时间又是九百年，这种写法可以看作一种复调的叙事结构。孔子在川上对时间的感叹成为后世士人挥之不去的伤感，以致最后一句给我们造成了这样的疑问：是苏武在哭逝川，还是温庭筠在哭逝川？

《过陈琳墓》三、四句是语义上的互文回环，“应识我”与“始怜君”表达出隔着时代的惺惺相惜。历史早已昭示，文人的手中只有笔，没有剑，当他们面对时代而深感无力时，总想要在历史中寻找值得效仿或羡慕的榜样，获得精神上的安慰。

与刘禹锡和杜牧那些忧世伤时的怀古诗相比，温庭筠的怀古诗表达的是一种更加个人化的情绪。明代诗评家许学夷说：“庭筠七言律，如'莽莽寒空''苏武魂销''曾于青史'三篇，乃晚唐俊调。"[1]不仅是晚唐，这三首诗的沉郁顿挫既是李商隐式的风格，也是杜甫式的风格。

然而，温庭筠毕竟是温庭筠，他既不是李商隐，更不是杜甫。对于三国时蜀相诸葛亮的失败，杜甫是归于气数："运移汉祚终难复。"（《咏怀古迹》其五）李商隐是归于人事："关张无命欲何如？"（《筹笔驿》）而温庭筠则是归于天命："中原得鹿不由人。"（《经五丈原》）杜甫、李商隐在诗的结尾都对武侯表示叹惜，温庭筠却以劝后主降魏的谯周结束："象床锦帐无言语，从此谯周是老臣。"在他看来，历史人物的命运就是这样充满了无奈与讽刺，因而他没有多少济世的想法，他只关注自己的命运，假若看不到出路，他也就认了。

古坟零落野花春，闻说中郎有后身。
今日爱才非昔日，莫抛心力作词人。

——《蔡中郎坟》

甚至连挣扎都懒得挣扎，只有冷静的凭吊。

路傍佳树碧云愁，曾侍金舆幸驿楼。

---

1 许学夷《诗源辨体》卷三十。

草木荣枯似人事，绿阴寂寞汉陵秋。

——《题端正树》

诗人徘徊在华清宫的端正楼前，想象当年杨贵妃在树下梳妆接驾的情景。在他眼里，不但历史上那些追逐功名的文人到头来都成了一堆坟包，就连帝王的荣华富贵也如草木一般荣枯无常。当一个人在情感上开始与王朝政治保持距离，历史的正统叙事也就遭到了颠覆。

昔年戎虏犯榆关，一败龙城匹马还。
侯印不闻封李广，他人丘垄似天山。

——《伤边将》

自从司马迁为李广写下“桃李不言，下自成蹊”的评语，后人总是慨叹李广难封，直到王昌龄的《出塞》，仍将捍卫边疆的希望寄托在这位龙城飞将的再世。实际上，李广难封是因为他有勇无谋，先是兵败被俘，后又贻误战机，从未取得过“不教胡马度阴山”的战绩。温庭筠这首诗是对真实历史的还原。更重要的是，他对那些阵亡的普通士兵表达了深切的同情，超越了夷夏之防的观念。历代所有战争中，承受最大代价的永远是百姓，这也是晚唐诗人一种新的战争视角。

温庭筠从感叹王朝兴废的怀古诗传统中抽身出来，只对历史上战争造成的毁灭与灾难加以评判，因而他的怀古更像是客观地咏史，南朝遗迹提供给他的更多是荒凉与萧瑟。

路分溪石夹烟丛，十里萧萧古树风。
出寺马嘶秋色里，向陵鸦乱夕阳中。
竹间泉落山厨静，塔下僧归影殿空。
犹有南朝旧碑在，耻将兴废问休公。

——《开圣寺》

全篇都在写景，溪石、古树、夕阳、山厨，衬托着行旅的荒凉与寺庙的衰败。事过境迁，就不必拿兴废之事去询问当年建寺的惠休和尚了，最后的落幕都是归于虚无。即使游览本朝遗址，温庭筠的感想也与白居易、李商隐迥然不同。除了前面提到的《题端正树》，还有《马嵬驿》：

穆满曾为物外游，六龙经此暂淹留。
返魂无验青烟灭，埋血空生碧草愁。
香辇却归长乐殿，晓钟还下景阳楼。
甘泉不复重相见，谁道文成是故侯。

当时方士关于杨贵妃流落海外的传说是不可信的，就像汉武帝时的齐人少翁用方术招亡妃王夫人再现，封文成侯，建甘泉宫，最终却因方术失灵而被诛杀。“返魂无验”是安史之乱后文人尚存的浪漫幻想的破灭。这个幻想是为了保留复兴开元盛世的希望，但在温庭筠心中早已引不起任何共鸣，眼前的景象只有青烟飞灭，碧草空生。富贵荣华在他就像一场盛大的夜宴，最终的结局往往是——

高楼客散杏花多，脉脉新蟾如瞪目。

——《夜宴谣》

终夜狂欢者饮尽最后一杯酒后相继散去，一切又归于寂静，只有新月像蟾蜍睁大的眼睛，默默地俯视着这个过于喧嚣的世界。

三

就是在这种灰暗情绪的驱使下，温庭筠想要忘却世间的烦恼，当他宦游各地，行经利州时，立刻就被眼前的生活世界吸引住：

澹然空水对斜晖，曲岛苍茫接翠微。
波上马嘶看棹去，柳边人歇待船归。
数丛沙草群鸥散，万顷江田一鹭飞。
谁解乘舟寻范蠡，五湖烟水独忘机。

——《利州南渡》

利州在今天的四川广元，嘉陵江穿城而过，诗人伫立江边，望着眼前的一片生机景象。这是一个人决意退出名利场后重新发现的日常生活，没有任何历史兴亡的铺垫，人们在柳树下等待渡船返回，群鸥消失在草丛中，孤鹭与落霞齐飞，我们再一次看到那种“独怜君”的感触。古往今来，人们不断传诵着范蠡的故事，可又有谁能真正理解他呢？

温庭筠似乎是理解范蠡的，当他漂泊到江南，镜湖的景色立即迷住了他。

湖上微风入槛凉，翻翻菱荇满回塘。
野船着岸偎春草，水鸟带波飞夕阳。
芦叶有声疑雾雨，浪花无际似潇湘。
飘然篷艇东归客，尽日相看忆楚乡。

——《南湖》

湖岸的绿色，夕阳的余晖，构成一幅明媚秀丽的画图，这是唐诗中广泛采用的意境，温庭筠描写景物的能力体现在“鸟飞夕阳”和“芦叶有声”的细腻感觉上，通篇写景都在围绕起句展开，表现湖上的微风。

“五湖烟水”是一个象征，意味着回到日常的生活世界，在这个世界里，温庭筠是快乐的、慵懒的。他在诗中充分展示了自己对冶游生活的熟悉：

曲巷斜临一水间，小门终日不开关。
红珠斗帐樱桃熟，金尾屏风孔雀闲。
云髻几迷芳草蝶，额黄无限夕阳山。
与君便是鸳鸯侣，休向人间觅往还。

——《偶游》

曲巷深处的这座住宅终日关着门，我们看到的室内景物是在夜晚。绣着樱桃的斗帐，饰着孔雀的屏风，暗示着这是一间春意浓浓的闺房。果然，一位梳着云髻、贴着额黄的美丽女子出现了，她娇媚地向男子发出共眠的召唤，有佳人相伴，用不着再为功名烦恼不休。这是诗人对人间七情六欲的肯定，相比之下，徒劳地追求人世功名反倒显得有些俗了。同样是消极，既然可以在山水中寻求安慰，又为何不能在情爱中获得慰藉呢？它们不是世道沦丧的标志，而是平常生活的显现。

这首诗让人自然想到温庭筠那首著名的《菩萨蛮》词：

小山重叠金明灭，鬓云欲度香腮雪。懒起画蛾眉，弄妆梳洗迟。

照花前后镜，花面交相映。新帖绣罗襦，双双金鹧鸪。

同样是写闺房环境和女子梳妆，孔雀画屏换成了小山画屏，头上的额黄换成了衣饰上的鹧鸪。

我们知道，词这种形式在盛唐就出现了。据崔令钦《教坊记》载，玄宗开元年间，教坊中就有了《菩萨蛮》等配燕乐的小令，供宫廷、酒肆演唱。与南北朝传下来的清乐如《杨柳枝》等旧题乐府相比，这种“胡夷、里巷之曲”多用长短句的形式，[1]更适合音乐曼妙悠扬的特征，能让歌妓在饮酒行令的欢宴中歌唱缠绵的男女之情。随着长短句的兴起，中晚唐时除了翻为新声的旧题乐府外，整齐的诗歌就渐渐退出了音乐。自中唐起，戴叔伦、韦应物、白居易、王建等诗人都写有小令，而温庭筠则是唐代第一个大量作词的诗人，这让他的诗不免受到词的婉媚侧艳的影响。

《偶游》诗就是如此，其中已有词的意味。温庭筠诗集中许多题为《杨柳枝》的乐府与其长短句共同构成了他“能逐弦吹之音，为侧艳之词”的曲子词创作，[2]词意也渗入了他的许多诗歌，明显以词句入诗的还有他的七律《题崔公池亭旧游》：

皎镜方塘菡萏秋，此来重见采莲舟。
谁能不逐当年乐，还恐添成异日愁。
红艳影多风袅袅，碧空云断水悠悠。
檐前依旧青山色，尽日无人独上楼。

尤其是《惜春词》二首：

1 《旧唐书·音乐志》。
2 《旧唐书》本传。

百舌问花花不语，低回似恨横塘雨。
蜂争粉蕊蝶分香，不似垂杨惜金缕。

愿君留得长妖韶，莫逐东风还荡摇。
秦女含颦向烟月，愁红带露空迢迢。

诗歌秾丽婉约，声情摇曳，仿佛是梁陈宫体诗的回归，却未尝不是诗歌更加世俗化的表现。梁元帝提倡“绮縠纷披，宫徵靡曼，唇吻遒会，情灵摇荡”，是说文字要华丽，声律要好听，这已成为晚唐都市庶众的欣赏趣味。

“问花花不语”极尽婉媚，但这句诗可能最早出自晚唐诗人严恽的“尽日问花花不语，为谁零落为谁开”。[1]此后，韦庄的“南望去程何许，问花花不语”（《归国遥·春欲暮》），欧阳修的“泪眼问花花不语，乱红飞过秋千去”（《蝶恋花》），都袭用了此句。苏轼的“太守问花花不语，为谁零落为谁开”（《吉祥寺赏花，寄陈述古》），袭用的成分就更多了。这种模仿在古代诗歌创作中是很常见的现象，从中也可以看出温庭筠诗歌的词味。

---

1 严恽《落花》：“春光冉冉归何处，更向花前把一杯。尽日问花花不语，为谁零落为谁开。”杜牧《和严恽秀才落花》：“共惜流年留不得，且环流水醉流杯。无情红艳年年盛，不恨凋零却恨开。”

四

温庭筠的诗歌风格是多样的，他的七绝不仅有纤秾，还有清冷。

冰簟银床梦不成，碧天如水夜云轻。
雁声远过潇湘去，十二楼中月自明。
——《瑶瑟怨》

江海相逢客恨多，秋风叶下洞庭波。
酒酣夜别淮阴市，月照高楼一曲歌。
——《赠少年》

依然是江南都市的夜景，一写闺怨，一写旅情，采用大写意的笔法，通篇既是景语，又是情语。“雁声远过”“月照高楼”都是绝佳的意境，有一种不知今夕何夕的悠远，同时又显得气韵高华。

温庭筠对诗歌风格进行了多方面的探索，甚至尝试了平易浅近的诗。

溪水无情似有情，入山三日得同行。

岭头便是分头处，惜别潺湲一夜声。

——《过分水岭》

这是一次充满乐趣的旅行，溪流沿着山路向上蜿蜒，一直伴随着旅人，直到第三天才到达岭头，休息一夜后，天明就要跟溪水依依惜别了。这种平白如话又富有情趣的风格令人想起宋代杨万里的《桂源铺》。当温庭筠描写田园风光时，他好像更愿意采用这种质朴的笔法，表现对世俗生活的热爱。

槿篱芳援近樵家，垄麦青青一径斜。

寂寞游人寒食后，夜来风雨送梨花。

——《鄠杜郊居》

温庭筠似乎很喜欢“一径斜”的意象，尽管这可能是从杜牧的《山行》中得来。在另一首诗中，那条暮春田野中的斜径又一次出现在秋日的田野中。

钓渚归来一径斜。（《郊居秋日有怀一二知己》）

而在他的五律中，这个意象再一次出现。

西溪问樵客，遥识楚人家。

古树老连石，急泉清露沙。

千峰随雨暗，一径入云斜。

日暮飞鸦集，满山荞麦花。

——《题卢处士山居》

诗人要去访问的卢处士并未现身，颈联暗示了他的去向，这是一种寻隐士不遇的唐诗惯用方法。但此诗的新颖处在于，诗人不再着眼于无处寻觅的隐者，他虽然没有见到卢处士，却并不感到惆怅。正是飞鸦还巢的时候，暮色中瞥见满山的荞麦花，眼前顿时明亮起来。在访处士不遇的过程中，诗人从最日常的景物中发现了生活之美。

与李商隐一样，温庭筠对七律的偏好并不妨碍他在五律上的用心，这两种形式都是他那个时代的时尚。《题卢处士山居》便充分运用了属对的并置技巧。就像谢灵运的名句“池塘生春草，园柳变鸣禽”，或现代诗人海子的名句“面朝大海，春暖花开”，都是将不相关的意象并置，产生一种奇特的激活作用，使本来普通的文字变成了诗。

诗人并不创造诗，而是发现诗。每一个词语都是诗的要素，纷然散落在宇宙的混乱秩序中，等待着诗人去发现它们之间的内在关系。下面这首《春日野行》同样体现了温庭筠在对句中的努力。

骑马踏烟莎，青春奈怨何。

蝶翎朝粉尽，鸦背夕阳多。
柳艳欺芳带，山愁萦翠蛾。
别情无处说，方寸是星河。

这是一首表现手法十分复杂的代言体，以女子的口吻写春日骑马出行。颔联想象奇特，清晨，蝴蝶翅膀上的粉渐渐褪去，黄昏时分的鸦背驮着夕阳。颈联描写女性内心的无理有情，埋怨柳叶过于春风得意，压倒了自己的芳带，而紧蹙的愁眉就像起伏的山势。这首诗虽是传统春怨题材，但末句写相思，两心之间仿佛隔着银河，却是古诗“迢迢牵牛星，皎皎河汉女”的翻新。

温庭筠显然是文学史上一个被严重低估了的诗人，尤其是他在艺术表现上的探索。为了给他的诗做一个总结，我们必须提到那首描写羁旅辛苦的著名的《商山早行》，这首诗是诗人离开长安前往襄阳途中所作。唐人由京城出关中或由江南赴京城，除沿着渭水，经由华阴至洛阳的潼关道之外，穿越秦岭，经由蓝田、武关至襄阳的商州道是另一条重要的交通线。

晨起动征铎，客行悲故乡。
鸡声茅店月，人迹板桥霜。
槲叶落山路，枳花明驿墙。
因思杜陵梦，凫雁满回塘。

前人从全篇评论此诗，认为颔联最佳，此后便塌了下去，没有振拔之势，索然少味。[1]这其实是颔联过于出色的缘故，短短两句就描绘出唐代士人的羁旅况味。拂晓时分，月亮尚悬挂在旅舍上方，旅人就已起身赶路，在铺着薄霜的板桥上留下一串足迹，也把疃疃的山影和驿墙印在了记忆中。

也有诗论家从颔联看出了时代的特征，如明代胡应麟在《诗薮》中总结说："盛唐句如'海日生残夜，江春入旧年'，中唐句如'风兼残雪起，河带断冰流'，晚唐句如'鸡声茅店月，人迹板桥霜'，皆形容景物，妙绝千古，而盛、中、晚界限斩然。故知文章关气运，非人力。"时势的兴衰形塑了盛唐诗的雄浑，中唐诗的劲健，晚唐诗的衰飒。虽说这只是一种时代风格的粗略概括，但注重"文变染乎世情"，不能不说是中国诗学的一个重要特点。

透过"鸡声茅店月，人迹板桥霜"的画面，我们仿佛看见这位杰出的诗人正行走在萧瑟的晚唐背景中。

---

1 沈德潜《唐诗别裁》："早行名句，尽此一联。中晚律诗，每于颈联振不起，往往索然兴尽。"冒春荣《葚原诗说》："温岐《商山早行》，于'鸡声茅店月，人迹板桥霜'下接'槲叶落山路，枳花明驿墙'，便直塌下去，少振拔之势。"

韦庄

（约836—910）

今日乱离俱是梦

唐末诗歌在艺术上或不及盛、中唐，但在思想上却很深刻。在一个大厦将倾的时代，大多数诗人已无心锤炼字句，民不聊生的现实让他们惶惶不可终日，每一天都可能是迄今最坏的一天，也可能是未来最好的一天。韦庄的心里有一种时日无多的紧迫感。

今日故人何处问
夕阳衰草尽荒丘

一

韦庄大约出生于唐文宗开成元年（836），在他出生的时候，唐王朝已经存在了二百多年。韦庄的先祖韦待价做过睿宗朝的宰相，高祖韦应物当过德宗朝的苏州刺史，他自己一生经历了六个皇帝，最终活到七十五岁，目睹了唐朝的覆灭。对于出身京兆韦氏世家的韦庄来说，这不啻为一个天翻地覆的变化，尽管帝国的肌体是慢慢腐烂的，从僖宗乾符二年（875）黄巢起兵，到天祐四年（907）哀帝禅位，其间又经过了三十年的漫长过程。

唐代的门第观念到了王朝末期已经荡然无存，韦庄这一辈，家境早已衰落，但童年时寓居下邽的生活仍是欢快的，充满淘气和逃学的乐趣。

昔为童稚不知愁，竹马闲乘绕院游。
曾为看花偷出郭，也因逃学暂登楼。
招他邑客来还醉，儳得先生去始休。
今日故人何处问，夕阳衰草尽荒丘。

——《下邽感旧》

这首诗作于庚子乱后，童年的竹马绕院与眼下的衰草荒丘形成不堪回首的对比。唐僖宗广明元年（880）十二月，黄巢军队攻打长安，僖宗仓皇奔蜀，韦庄当时正好在长安应试，被困京城，弟妹也四处逃散。第二年，韦庄从长安逃往洛阳，大概在经过下邽时，又和离散的弟妹团圆。

九衢漂杵已成川，塞上黄云战马闲。
但有羸兵填渭水，更无奇士出商山。
田园已没红尘里，弟妹相逢白刃间。
西望翠华殊未返，泪痕空湿剑文斑。

——《辛丑年》

为躲避战乱，韦庄在洛阳乡间居住了两年，长安陷城时的血腥场面不时出现在脑际：京城血流成河，田原荒芜，白骨露野。东都洛阳的战乱也好不到哪儿去，西晋时期的金谷园，大唐王朝的上阳宫，全都堙没在野草荒烟中。联想起东汉末王粲《登楼赋》中的“原野阒其无人兮，征夫行而未息”，此刻不正是历史的情景重现吗？

十亩松篁百亩田，归来方属大兵年。
岩边石室低临水，云外岚峰半入天。
鸟势去投金谷树，钟声遥出上阳烟。
无人说得中兴事，独倚斜晖忆仲宣。

——《洛北村居》

一切都显出王朝即将覆灭的迹象，诗人只能继续逃往南方，那里的情形或许稍好一些，活下来的可能性更大。

韦庄在洛阳乡间写下长诗《秦妇吟》后，就与家人一道避难江南。那是在僖宗中和三年（883），途中遇到一位李姓友人，也是避难离开京城的。

前年相送灞陵春，今日天涯共避秦。
莫向尊前惜沉醉，与君俱是异乡人。

——《江上别李秀才》

面对这些沉痛的诗句，不得不说，韦庄的诗是乱离之诗，是那个时代的真实写照。

今存韦庄的诗大都作于乱离之后，辛文房在《唐才子传》（卷十）中说：“庄早尝寇乱，间关顿踬，携家来越中，弟妹散居诸郡。

西江、湖南，所在曾游，举目有山河之异，故于流离漂泛，寓目缘情，子期怀旧之辞，王粲伤时之制，或离群轸虎，或反袂兴悲，《四愁》《九怨》之文，一咏一觞之作，俱能感动人也。”其中“流离漂泛”至“一咏一觞之作”皆摘自韦庄弟韦蔼的《浣花集》序，可以说是对韦庄诗歌的最好概括。

因此，韦庄的诗总是充满了对难以挽回的昔日之回忆。

> 昔年曾作五陵游，午夜清歌月满楼。
> 银烛树前长似昼，露桃花下不知秋。
> 西园公子名无忌，南国佳人字莫愁。
> 今日乱离俱是梦，夕阳惟见水东流。
>
> ——《忆昔》

诗中描绘了昔日五陵的繁华光景，以及今日避难南方的凄凉心境。“西园公子名无忌，南国佳人字莫愁”，情致婉曲，类似词调。按殷元勋、宋邦绥《才调集补注》的说法，诗中的“无忌”代指曹丕，表现当年纵情游赏之乐，[1]“莫愁”则代指金陵的佳人。诗的结句，夕阳辉映着东流的江水，仿佛是在告别一个时代。它不是李白“唯见长江天际流”的意境，而是苏轼“大江东去，浪淘尽千古风流人物”以及明代杨慎“滚滚长江东逝水，浪花淘尽英雄”的张本。换

1 殷元勋、宋邦绥《才调集补注》卷三。

言之，它不是普通的离别，而是对一个逝去的时代的追忆。

二

当韦庄第一次来到金陵，看到六朝古都的衰飒，不禁抚今追昔，写下了那首著名的《台城》：

> 江雨霏霏江草齐，六朝如梦鸟空啼。
> 无情最是台城柳，依旧烟笼十里堤。

台城遗址在今天南京大行宫北一带，原是东吴首都的后苑城，东晋成帝时改建作尚书台和皇宫所在地。公元589年，隋灭陈后，台城被完全毁掉，夷为耕地。诗中的“台城”只是代指金陵，并非实景。

一般来说，典型的绝句结构讲究起、承、转、合，这首诗却句句都在转。起句写透过霏霏雨丝，依稀可见江边的蔓蔓青草与江岸相齐。第二句是承，一下跳到古时，“六朝如梦”四字将几百年的历史一笔带过，只有鸟仍在那里啼鸣。对诗人来说，六朝只是一个梦。它既是指六朝在时间上都很短，如最短的陈朝只有三十一年，像梦一样短暂变幻；又是指从唐末回溯六朝，中间隔着几百年的时间，当年的繁华像梦一样缥缈遥远。

写到这里，似乎已经说尽，所以第三句需要宕开，从意尽中转出新意来。“无情最是台城柳，依旧烟笼十里堤”，两句只有一个主体：柳。我们知道，柳树本是春天的标志，但这里的柳是“无情”的，不会像人一样面对六朝遗迹而悲伤。“最是”二字既是与前面的江草、江雨、鸟啼比较而言，更是与六朝的典章人物比较而言。全诗的“霏霏”“梦”“空”“烟”等意象都是在反复渲染诗人内心的迷惘与虚无。

怀古诗往往表现出一种中国人特有的时间意识。我们所有人都活在时间之中。对个体来说，时间是一个人的生命过程；对群体来说，时间是一个民族的历史过程。这种时间意识来自经验世界的直观结论，时间是无法超越的，人生就是百年生死，历史就是千古兴亡。怀古诗通常采用的一种思维结构，是将自然景物与历史遗迹并置，以自然的永恒反衬人事的短暂。在这首诗中，无情的是柳，也是自然，与它对应的六朝只是一个短暂的历史时期，在永恒的自然面前，人类的事务总是微不足道。

中国人时间意识的另一个特点是“退化的历史观”，真正的完美社会是上古的三代之治，而未来既无从知晓，也无法预测，我们只能通过过去来把握现在。因此，怀古诗通常采用的另一种思维结构，是将过去与现在并置，以过去的兴盛来反衬现实的衰落。六朝如梦，既是因为它的短暂，也是因为它的繁华。在诗句背后，掩藏着诗人对现实的深深忧虑。他想要抓住自己的体验，但这种体验却被时间冲淡，唯其如此，无情的感觉才更加强烈。

自然景物和历史遗迹是空间关系，现在和过去是时间关系。诗人正是通过连接时间的空间进入历史，通过对眼前景物的描写，将现实忧患转变为更大更深的悲伤。

历史上的西安、洛阳、开封、杭州、北京、南京等城市都曾作为京城，也都曾遭受过战争的毁坏，但只有南京似乎更具有一种历史的哀痛。在此之前，刘禹锡也写过一首《台城》：

台城六代竞豪华，结绮临春事最奢。
万户千门成野草，只缘一曲后庭花。

与刘禹锡相比，韦庄的诗少了些反思，多了些虚无。按照儒家的观点，刘禹锡的诗歌主题是批评统治者骄奢淫逸，在政治上显得更加正确。但今天看来，这样的历史认识未必是真知，只要皇权制度不改变，朝代兴替就只能是一部循环往复的历史。对于现代读者来说，某一个朝代的兴亡早已不再重要，打动他们的是时间。

一切存在都如白驹过隙，这就是中国古人对于历史与人生的时间意识。十九世纪俄国文学批评家车尔尼雪夫斯基说过："要是一种事物在我们看来不是永久的，而是要毁灭的，我们就会产生这个念头：时间是无穷的奔流，是吞噬一切的无底洞——这正是时间方面消极崇高的形式。"[1]韦庄《台城》诗的魅力，就在于它的主题正是因时间流逝所造成的"消极崇高"的美。

从北方逃到江南，生活安定了许多，那里的物阜民丰给韦庄留

1 车尔尼雪夫斯基《论崇高与滑稽》，见《车尔尼雪夫斯基论文学》中卷，辛未艾译，上海译文出版社，1979年。

下了深刻印象，他在词中这样回忆江南的人文风景：

人人尽说江南好，游人只合江南老。春水碧于天，画船听雨眠。垆边人似月，皓腕凝霜雪。未老莫还乡，还乡须断肠。（《菩萨蛮》其二）

如今却忆江南乐，当时年少春衫薄。骑马倚斜桥，满楼红袖招。翠屏金屈曲，醉入花丛宿。此度见花枝，白头誓不归。（《菩萨蛮》其三）

甚至后来到了别处，他仍然在诗里怀念江南：

二年音信阻湘潭，花下相思酒半酣。
记得竹斋风雨夜，对床孤枕话江南。

——《寄江南逐客》

曾为流离惯别家，等闲挥袂客天涯。
灯前一觉江南梦，惆怅起来山月斜。

——《含山店梦觉作》

中国历史上的战乱大多发生在北方，丰饶富庶而又偏离政治中心的江南为北方逃难之人提供了庇护之所，它同样也给逃避战乱的韦庄留下了美好的回忆。

三

韦庄是一位诗词兼擅的诗人，其词与温庭筠齐名，时称“温韦”。有意思的是，韦庄的词清新淡雅，诗却过于直白随便，甚至显得有点儿俗。这似乎也是唐末诗歌的共同特征，同时期的诗人郑谷、罗隐、陆龟蒙、皮日休、聂夷中都是往通俗直白的路上走。诗人们不再重视兴象，而是看重思想。

明代胡震亨曾评论韦庄的近体诗“出之太易，义乏闳深”。[1]事实上，按照兴象的标准，唐末诗歌在艺术上或不及盛中唐，但在思想上却很深刻。在一个大厦将倾的时代，大多数诗人已经无心锤炼字句，民不聊生的现实让他们感到惶惶不可终日，每一天都可能是迄今最坏的一天，也可能是未来最好的一天。“人意似知今日事，急催弦管送年华。”（《咸通》）韦庄的心里有一种时日无多的紧迫感。

与更加年长的李商隐或温庭筠相比，韦庄似乎并不太重视近体诗的意象和藻饰，而更愿意直截了当地表达对时事的看法。对于流离失所的他来说，此时再要讲究诗歌技巧未免显得过于奢侈，何况词的兴起使他可以将语言才华运用到这种新的形式上。在语言感受

---

1 胡震亨《唐音癸签》卷八。

力方面，韦庄并不逊色于晚唐其他重要诗人。

当然，如果仅仅是平实，诗便容易流于一般，韦庄放弃了意象、象征和隐喻，却得益于新的观念。在他的诗里，许多传统的价值观都被颠覆了。当庚子之乱，长安陷落，僖宗成为继玄宗之后又一位避难四川的皇帝时，陷入兵乱中的韦庄第二年在长安写下一诗，讥讽红颜误国的观点。

九重天子去蒙尘，御柳无情依旧春。
今日不关妃妾事，始知辜负马嵬人。

——《立春日作》

这在当时不只是韦庄一个人的看法，诗人罗隐也对此大加嘲讽。

马嵬山色翠依依，又见銮舆幸蜀归。
泉下阿蛮应有语，这回休更怨杨妃。

——《帝幸蜀》

矛头直指皇帝本人，说明唐末士人的观念真的变了，开始对历史有了深刻检讨。对于协助秦始皇统一天下的法家代表人物李斯，韦庄同样表达了强烈的憎恶。

蜀魄湘魂万古悲，未悲秦相死秦时。

临刑莫恨仓中鼠，上蔡东门去自迟。

——《题李斯传》

司马迁在《史记·李斯列传》的开头讲述了一个颇有意味的细节：李斯年少为小吏时看见厕中鼠十分惧怕人犬，而仓中鼠却“食积粟，居大庑之下，不见人犬之忧”，从此认识到获取权力的重要性。李斯后来位极人臣，最终却不免腰斩于市，在历史上留下贪图禄位、助纣为虐的名声，尽管后世士人更憎恶宦官赵高，而对李斯总抱有一丝物伤其类的同情。他们在李斯身上看到了士人的共同命运，那种剃人头者终被人剃的可悲结局。

唐末是一个法家思想受到质疑，而墨家思想重新抬头的时代。对于战争，古代中国历来有两种截然相反的观点：一是法家的“以战去战，虽战可也；以杀去杀，虽杀可也”；[1]一是墨家的“天欲人相爱相利，而不欲人相恶相贼”。[2]虽说汉代以来的王朝政权一直奉行儒表法里的国策，但试图恢复儒家之道的唐代士大夫一直都想辅之以墨家的“天志”思想，这从韩愈的《读〈墨子〉》就可以看出。当韦庄目睹战争的残酷时，他同样想到了“天道”。“但见时光流似箭，岂知天道曲如弓。”（《关河道中》）在韦庄看来，当前的战乱表明，天道遭到了破坏。

安史之乱后，面对唐帝国内部的藩镇割据，大多数士大夫一直

1 《商君书·画策》。

2 《墨子·法仪》。

都主张用战争来解决问题，但到了唐末，这一观念也被抛弃了。在士人眼里，王朝的存亡与自己毫不相干，任何战争都是庶民百姓遭殃，不合天道。当仓皇西逃的当朝皇帝都遭到轻视时，捍卫王朝政权的战争也就不再值得歌颂了。无论是检讨从前的对外战争，还是评价当下的对内战争，反战情绪开始在士人中弥漫，如陈陶的《陇西行》其二：

誓扫匈奴不顾身，五千貂锦丧胡尘。
可怜无定河边骨，犹是春闺梦里人。

曹松的《己亥岁》其一：

泽国江山入战图，生民何计乐樵苏。
凭君莫话封侯事，一将功成万骨枯。

张蠙的《吊万人冢》：

兵罢淮边客路通，乱鸦来去噪寒空。
可怜白骨攒孤冢，尽为将军觅战功。

后两首诗描写的都是庚子战乱的情形。除杜甫外，这种对王朝军队的抨击在盛唐的战争诗中是很少看到的，晚唐诗人们采取的已经完全是一种平民立场。与韦庄一样，曹松、张蠙都是在唐末累举不第的士人。唐人有“三十老明经，五十少进士”的说法，这种情形到了唐末尤其显著。曹松七十岁才登进士第；张蠙及第的时间是乾宁二年（895），比韦庄晚一年，此后他也避乱入蜀，做了前蜀的官员。

在僖宗广明元年之前，韦庄就已经参加过多次科考，但都没有中举。在洛阳写下《秦妇吟》后，他流离江浙一带，在南方四处漂泊，一直到昭宗景福二年（893）才再次入京应试，并于昭宗乾宁元年（894）登第，此时的他已年近六十。

进士及第后，韦庄被授予校书郎，后又任左补阙等官。他仕唐的时间只有六年，唯一值得一提的政绩是在昭宗光化三年（900）上奏朝廷，要求追赐李贺、贾岛、温庭筠、罗邺、方干、平曾、陆龟蒙等终身未第的诗人进士及第。这一举动实际上象征着唐王朝对官僚体制的最后挽救。

四

也就是在光化三年（900）十一月，宦官发动宫廷政变，囚禁昭宗，拥立太子嗣位，军阀朱温借机入京诛杀宦官与朝臣，掌控朝中大权。早在宦官囚禁昭宗时，韦庄便已深感国事无望，选择入西川节度使王建幕下，并在天祐四年（907）唐王朝覆灭后劝王建称帝，当了前蜀的开国宰相，直到蜀高祖武成三年（910）去世。韦庄最终没有为唐王朝守节，在他眼里，这个王朝在他写作《秦妇吟》时就已经死去。

《秦妇吟》在当时流传甚广，韦庄因此被时人称为“秦妇吟秀才”。但是，韦庄的弟弟韦蔼编《浣花集》时却未将此诗收入集中。据五代孙光宪《北梦琐言》（卷六）的解释，因诗中有“内库烧为锦绣灰，大街踏尽公卿骨”两句，引起公卿贵族不满，这让韦庄晚年讳言此诗，并垂戒子孙，禁其传布，从而使此诗在历史上消失了一千余年。直到二十世纪初，人们才在敦煌藏经洞发现了《秦妇吟》的完整抄本。诗为七言歌行，共238句，1666字，乃唐代第一长诗。

唐代的歌行体多为七言，最明显的形式特征是诗题中含有“歌”或“行”，此处的“吟”当即“歌”义。这首歌行通篇全是写实，很少想象、隐喻之辞，描写诗人在洛阳城外遇到一位逃难女子，接下来由女子自述身陷长安，目睹城破后百姓的悲惨景象：

扶羸携幼竞相呼，上屋缘墙不知次。南邻走入北邻藏，东邻走向西邻避。北邻诸妇咸相凑，户外崩腾如走兽。……家家流血如泉沸，处处冤声声动地。舞伎歌姬尽暗捐，婴儿稚女皆生弃。……忽看庭际刀刃鸣，身首支离在俄顷。仰天掩面哭一声，女弟女兄同入井。

就连平日守卫森严的皇宫大殿和王公邸宅也遭到抢劫：

采樵砍尽杏园花，修寨诛残御沟柳。华轩绣毂皆销散，甲第朱门无一半。含元殿上狐兔行，花萼楼前荆棘满。昔时繁盛皆埋没，举目凄凉无故物。内库烧为锦绣灰，天街踏尽公卿骨。

唐朝几百年的历史，长安城曾数次遭到劫掠，似乎都没有像这次一样，给人一种天崩地裂的感觉。后来这位女子趁乱潜出城外，独自从长安逃往洛阳，一路上昼伏夜行，东躲西藏，沿途但见人烟荒芜，瘟疫流行。路遇一个从新安逃难的老翁，向她哭诉：

自从洛下屯师旅，日夜巡兵入村坞。匣中秋水拔青蛇，旗上高风吹白虎。入门下马若旋风，罄室倾囊如卷土。家财既尽骨肉离，今日垂年一身苦。一身苦兮何足嗟，山中更有千万家。朝餐山上寻蓬子，夜宿霜中卧荻花。

诗中描写了战争带给百姓的深重灾难，社会秩序完全崩溃，韦庄本人则成为这场灾难的直接目击者。他之所以能够毫无偏向地谴责双方军队的残暴行径，与当时士人对于战争的新认识密切相关。而在暴露战争的本质方面，这首叙事诗也远远超过了唐代所有同类诗。无论诗中的秦妇是出于虚构还是确有其人，其实都是在写韦庄自己的亲身经历，并以叙事诗惯用的典型情节表现出来。长诗以秦妇的口吻作结：

> 仍闻汴路舟车绝，又道彭门自相杀。野宿徒销战士魂，河津半是冤人血。适闻有客金陵至，见说江南风景异。……避难徒为阙下人，怀安却羡江南鬼。愿君举棹东复东，咏此长歌献相公。

韦庄此后选择避难江南，在这首诗里已透露出消息。

关于《秦妇吟》的具体背景，陈寅恪先生曾通过史实考证指出，韦庄逃往洛阳的时间是在僖宗中和二年（882），其时官军杨复光部驻扎渭北，正是秦妇的逃亡路线。她所耳闻目睹的军队烧杀抢掠，显然是杨复光辖下的唐军所为，而杨复光的手下大将之一就是王建。[1]马茂元先生进一步补充认为，王建当年所在的忠武军负责运输粮饷，军纪败坏，时常在驻地附近大肆抢掠，且忠武军曾一度归降黄巢，在改编为黄巢军时，四处抢掠百姓，兵将也大多髡发黥面，装束打扮与《秦妇吟》中描写的黄巢军相似。王建入川建立前蜀政权，忠武军是其嫡系部队，其开国元勋晋晖、姜志等人也大多是忠武军旧部。[2]

因此，韦庄晚年讳言《秦妇吟》，并不是由于“内库烧为锦绣灰，天街踏尽公卿骨”这两句诗，而是无意中暴露了前蜀开国皇帝及其大臣们的本来面目，揭穿了他们欲图掩饰的历史真相。当他们

---

1 陈寅恪《韦庄〈秦妇吟〉校笺》，见《寒柳堂集》，上海古籍出版社，1980年。

2 马茂元《韦庄讳言〈秦妇吟〉之由及其他》，见《马茂元说唐诗》，上海古籍出版社，1999年。

装模作样地建立起一个新政权时，最害怕的就是人们在背后指点：瞧，这些衣冠楚楚的王公贵族原本是杀人放火的强盗出身。

《秦妇吟》无疑是中国文学史上一部杰出的长篇叙事诗，它出现于九世纪末，又突然从文学史上消失，直到二十世纪初才重现人间，这本身就是一个奇迹。就像一个优秀的摄影师，韦庄用这首诗记录了历史的决定性瞬间，见证了曾经辉煌的唐帝国落下帷幕。即便是白居易的《长恨歌》、清初吴伟业的《圆圆曲》，在篇幅的宏大和细节的真实上，都远不及它。我们甚至可以设想，倘若这首诗一直流传于世，此后一千多年的叙事诗创作，也许就不会这么贫乏。

可以说，仅凭《秦妇吟》一首诗，韦庄就完全称得上是唐代诗歌史上的一位大家。他在世界的美和苦难之外，展示了一部王朝循环更替的暴力历史。

附录一　诗僧与禅

一

唐代儒、释、道三教并立，南北朝及隋代帝王便经常召名德高僧，与儒生、道士对论玄理，唐初承其遗风，时召三家于御前辩难。[1]至德宗时，常在节庆诞日于麟德殿设讲。如贞元十二年（796）四月，德宗诞日召徐岱、韦渠牟等人与道士万参成、沙门谭延讲论三教，想要达到“始三家若矛盾然，卒而同归于善”的效果。[2]白居易也曾代表儒家参加过这一活动，至今尚留传他的《三教论衡》一文。

佛教自公元一世纪传入中国，历经数百年的翻译、格义、论疏，至唐代逐渐形成了几个中国化的佛教宗派。在这些宗派中，普通民众比较信奉净土宗，因为此宗宣扬口念阿弥陀佛即可往生极乐

---

1 《续高僧传》卷三慧净传载：贞观十三年，集诸官臣及三教学士于弘文殿，延净开阐《法华》。道士蔡晃讲论好独秀，玄（引者按，应作太）宗下令遣与抗论。

2 《新唐书·徐岱传》。

世界，不需要多少文化就可以觉悟；而天台宗、华严宗、禅宗几个宗派以龙树的中观学为重要思想依据，颇具思辨色彩，很受士大夫的欢迎。

不同于原始宗教对于世界的神秘认识，传入中土的后期佛教实际上已经属于马克斯·韦伯所说的世界的理性化过程，给信众提供了一套可以理喻的解释。由于汉以来儒家更重视社会治理，而在生命的终极关怀方面较为阙如，因此唐代文人士大夫于积极入世之时，在人生观上则往往另寻寄托，于理政之暇，多浸淫佛道。

一般说来，文人士大夫并不严守某个佛教宗派的教义，而是接受其无执的观念，以解决宦途坎壈的困惑与痛苦。如果说普通民众大都信奉净土宗，那么，具有儒家理性主义特征的文人士大夫则更倾心于禅宗。对于宗教的拯救，最为中国士人推崇的是冥思的经验，而不是迷狂的状态。禅宗兴起于唐初，以《金刚经》印心，强调“无所住而生其心”“言语道断，心行处灭”。这种破除语言障碍的顿悟，既给了士人一个见性成佛的方便法门，又契合诗歌审美的直觉原理。一部《全唐诗》，吟咏禅悦者甚多，构成了唐代诗歌的重要内容和意境特征。

文人习禅，僧人亦习诗，唐代因此出现了许多诗僧。出家人用诗来修行参禅，故僧诗多为禅诗。这种现象证明了诗歌在唐代社会中的巨大影响，同时也可看出僧人千方百计推广佛教的努力。

《全唐诗》所录僧人多属天台宗或禅宗，这两个中国化的佛教宗派都强调对现世的体认，即把对彼岸世界的关注转移到现实世界，把对来世的追求转换为内心的自证。“佛法在世间，不离世间觉”（《坛经》），要求在日常生活中发现超越的意义，实现理想的觉悟境界。僧人之诗多阐明禅理，又很注意诗的形象性。例如，在海外的影响甚至超过李白、杜甫的天台僧人寒山，其诗云：

众星罗列夜明深，岩点孤灯月未沉。
圆满光华不磨莹，挂在青天是我心。

以及同时期僧人拾得的诗：

无去无来本湛然，不居内外及中间。
一颗水精绝瑕翳，光明透满出人天。

都是在表现自性清净的禅机，写出对于世界的本质直观，而非诗人自己的独特心境。

白居易曾指出僧诗的特点：“为义作，为法作，为方便智作，为解脱性作，不为诗而作也。”[1]僧人作诗的思维方式与文人不同，往往先是在心里有一个禅理，然后借外在的物象来描写，即所谓“为解脱性作”。

譬喻本是佛教说法的重要方法，因而僧人作诗多喜欢用比喻，

---

1 白居易《题道宗上人十韵并序》。

而不是兴寄，这是僧人诗与文人诗的一个重要区别。

二

诗僧的称名始于中唐。[1]明代胡震亨《唐音癸签》卷八称，释子以诗闻世者多出江南，如灵一、护国、清江、法振、皎然、灵澈、可朋、无可、贯休、齐己等。[2]这些诗僧多与文人交往，如中唐的灵一、灵澈、皎然与钱起、刘长卿、李嘉祐、严维、韦应物等人都有着密切的关系。皎然作《诗式》，其文学的自觉甚至超过许多文人，而他与贯休、齐己两人更是被称为“唐朝三大诗僧”。

这些著名诗僧都十分重视诗歌本身的文学性，禅宗对“平常心”的追求，使他们往往倾向于对世俗生活的描写。例如，皎然的《寻陆鸿渐不遇》：

移家虽带郭，野径入桑麻。
近种篱边菊，秋来未着花。
扣门无犬吠，欲去问西家。
报道山中去，归时每日斜。

---

1 释皎然《酬别襄阳诗僧少微》诗题中的“诗僧”一词，应是“诗僧”概念最早的用例。

2 刘禹锡《澈上人文集序》已云：“世之言诗僧多出江左。灵一导其源，护国袭之。清江扬其波，法振沿之。如么弦孤韵，瞥入人耳，非大乐之音。独吴兴昼公，能备众体。昼公后，澈公承之。”

这完全像是唐诗中常见的寻隐士不遇的文人诗。末联的自在随心虽有禅意，却非禅语，即便置诸大历江南诗人的诗集中，亦毫不逊色。

晚唐齐己的《早梅》同样是一首世俗的咏物诗，描写诗人看见冬梅初绽，期盼来年花开更早的心情。“万木冻欲折，孤根暖独回。前村深雪里，昨夜一枝开。风递幽香去，禽窥素艳来。明年如应律，先发映春台。”据说此诗的颔联原本是“昨夜数枝开”，诗人郑谷认为数枝非早，一枝更佳，齐己对此深为佩服，遂称郑谷为“一字师”。[1]可见唐代僧人与文人的相互影响。

不过，这些诗僧即使向文人学习作诗，仍不会忘记自己的宗教身份，常常会写一些介于偈颂与文人诗之间的禅诗。如皎然的《秋晚宿破山寺》：

> 秋风落叶满空山，古寺残灯石壁间。
> 昔日经行人去尽，寒云夜夜自飞还。

既然不离世间觉，禅宗的超越便是一种内向超越，即在内心泯灭主客体的界限。“寒云夜夜自飞还”，正是破除物我二执后所呈现的景象。此时的景象就是本体，就是空。再如贯休的《山居诗》：

---

1 辛文房《唐才子传》卷九。

难是言休即便休，清吟孤坐碧溪头。
三间茅屋无人到，十里松阴独自游。
明月清风宗炳社，夕阳秋色庾公楼。
修心未到无心地，万种千般逐水流。

此诗描写孤坐静虑的过程，只有内心放下执念，达到“对境无心”的境界，才会认识世界的真谛。而齐己的《片云》：

水底分明天上云，可怜形影似吾身。
何妨舒作从龙势，一雨吹销万里尘。

更是有后期禅宗棒喝开示的特点。万物皆如水底云与身下影，亦即因缘所生的假有，一旦勘破，顿时心下澄明。因此，诗僧的诗都有一种清冷的风格。

三

大多数僧人写诗是为了参禅，而不是为了审美，因而其诗率不过是阐明禅理的偈颂，大多没有诗题。清初编《全唐诗》，康熙认为偈颂不是诗体，故未收入。这些偈颂后来收入各种传灯录和《五灯会元》。许多偈颂以景语喻禅，既有深刻的禅理，又有浓郁的诗味。如中唐名僧惟俨的弟子德诚，世称船子和尚，中年后居住华亭朱泾

（今上海松江），常乘小船做垂钓状，却并不真钓，意在悟道。德诚现存诗约四十首，其中三首为七言绝句，其一曰：

千尺丝纶直下垂，一波才动万波随。
夜静水寒鱼不食，满船空载月明归。[1]

此偈意境浑成，点明缘起性空、得失两忘的禅理。不待说，禅宗的偈颂翻来覆去都是在讲佛教的究竟空，所以好的僧诗不是要说出一个新奇的禅理，而是能将禅理用一种新奇的比喻说出来，表现明心见性后的澄净无碍。

惟俨禅师属于南禅青原行思一系，主张修行在自然，不必刻意读经。他本人的偈颂虽然写得并不好，但有个诗人弟子德诚，并且惟俨与当时的大文人李翱也有交往。据《景德传灯录》载，李翱出任朗州刺史，曾访惟俨居处问道，惟俨用手上指青天，下指水瓶，李翱由此悟道，当即写下两首偈颂，其一曰：

练得身形似鹤形，千株松下两函经。
我来问道无余说，云在青天水在瓶。[2]

这首诗采用禅宗接引时惯用的机锋，道不可言说，却又真实自然，

---

1 《五灯会元》卷五。
2 《景德传灯录》卷十四。

就存在于日常生活中。此前的王维也写过“但去莫复问，白云无尽时”（《送别》）的禅境，他们对于禅宗见性成佛的了悟甚至高于普通僧侣。作为韩愈的学生与友人，李翱一生崇儒排佛，他在儒学上的最大贡献，是试图建立儒家的心性之学，但这恰恰又是援佛入儒的结果，其《复性书》中“去情复性”的思想实际上是受到了禅宗佛性论的启发。

唐末五代还有个灵云志勤禅师，生卒年均不详，曾在沩山修持，久未契觉，一日在外行走，偶见一树灼灼盛开的桃花，豁然开悟，写下一首偈颂：

> 三十年来寻剑客，几回落叶几抽枝。
> 自从一见桃花后，直至如今更不疑。[1]

志勤禅师并没有明说从桃花中悟到了什么，只是通过花开花落，比喻参禅问道的过程，而一旦顿悟禅理，便再无任何疑惑，就像悟到了无招胜有招的剑道。按照大乘佛教的理论，世界只是一个幻觉，是无时间性的，既没有必然，也没有奇迹，悟到这一点，便超脱了生死的执念。

以上诗例可以看出，许多引人入胜的僧人诗表现禅意，与王维等文人诗倾向于描写静寂之境不同，而是喜欢塑造高远澄澈的境

---

1 《景德传灯录》卷十一。

界，这个境界就是世界的本质存在，可以用“清风明月”四个字来概括。这其实也是许多禅宗偈颂的特点，并不要给人一个明确的结论，而是通过对外界的直观比喻，让人顿悟世界的性空缘起，最终达到无念、无相、无住的本真状态。

友人陈季冰曾言，在佛教看来，人生和世界的根本问题是智和愚的问题，一个人之所以作恶，不是因为人性恶，而是因为“无明”，也就是缺乏智慧，而缺乏智慧又是由于人的执念。[1]就佛教的世界观而言，此言甚是。智慧即佛教术语“般若”的意译，只是这个智慧是一种不怀疑的智慧，它不是一种单纯的知识，而是一种信仰。

归根到底，禅宗的解脱论就是引导人去顿悟现实人生的虚妄，假如人们认识到一切存在皆非实有，就不会再执着于世俗的欲望了。说到底，僧人的禅诗不都是在阐明一种放下的智慧吗？

1 这种对佛教的理解或可说明，佛教的中国化就是儒家化，儒家同样强调通过学与知去引导人们合乎理性地做事。禅宗既主张无住，也主张入世，这与儒家有节制的理性主义态度是一致的。

附录二　女性诗歌

一

中国历史上第一个有名有姓的女诗人是蔡琰，其《悲愤诗》自述汉末战乱中的遭遇，悲凉之气或超建安诗人。及至唐代，因女性地位较前平等，便如雨后春笋般突然冒出了许多女诗人。当浪漫文人用代言体诗吟咏闺怨主题时，这些女诗人也参与进来。她们的身份各式各样，包括人妻、女童、宫人、宦女、歌妓、女冠等。这些女子都有一定程度的文化修养，除识文断字，还会写诗，有唐一代崇尚诗歌的风气更是给了她们展示个人才华的机会。[1]

由于古代女子所处的社会地位，女诗人的生活世界是狭窄的，除了家庭宫苑，就是青楼道观，因而她们的题材主要是男女之情。诗歌并不是她们的事业，她们的用语都很浅显，大多直抒其情，而非构造意境。尽管其思维方式仍在男权中心的框架内，带有男性赋

1　通行的文学史教材从来不提及唐代的女性诗人，这可能反映了男权中心社会的审美，就像本文提及的李冶、薛涛和鱼玄机三位女诗人，是完全可以进入文学史的。

予女性的理想色彩，但往往与自身的命运相关。她们也写相思与遭弃，女性视角使她们的诗常有文人代言体所不及处，从中可以看到唐代社会的另一面，而这些真实现象在文人诗中是很少得到反映的。

当大历女子晁采的丈夫赴京城时，她送至江边，赋诗作别：

思君远别妾心愁，踏翠江边送画舟。
欲待相看迟此别，只忧红日向西流。

——《春日送夫之长安》

语言虽浅显，但“红日”的比喻很奇特。夕阳在江面上铺向远方，诗人目送西去的行舟，仿佛夕晖正在向西流逝，她开始对接下来的漫漫长夜发愁。果然，对丈夫的思念填满了此后的日子：

春风送雨过窗东，忽忆良人在客中。
安得妾身今似雨，也随风去与郎同。

——《雨中忆夫》

诗人望着窗外，渴望化为春雨，随风来到丈夫身边。用雨比拟相思，有种文人诗里没有的诗意。依照唐人风气，晁采的丈夫应是赴京赶考。这是诗歌史上第一次我们知道了晁采这个女子，却不知道她丈夫的名字。

文人诗里同样见不到女子对婚姻的真实想法，即使是唐代女子，在婚姻上也是不能自主的。一个姓崔的女子被迫嫁给垂暮的卢校书，她只好用诗来表达不满：

不怨卢郎年纪大，不怨卢郎官职卑。
自恨妾身生较晚，不及卢郎年少时。

——《述怀》

显然，只有在女诗人那里，我们才能听到如此直白的心声。没有这样的诗，唐代女子对于婚姻的真实态度或许就会消逝在历史的长河中。

至于那些婚姻美满的女子，当其年老色衰，男人往往会移情别恋。士人南楚材离家远游，颍地长官看中其文采，打算把女儿嫁给他。南楚材想要应诺这桩婚事，遣仆人回家乡取琴书，发妻薛媛觉察到丈夫的意图，于是对镜自画肖像，并写了一首诗寄给丈夫。

欲下丹青笔，先拈宝镜寒。
已经颜索寞，渐觉鬓凋残。
泪眼描将易，愁肠写出难。
恐君浑忘却，时展画图看。

——《写真寄夫》

据《云溪友议》载，南楚材读到这首诗后回心转意，这是一个唐代卓文君的故事。诗歌叙写自己的心理过程，虽然属于近体诗，但全篇都是叙事，而动作与心理细节的描写是男性诗人无法模拟的。

如果是显宦贵妇，往往还会与历史事件发生关系，代宗朝宰相元载妻王韫秀即是一例。韫秀是河西节度使王忠嗣之女，婚后曾与元载贫贱相守，并劝元载入京求取功名。因元载诛灭权宦李辅国、鱼朝恩有功，官至宰相，但此后元载居功自傲，排除异己，大肆敛财，沉湎酒色，韫秀见此非常担心，写了一首诗加以劝导：

> 楚竹燕歌动画梁，更阑重换舞衣裳。
> 公孙开阁招嘉客，知道浮云不久长。
>
> ——《喻夫阻客》

诗中引用汉武时公孙弘的故事，体现了韫秀不凡的政治见识。公孙弘当了丞相后，深知富贵荣华不会长久，待人依旧谦恭有礼，最后得以善终。可惜元载听不进妻子的劝导，最终被代宗以贪腐罪赐死，不但家产被抄没，全家妻儿老小也无一幸免。沈德潜在《唐诗别裁》中评价道："浮云不长，王氏有见识。"颇有男性不如女子之感。

历史就是这样吊诡，虽说人人都懂得富贵如浮云的道理，可一代又一代的士人仍然前仆后继，足见权力对人的诱惑，而像王韫秀这样的女子，又是何其罕见。

二

歌妓与女冠属于唐代的社交女性，她们比较独立，可以和文人学士自由交往，诗酒唱和，不时还会发生一些风流韵事，因而在个性上能和男子一样得到发展。但对于这样的社交女子，有社会地位的男人是不会娶为正妻的。在白居易、杜牧、李商隐、温庭筠等人的诗里，虽然也能看到对歌妓或女冠的赞美与同情，但那毕竟是男性视角，他们对女性不可能有完全平等的意识，正如一个襄阳妓写的诗：

> 弄珠滩上欲销魂，独把离怀寄酒樽。
> 无限烟花不留意，忍教芳草怨王孙。
>
> ——《送武补阙》

在文人学士心里，她们毕竟是烟花女子，只能供一时之欢娱，以衬托自己多彩的人生。这些社交女性在欢娱过后，常常暗自神伤，表面上她们风光无限，实际上却失去了一种正常人的生活，享受不到人伦之乐。江淮名妓徐月英就在诗里表达过内心的痛楚：

> 为失三从泣泪频，此身何用处人伦。

虽然日逐笙歌乐，长羡荆钗与布裙。

——《叙怀》

唐代女诗人群中，最著名的自然是李冶、薛涛和鱼玄机。她们都是色艺双全的女子，通音律，工诗书。由于身在社交娱乐场，其诗歌题材较为广泛，并能注重诗歌意象的运用，不是一味地直抒情绪。由于出众的才华和容貌，与之交往的文人都很尊重她们。

李冶本名李季兰，传闻她幼时被其父抱于庭中，作诗《咏蔷薇》："经时未架却，心绪乱纵横。"父恚曰："此必为失行妇也。"[1]李冶长大后成为一位女道士，与当时的江南名人刘长卿、朱放、陆羽、皎然、阎伯钧等交往密切，刘长卿甚至称她为"女中诗豪"。[2]因李冶诗名远播，晚年还曾被召入宫中侍奉。

相看指杨柳，别恨转依依。
万里江西水，孤舟何处归。
湓城潮不到，夏口信应稀。
唯有衡阳雁，年年来去飞。

——《送韩揆之江西》

望水试登山，山高湖又阔。

---

1 计有功《唐诗纪事》卷七八。

2 计有功《唐诗纪事》卷七八。

相思无晓夕，相望经年月。
郁郁山木荣，绵绵野花发。
别后无限情，相逢一时说。

——《寄朱放》

流水阊门外，孤舟日复西。
离情遍芳草，无处不萋萋。
妾梦经吴苑，君行到剡溪。
归来重相访，莫学阮郎迷。

——《送阎二十六赴剡县》

李冶在诗歌中对每个交往过的男人都释放出大胆炽热的情感，尤其是写给朱放和阎伯钧的诗，更是明白无误的爱情表白。高仲武《中兴间气集》评价她的诗"形器既雄，诗意亦荡，自鲍昭以下，罕有其伦"，的确是精当之论。

这也是薛涛诗歌的特点。明胡震亨《唐音癸签》评其诗："工绝句，无雌声。"薛涛自幼聪慧，传说她八岁就能续父亲诗："枝迎南北鸟，叶送往来风。"[1]这似乎是一首谶诗。其父后来被贬蜀中，不久即去世。薛涛年仅十六岁就入了乐籍，得到剑南西川节度使韦皋的赏识。薛涛与元稹、白居易、张籍、王建、刘禹锡、杜牧、张祜等

1 王世贞《艳异编》。

人都有唱酬交往，她的诗性情摇荡，尽显风月情怀。

朝朝夜夜阳台下，为雨为云楚国亡。
惆怅庙前多少柳，春来空斗画眉长。

——《谒巫山庙》

二月杨花轻复微，春风摇荡惹人衣。
他家本是无情物，一任南飞又北飞。

——《柳絮》

无论怀古还是咏物，都充满女性的细腻情感与民间视角。

花开不同赏，花落不同悲。
欲问相思处，花开花落时。

——《春望词》

竹郎庙前多古木，夕阳沉沉山更绿。
何处江村有笛声，声声尽是迎郎曲。

——《题竹郎庙》

薛涛的诗得到了文人的普遍认可，晚唐诗人胡曾作诗赞道："扫眉才子知多少，管领春风总不如。"如果说这还只是一种应景的评语，那么，晚唐张为在《诗人主客图》中对薛涛的评价就更高了。张为以李益为清奇雅正主，入室者有张籍、杨巨源、姚合等，升堂者有方干、马戴、贾岛、项斯等，而薛涛则被列入升堂的最后一人。

三

就诗的技巧言，鱼玄机的诗大概最符合文人的标准。她在懿宗咸通年间曾为补阙李亿妾，因李亿妻不能相容，于是入长安咸宜观为女道士。

鱼玄机生性聪慧，好读书，尤工诗，与温庭筠、李郢等都有交往。杂史载其“风月赏玩之佳句，往往播于士林。然蕙兰弱质，不能自持，复为豪侠所调，乃从游处焉。于是风流之士争修饰以求狎，或载酒诣之者，必鸣琴赋诗，间以谑浪，懵学辈自视缺然。”[1]她的才艺让那些愚钝男子都感到惭愧。

尽管是女儿身，鱼玄机对自己的才华却很自负。有一次，她到长安崇真观游览，看见道观南楼上张贴着新科进士榜，不由心生羡慕，写下一诗：

> 云峰满目放春晴，历历银钩指下生。
> 自恨罗衣掩诗句，举头空羡榜中名。
>
> ——《游崇真观南楼睹新及第题名处》

---

1 皇甫枚《三水小牍》。

自己虽有满腹才华，却因身为女子而与功名无缘，心中大有不平之气。

鱼玄机的确是敢与当时文人一争高下的，无论是应景、咏史还是咏物，她的诗都深得造境之法。

翠色连荒岸，烟姿入远楼。
影铺秋水面，花落钓人头。
根老藏鱼窟，枝低系客舟。
萧萧风雨夜，惊梦复添愁。

——《赋得江边柳》

这是一首“赋得体”诗，即摘取古人成句为题，题首冠以“赋得”二字，此种类型，唐人多用于省试诗、应制诗以及诗人集会分题，后来也用于即景赋诗。荒芜的江岸连着一片翠绿的柳色，一直延伸到远处的楼宇。树影铺映在水面，柳絮飘落到头上，溃烂的树根成了鱼儿的藏身处，低垂的柳枝系着晃动的客舟。通篇都在描写萧索的景象，结尾方道出诗人的愁绪，仿佛在暗伤自己的身世，可谓情景俱佳。

旦夕醉吟身，相思又此春。
雨中寄书使，窗下断肠人。
山卷珠帘看，愁随芳草新。

别来清宴上，几度落梁尘。

——《寄国香》

颔联与颈联的句式都较为复杂，意象或紧凑或倒装，对措词造境很有一番推敲，不再是靠情调取胜。此外，鱼玄机的七言诗也写得很好：

春花秋月入诗篇，白日清宵是散仙。
空卷珠帘不曾下，长移一榻对山眠。

——《题隐雾亭》

深巷穷门少侣俦，阮郎惟有梦中留。
香飘罗绮谁家席，风送秋歌何处楼。
街近鼓鼙喧晓睡，庭闲鹊语乱春愁。
安能追逐人间事，万里身同不系舟。

——《暮春即事》

虽不失女性身份，却颇有潇洒之气，表现出对自由生活的向往。

不过，鱼玄机最为独特的还是她的六言诗。这种诗歌形式，王维、刘长卿也采用过，大多用来表现隐逸之趣，而鱼玄机的六言诗却着意描写女性的心思。

红桃处处春色，碧柳家家月明。
楼上新妆待夜，闺中独坐含情。
芙蓉月下鱼戏，螮蝀天边雀声。
人世悲欢一梦，如何得作双成。

——《寓言》

诗的寓意或是受《诗经·鄘风·螮蝀》的触发，表现一个女子对男女欢好的憧憬，但最终仍不过是悲欢一梦。

四

自古以来的才女大都心比天高，命比纸薄，这似乎已经成为一个定律。这些社交女性周旋在男人圈里，性格往往都很要强，命运常常又很悲凉。薛涛终身未嫁，晚年幽居成都碧鸡坊，度过了生命的最后时光。另外两位女冠的结局就没那么幸运了。德宗建中四年（783），朱泚作乱，占领长安，李冶身陷京城，因曾献诗朱泚，被唐德宗下令乱棒扑杀；而鱼玄机则因笞杀女童绿翘被下狱处死。

因曾饱经人事，她们把人生想得都很明白。虽然她们都敢于无所顾忌地表现情爱，但绝不会相信世上有什么幸福的婚姻。尤其是李冶的六言诗《八至》，[1]对人性的理解可谓超过了所有唐代诗人，

1 因诗中有八个“至”字，故以此为题。

她用最简单最清晰的语言道出了婚姻的实质。

至近至远东西，至深至浅清溪。

至高至明日月，至亲至疏夫妻。

这是颇有深度的生命体验，最亲密的人同时也是最疏远的人。在李冶眼里，人与人之间是永远不可能真正相互理解的。她的现代意识超前了一千多年，道出了某种普遍的人生经验。或许正因看得太透，她才放飞了自己的一生。

附录三　代言自喻

在古代诗歌中，女人的形象大都是由男性诗人塑造的，她们美丽而贤惠，依附于强势一方的男子。农耕社会的特点是男主外、女主内，当游子在外奔走时，家中的妻子不断思念着远方的丈夫，于是便出现了闺怨主题。《诗经·王风·君子于役》：“君子于役，不知其期。曷至哉？鸡栖于埘。日之夕矣，羊牛下来。君子于役，如之何勿思？”清人许瑶光对此写道：“鸡栖于桀下牛羊，饥渴萦怀对夕阳。已启唐人闺怨句，最难消遣是昏黄。”可以说，从《诗经》的“嗟我怀人，寘彼周行”，到汉乐府的“闻君有他心，拉杂摧烧之”以及《古诗十九首》的“同心而离居，忧伤以终老”，再到南朝乐府的“海水梦悠悠，君愁我亦愁”，都是在表现女子居家独守的思念与哀怨。

然而，这类诗首先会遇到一个作者的问题，假如是女子所写，可能就不属于通常所说的闺怨类型。如果是男子所写，就有两种情况：一种是以男子视角写女性形象，属于闺怨诗；一种是借女性口吻写女子心思，属于代言体。早期诗歌的作者大多是无名氏，因此很难判断作者身份，比如《卷耳》的作者到底是男是女，一直众说纷纭。[1]汉代以降，这种情形稍好一些，如根据《西京杂记》的记载，汉乐府《白头吟》即为卓文君所作，尽管仍有争议；[2]而汉末繁钦的《定情诗》就显然属于代言体，而曹植的《七哀》则属于闺怨诗。

唐代写女性的诗沿袭了乐府传统，如王昌龄的宫怨或闺怨，就是专门为歌妓在酒楼倡肆的吟唱而写，女性的形象都带有男性所赋予的审美标准——娇媚香软、幽怨垂怜，就连豪气干云的李白也写有《乌夜啼》这样婉曲柔媚的闺怨诗。

> 黄云城边乌欲栖，归飞哑哑枝上啼。
> 机中织锦秦川女，碧纱如烟隔窗语。
> 停梭怅然忆远人，独宿孤房泪如雨。

而同样性格豪放的刘禹锡也写有《竹枝词》：

> 山桃红花满上头，蜀江春水拍山流。
> 花红易衰似郎意，水流无限似侬愁。

---

1 如清方玉润《诗经原始》："此诗当是妇人念夫行役而悯其劳苦之作。"高亨《诗经今注》："作者似乎是个在外服役的小官吏。"

2 最早著录此诗的《玉台新咏》题作《皑如山上雪》，未言作者。

此诗以女性口吻描写女子的哀伤和男子的负心，属于典型的代言体。英国诗人柯勒律治说：“一个伟大的头脑一定是双性同体的。”这里可以用来解释代言体这种诗歌现象。诗人的情感是丰富的，要描写异性，就必须具有异性的思维方式。

不过，解决了诗歌作者的问题，还会遇到另一个问题：有些诗表面上描写女性，实际却是诗人借此自喻。这个传统始于屈原，他在《离骚》中创造了一种香草美人的方法，把楚王比作男人，自己比作美女。屈原身为楚国三闾大夫，负责宗庙祭祀事务，在巫觋与神灵之间，似乎存在着类似爱情的情感。因此，雌雄同体的理论用在这里也许更加合适，亦即男性具有女性的心理。根据近代心理学，这种现象属于性别倒错，但在今天，这种跨性别认同已经成为可以理解的正常现象。

屈原的心理且不论，至少唐诗不是这样。自古以来，人们对于此类诗歌从来都不以为异。对于唐代人来说，诗歌以美人自喻不过是一种隐喻，绝不会想到是性别倒错。尤其在古代中国，女性的不幸常常会引起文人的同情，产生“同是天涯沦落人”的共鸣。因为宦途失意与女子失宠这两种怨实在太相似，都是弱势一方依附于强势力量，命运完全被他人主宰。因此，以美人自喻，不是自恋，而是君主制度下君臣关系的一种类比心理。

白居易就是善于运用这种比体的高手，他的新乐府《太行路》诗下即自注：“借夫妇以讽君臣之不终也。”诗云：

与君结发未五载，岂期牛女为参商。古称色衰相弃背，当时美人犹怨悔。何况如今鸾镜中，妾颜未改君心改。为君熏衣裳，君闻兰麝不馨香。为君盛容饰，君看金翠无颜色。行路难，难重陈。人生莫作妇人身，百年苦乐由他人。行路难，难于山，险于水。不独人间夫与妻，近代君臣亦如此。君不见左纳言，右纳史，朝承恩，暮赐死。行路难，不在水，不在山，只在人情反覆间。

诗人以妇人的口吻陈述女性的遭遇，从称呼男人的“君”巧妙地过渡到君主的“君”，以男人抛弃妻子的社会现象，比喻君主对臣子的薄情，讽刺之意十分明显，反映出古代君臣之间真实的依附关系。

二

这种玩角色转换的兴寄诗在唐诗中并不少见，往往还是名篇。大约在唐穆宗长庆三年（823），在长安应试的举子朱庆馀写了一首酬张籍的诗，题为《闺意献张水部》。其时，张籍在京城任水部员外郎，早已名满天下，而年轻的朱庆馀却困于举场十余年，迄未及第。诗云：

洞房昨夜停红烛，待晓堂前拜舅姑。

妆罢低声问夫婿，画眉深浅入时无。

这首诗反映了唐代的婚嫁风俗。《仪礼·士婚礼》云："质明，赞见妇于舅姑。"说明这个风俗一直保留了下来。新娘在翌日清晨要去拜见公婆，梳妆一番后，羞涩地问新郎，自己的妆扮能否让公婆满意。诗歌描写新妇初次拜见公婆的心理，温婉中有庄矜，是一首优秀的代言体诗。宋代洪迈评此诗："不言美丽，而味其词意，非绝色第一不足以当之。"[1]的确，假如我们不知道背景，这首诗表现"闺意"确属上乘，但此诗实为比体，与当时进士行卷的风气有关，故诗题又作《近试上张籍水部》。

唐代选官制度实行科举，每年定期举行的常科主要是明经和进士，明经科考贴经与墨义，类似今天的填空和问答题，进士科则自高宗时加试诗赋。由于唐代科举考试是不糊名的，主考官评卷时能看到考生的名字，这就给了进士科考生一个机会，让主考官预先了解自己的文词能力，即考生可以在应试前将自己平时的诗文投献给社会名流，求得他们向主考官荐举，这就是唐代所谓"行卷"的风气。朱庆馀此诗便是向张籍行卷后询问其意见。朱、张二人此前已经结识，朱庆馀采用比体，是很委婉得体的做法。

这首诗以美人自喻，正是屈原香草美人的传统。唐代诗人基于儒家"诗言志"的理论，将这个传统称为兴寄，也就是说诗歌别有

---

1 周珽《唐诗选脉会通评林》引。

寄托。张籍读了朱庆馀的诗，自然明白他的意思，于是也用比体回赠了一首《酬朱庆馀》：

越女新妆出镜心，自知明艳更沉吟。
齐纨未足时人贵，一曲菱歌值万金。

张籍的诗同样以美人喻朱庆馀，描写越女的美丽，同时契合朱庆馀越州人的身份。越女揽镜自照，知道自己生得明艳，却有点儿缺乏自信。实际上，那些身穿绫罗绸缎的时髦女子，并不值得世人看重，她们远比不上越女的美貌。张籍的意思是，朱庆馀诗文俱佳，超过同时期许多考生的文才，用不着担忧考试。言下之意，他自会向主考官荐举。

将托关系、走后门描写得如此美好，也只有唐人才可以做到。

实际上，张籍本人也很擅长这种比体，他有一首自创的乐府诗《节妇吟寄东平李司空师道》：

君知妾有夫，赠妾双明珠。感君缠绵意，系在红罗襦。妾家高楼连苑起，良人执戟明光里。知君用心如日月，事夫誓拟同生死。还君明珠双泪垂，恨不相逢未嫁时。

从诗歌的字面意思看，这首诗描写一个女子婉拒男人的引诱，类似汉乐府《陌上桑》中的罗敷拒绝使君勾引：“使君自有妇，罗敷自有夫。”自始至终坚守住一个已婚女子的贞节，同时又比《陌上桑》多了一层委婉含蓄。就描写女性心理而言，这的确是一首好诗，结句“恨不相逢未嫁时”写出了世间多少男女相爱而不得的微妙心理。

然而，这首诗实际上是寄给当时的平卢淄青节度使李师道的。安史之乱后，藩镇势力愈来愈大，四处笼络人才。张籍其时在京城任太常寺太祝，这是一个正九品的小官，李师道知其诗名，便想拉拢他，并许以重任厚禄。但张籍本人一直反对藩镇割据，又因李师道骄横霸道，不便开罪于他，遂以贞洁女子自喻，表明自己对朝廷的忠心，婉拒了李师道的延揽。

三

由此看来，对于此类描写女性的诗歌，要想知道是不是诗人自喻，首先要弄清诗人的真实意图，但如果诗题没有表明，或诗歌没有小序，就很难遽断了，这给了后世注释家许多探赜索隐的空间。例如，晚唐诗人秦韬玉有一首题为《贫女》的诗：

蓬门未识绮罗香，拟托良媒益自伤。
谁爱风流高格调，共怜时世俭梳妆。
敢将十指夸针巧，不把双眉斗画长。
苦恨年年压金线，为他人作嫁衣裳。

诗歌描写一个贫女的心思，她哀伤自己没有良媒，世人谈婚论嫁都只看重财富，却不重视女子的品貌，自己只能年年在家纺线织布，“为他人作嫁衣裳”。从字面上看，这首诗反映了当时社会贫女难嫁的现象，哀怨沉痛，但后世注释家们往往从兴寄的角度，认为此诗属于诗人自喻：“此韬玉伤时未遇，托贫女以自况也。”[1]

清人沈德潜在《唐诗别裁》（卷十六）中也说这首诗“语语为贫士写照”。近人俞陛云《诗境浅说》同样指出：“此篇语语皆贫女自伤，而实为贫士不遇者写牢愁抑塞之怀。”他们都认为此诗是在表达寒士无人举荐的哀怨。“为他人作嫁衣裳”令人想到那些终日为上司抄写文书的下僚，表现出寒士怀才不遇的愤懑心情。

秦韬玉出身军人世家，多有文才，却累举不第，后投靠宦官田令孜充当其幕僚，僖宗中和二年（882）特赐进士及第，田令孜又擢其为工部侍郎、神策军判官。史载其为人险而好进，时人称为“巧宦”，与晚唐久困举场的另外九个诗人一起号称“芳林十哲”。[2]他有一首《织锦妇》：“豪贵大堆酬曲彻，可怜辛苦一丝丝”，与《贫女》内容类似。又有一诗《贵公子行》：“斗鸡走狗家世事，抱来皆佩黄金鱼。却笑儒生把书卷，学得颜回忍饥面。”描写当时社会的阶层固化、贵贱殊途，确乎是一个恨恨不平之人。

由于《贫女》诗题下并无明确说明，对于此诗本意的解读，注

1 《唐诗鼓吹注解大全》。

2 秦韬玉生平散见《唐摭言》卷九，《唐语林》卷七补遗，《唐诗纪事》卷六三，《唐才子传》卷九。

释家们只能依靠香草美人的诗歌传统所形成的文化心理，虽然无法确指，但贫女难嫁与寒士不遇毕竟有共通之处，引起诗评家们的联想也是很自然的事。

但是，对此类诗的解读仍需谨慎，需遵循多闻阙疑的原则。如清人张惠言《词选》无限扩大兴寄的功能，用香草美人解读温庭筠的《菩萨蛮》，认为其词是在表达“感士不遇”，“照花”四句有《离骚》“初服”之意，就显然是在过度阐释了。

附录四　士与俳优

韩愈是唐代复兴儒学的中坚，自诩“皆约六经之旨而成文”，其《毛颖传》却是一篇用古文写就的俳谐文。毛颖即毛笔，这篇文章以古文笔法为毛笔作传，及戏及怪，当时就曾引起截然相反的看法。名臣裴度斥其“以文为戏”，[1]柳宗元则赞扬此文“发其郁积”，[2]其间的分歧实际上涉及如何看待中国社会两种文化的区别。

中国文化自来就有大传统与小传统之分，大传统是雅文化，小传统是俗文化。先秦时期，大小传统之间是不相睽隔的。《左传》襄公十四年载：“史为书，瞽为诗，工诵箴谏，大夫规诲，士传言，庶人谤，商旅于市，百工献艺。故夏书曰：‘遒人以木铎徇于路’。”在当时统治者的观念里，无论是大夫之言还是庶人之语，皆有益于世，故而朝廷常派遣宣令之官到民间采集歌谣。

1　裴度《寄李翱书》。

2　柳宗元《读韩愈所著〈毛颖传〉后题》。

瞽和百工都是最早的俳优，属于小传统的文化。俳优起源于民间，他们不事生产，以说唱戏谑谋生，常常会被召入宫廷为君主臣僚提供消遣。俳优地位卑下，言谈戏谑，亦庄亦谐，因而偶有讽刺时政之言，君主也不以为忤。《国语·晋语二》载优施曰："我优也，言无邮（尤）。"就是说，俳优无论说什么话，都不应当获罪。

因此，尽管儒家倡导"士志于道"，严于大小传统之别，往往将俳优视为谗谀惑君的小人，但在一些重视小传统的士人看来，俳优也可以有批评政治的功能。如司马迁撰《滑稽列传》，记先秦优孟、优旃、淳于髡等人事迹，便是取其能"合于大道"。汉代甚至出现了东方朔之类的俳优型文人，寓讽谏于戏谑之中，枚皋、杨雄、王褒等人亦皆能作俳谐文，而南朝刘宋人袁淑的《鸡九锡文》《驴山公九锡文》更是典型的俳谐文章。

唐代俳优以戏语议政，同样屡载于史乘。如《资治通鉴》载，唐玄宗开元八年（720）正月，侍中宋璟十分憎恶那些获罪而不断申辩的官员，将他们全部交由御史台治罪，于是"人多怨者"。正好这一年春遇上天旱，有优人作魃状，戏于殿前，玄宗问道："魃何为出？"对曰："奉相公处分。"又问："何故？"曰："负冤者三百余人，相公悉以系狱抑之，故魃不得不出。"玄宗听了，顿觉很有道理。不久，宋璟欲严禁民间恶钱，以致怨嗟盈路，玄宗便趁机免了宋璟的侍中职务。

《毛颖传》作于唐德宗贞元二十年（804）前后。贞元十九年，关中大旱，粮食严重歉收。[1]时任京兆府尹为唐宗室李实，为政贪暴，毫不体恤民生。韩愈《顺宗实录》载李实入宫，“德宗问人疾苦，实奏曰：今年虽旱，谷田甚好”。为邀恩宠，李实竟谎称丰年，不仅不免百姓租税，还暴敛无休，以致家家钱粮告罄，只得拆掉房屋，出卖木材瓦片，低价抵押田中青苗，以应付官府的横征暴敛。韩愈时任监察御史，向德宗呈递《御史台上论天旱人饥状》，揭露百姓“寒馁道途，毙踣沟壑。有者皆已输纳，无者徒被追征”的实情，希望停征当年赋税，结果获罪于朝廷，被贬连州阳山令。此文即作于这一时期。

有意味的是，《顺宗实录》同时还记录了优人成辅端讽谏的事迹。此事《旧唐书·李实传》载之更详。成辅端是一个正直的俳优，目睹当时百姓惨状，作了数十篇戏语讽刺此事，其中有云：“秦地城池二百年，何期如此贱田园。一顷麦苗伍石米，三间堂屋二千钱。”此事触怒了李实，称其诽谤朝政，德宗于是下令杖杀成辅端，引起时论哗然，皆曰：“瞽诵箴谏，取其诙谐以托讽谏，优伶旧事也。设谤木，采刍荛，本欲达下情，存讽议，辅端不可加罪。”可见，对于俳优的讽谏，多数士人仍遵奉先秦以来的历史传统，认为不宜对俳优因言治罪。

正如明代胡应麟所称：“《毛颖传》足继太史，乃当时诮其滑

1 新旧《唐书》均载关中饥旱事于贞元二十年，唯《资治通鉴》载李实聚敛进奉及韩愈上疏言事于贞元十九年，良是。

稽，裴晋公书后訾其纰谬，使退之而任史，其祸便当有甚此者。”[1]由此看来，韩愈此文与他本人直言谏上却遭贬谪有关，而他借俳谐文进行讽喻，实有避祸全身的考虑。但《毛颖传》中“上亲决事，以衡石自程”的话，实出自《史记·秦始皇本纪》中“天下之事，无大小皆决于上。上至以衡石量书，日夜有程，不中程，不得休息”的记载。韩愈在传文中以秦皇专权暗讽德宗，又非俳优的见识所能言。李肇《国史补》云：“韩愈撰《毛颖传》，其文尤高，不下史迁。”将此文视为属于大传统的良史。因此，对于以娱乐消遣为主的俳优文化，韩愈这篇俳偕文又有将其提升到士大夫文以载道的意味。

秦汉以降的制度属于一套文官系统，文人官僚集团所要处理的最重要关系就是与君主的关系。韩愈在《原道》中提出以仁义为核心的儒家道统，又称道统至孟子不得其传，故他的道统之说实有欲复兴从道不从君、以道统抗衡政统之意。然而，在绝对君权面前，先秦分封制下的“处士横议”已不可能重现，士大夫采用俳优的反讽，可谓实逼处此。今人多称韩愈《拘幽操》中“臣罪当诛兮，天王圣明”是君尊臣卑的典型话语，其实忽略了韩愈这组《琴操》是代文王囚于羑里而作，其意旨在反讽而不在臣伏。

在《毛颖传》中，毛颖是作为秦以后历代士人形象而出现的。传文模拟司马迁的史传笔法，先叙毛颖先世为中山人，次叙其宗族

---

1 胡应麟《少室山房笔丛》正集卷五。

被秦将蒙田俘虏。“遂猎，围毛氏之族，拔其豪，载颖而归，献俘于章台宫，聚其族而加束缚焉”，隐喻聚毛制笔。毛颖从此失去自由，后因博学多才，得到秦皇重用，但不过“惟上所使”“善随人意”，虽有时也遭废弃，却始终沉默不语。尽管毛颖“不喜武士，然见请亦时往”，直至“累拜中书令，与上益狎”，而最终因皇上“见其发秃，又所摹画不能称上意”，于是不复被召见。

韩愈此文的意旨是很明显的。司马迁曾任起草诏书的中书令，其《史记·太史公自序》叙其祖父曾为中山国相，又叙其父“六家要旨”，言秦朝所崇奉之法家“严而少恩”，又在《报任安书》中自谓：“固主上所戏弄，倡优畜之。”因此可以说，《毛颖传》小而言之是为司马迁作传，大而言之是为士人作传，从而揭示出秦以后君权独大，文人士大夫失去独立性，群体成为倡优的历史事实。李肇称此文“不下史迁”，正是看到了韩愈以太史公自喻的深意。

宋代史臣宋祁评价《毛颖传》是“皆古人意思未到”，[1]称赞此文具有新思维。诚然，《毛颖传》实开后世文人嬉笑怒骂皆成文章的风气。苏轼后来作《罗文传》，叙毛颖后人毛纯事，其机杼即源自韩愈。

自古以来，举凡喜欢反讽的文人，无不重视小传统，并从小传统去看大传统，因而常能从司空见惯的官场现象中洞悉世态的荒谬。例如，韩愈写有《送李愿归盘谷序》一文，归纳出当时的三类

1　宋祁《宋景文笔记》卷下。

士人典型：一种是遇知于天子者，“妒宠而负恃，争妍而取怜”；一种是退隐林下者，“理乱不知，黜陟不闻”；一种是争名逐利者，“伺候于公卿之门，奔走于形势之途”。这其实也是历朝历代各种类型的士人写照。

质言之，士文化重在载道，而缺乏民间立场；俳优文化重在嘲谑，而缺乏价值关怀。倘若对同属批判秦政的文章加以比较，贾谊的《过秦论》落在“仁义不施”上，杜牧的《阿房宫赋》落在骄奢淫逸上，皆属士文化的谠言明道之论；而《毛颖传》最后落在“赏不酬劳，以老见疏，秦真少恩”上，则是俳优文化的题中应有之义。

尽管如此，《毛颖传》的背后仍有一个大传统在，这是韩愈借俗文化来表达士人群体的一种自嘲，因而有着雅文化的严肃性。他在传文中揭示了千古以来文人士大夫阶层身兼士与俳优的双重身份，在从君与从道之间艰难选择的深刻困境。

后记

此书完稿后，又看一遍，感觉序言不似序言，倒像绪论，未曾交待写书缘起，于是想到还得写一篇后记。

我于1983年考入南京大学中文系，攻读唐宋文学专业，毕业后即留校教书，教的也是古代文学。但自己性本疏懒，又不愿局限于专业，终老一经。自忖学问之事，不在谋生，而在追求人生价值。有很长一段时期，兴趣转至东欧文学，故虽从名师，术业未精，终无所成。所幸彼时大学尚宽容，得免东坡“磨牛”之喻。

大约七八年前，《财经》杂志邀开专栏，谈东欧文学，后因不能赓续，遂重拾本行，改谈唐代诗歌。由于是随笔，可以尽兴发挥，倒也写得走心。写了两年，文章略有所积，友人陈卓读后，建议扩展成集。正好前年刚完成一部书稿，付梓无日，便欣然答允。因选二十诗人，大致按其年代编次，各加评论。

庚子岁初，新冠病毒突然肆虐，全城商铺关门，街上空无一人。闭门写书，每当入夜时分，从窗户望去，只见万家灯火通明。

因想人类真是多灾多难，迄今依然绵延不绝。即以唐代而论，近三百年间，瘟疫频发，死者枕藉。唐玄宗曾诏令各州置医学博士，又自撰《广济方》，颁布村坊要路，以疗人疾。代宗大历四年，杜甫亦有诗云："衡岳江湖大，蒸池疫疠偏。"（《回棹》）诗人晚年漂泊无依，身处疫中，仍觉天地广阔无边。

禁足半年后，疫情稍缓，遂于庚子初夏应友人之邀，赴浙江衢州。此城为南孔居处，通达四省，衢江穿城而过，周遭茂林修竹，平畴旷然，神话中的烂柯山亦在此地。自前年与友人一别，世事变幻，如山中弈棋，浑不知岁月短长。疫中相会，感慨系之，因集唐人句以志："南州溽暑醉如酒，旧苑荒台杨柳新。今日乱离俱是梦，到乡翻似烂柯人。"

唐代诗人面目各殊，但视人生如羁旅则一。西方诗寻求无限，立意在崇高；中国诗思虑有限，指归在优美。两相对照，各具特色，皆足以兴发感动。每思平生所读，虽广览外国文学，然于中国古诗却更多共鸣，其可怪乎？质言之，唐诗自有其永恒价值，欲成意会，唯心游诗中，与古人精神相往来。此亦为本书解诗方式，未敢言研究。至于书中疏漏之处，或有不免，尚祈方家指正。

时维辛丑夏日，疫情未消，暑气袭人，而云在钟山。

辛丑仲夏，于金陵牧云斋

图书在版编目(CIP)数据

再见那闪耀的群星：唐诗二十家 / 景凯旋著. —
南京：南京大学出版社，2021.11(2023.8 重印)
ISBN 978-7-305-24846-7

Ⅰ. ①再… Ⅱ. ①景… Ⅲ. ①唐诗–诗歌评论 Ⅳ.
①I207.22

中国版本图书馆 CIP 数据核字(2021)第 161171 号

出版发行 南京大学出版社
社　　址 南京市汉口路 22 号　邮编 210093
出 版 人 王文军

书　　名 再见那闪耀的群星:唐诗二十家
著　　者 景凯旋
责任编辑 陈　卓
照　　排 南京紫藤制版印务中心
印　　刷 南京爱德印刷有限公司
开　　本 880×1230 1/32 印张 14.875 字数 304 千
版　　次 2021 年 11 月第 1 版 2023 年 8 月第 4 次印刷
ISBN 978-7-305-24846-7
定　　价 88.00 元
电子邮箱 Press@NjupCo.com
网　　址 http://www.njupco.com
官方微博 http://weibo.com/njupco
官方微信 njupress
销售咨询 025-83594756